스즈미야 하루히의 동요

스즈미야 하루히 시리즈

지었다. 미소를 씨익 기분나쁘게도 하루히는

오늘은 …… 결정·액일이 될 것 같다 .

찾아 주셔서 어서 오세요. 감사합니다

물뿐이다.

메뉴는 볶음국수와

걸음을

아사히나 옮기고

벚나무

강가에 선배는

자리한 산책길. 묵묵히

있었다.

타니가와 나가루 | 지음

이덕주 | 옮김

CONTENTS

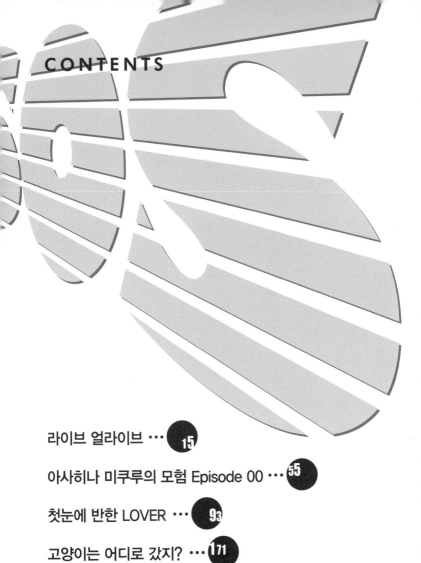

라이브 얼라이브

내가 고등학교에 입학한 해.

스즈미야 하루히라는 이름을 가진 인간형 기상 이변이 키타고에서 맹위를 떨치기 시작한 그 해에는 생각해보면 참 갖가지 일이 있었고 너무 많아서 일일이 떠올리는 것도 귀찮을 정도이지만, 일단 메모리 앨범을 거슬러 올라가보면, 정말 참 많은 일들을 했구나 싶어 스스로 돌이켜봐도 기가 막힐 정도인데 그런 기억 속에 새겨진 에피소드 중에 사실은 이런 일도 있었다는 얘기를 하고자 한다.

여름이 남긴 열기가 열도의 상공에 정체된 채 마치 사계절의 변화를 조종하는 기상 병기를 누군가가 잘못 건드린 게 아닌가 의심이 갈 정도로 더웠던, 달력상으로는 가을에 일어난 일이었다.

그날 문화제 당일.

머릿속이 1년 내내 정상이 아닌 상태의 감독 겸 프로듀서가 촬영 개시를 선언한 뒤 모든 작업이 끝날 때까지 출연자 및 잡일 담당의 카오스프레임을 무턱대고 악화시키는 특수 효과를 발휘한 것만 같은, 그런 밑도 끝도 없는 민폐 영화도 오로지 내 덕분에 나름대로 완성을 보이고 있었다.

문화제 첫날인 오늘은 그 공개 첫날이기도 해 「아사히나 미쿠루의 모험 에피소드 00」이란 제목을 단, 영화인지 아사히나 선배의 PV인지 구분도 안 가는 물건은 현재 시청각실에서 절찬리 상영중이어야 했다.

중이어야 했다는 건 다른 의미가 아니라, 나는 그 초현실주의의 극치에 도전한 것 같은 바보 같은 영화에 내 이름이 크레디트 되는 장면은 더 이상 보고 싶지 않았기에 DV 테이프를 영화 연구부 녀석들에게 건네주고선 바로 빠지기로 마음을 먹고 있었기 때문이다.

다행히 자잘한 교섭과 선전 행위는 섭외 활동이 된다면서, 그 이상으로 들뜬 하루히가 단장으로서 자진해서 기운차게 솔선을 해주었다.

하루히의 기행에 슬슬 익숙해지고 있는 키타고 학생들과 교사들은 몰라도, 한가한 학부형과 일반인이 교내를 오가고 있는데 초봄에도 등장한 이른바 바니걸 차림으로 선전지를 뿌려대는 건 문제겠다 싶었지만, 덕분에 무기력 교실 1학년 5반에 몸담은 나와 하루히와는 달리, 나름대로 행사에 참가하고 있는 아사히나 선배와 나가토와 코이즈미도 각각 자신의 반에서 기획한 행사에 아침부터 종사할 수 있다는 것만으로도 감지덕지한 일이라 할 수 있겠다.

지금 내 기분도 쾌청하게 맑은 수면을 비추는 명경지수와 같은 심정이다. 영화의 디지털 편집이 끝난 단계에서 내가 짊어지고 있던 일도 무사히 끝냈고 약간 수면부족 상태의 머리를 해롱거리며 나가토의 점술과 코이즈미의 연극을 둘러볼 여유도 있을 정도다. 작은 현립고의 썰렁한 문화제라고는 해도 축제는 축제인지라 평소와 다른 분위기를 만끽하는 것도 나쁘지는 않다.

오늘의 내게는 절대로 간과할 수 없는 사명이 있었고 그 사명은 한 장의 종잇조각이 되어 내 손에 들려 있었다.

그것은 뭐냐고 물어볼 필요도 없다. 아사히나 선배의 반에서 기획한 볶음국수 카페의 할인권이다.

어떤 싸구려 차라도 그녀가 갖다 주는 순간 천상의 감로주로 변신을 할 정도이니 그와 똑같은 손으로 갖다주는 볶음국수도 고급 중화요리집 수준이 될 게 분명했고, 내 배를 꾸르륵거리기에 충분한 기대치가 뇌리에서 게이지를 올리고 있는 것이다. 이렇게 학교 건물 계단을 올라가는 발걸음도 마치 날개 달린 신발을 신고 있는 것만 같고.

하지만 계단을 뚫고 하늘로 올라갈 것만 같은 그런 기분에 잠겨 있으려니, 동행자가 미적지근한 물 같은 목소리로 말을 걸어왔다.

"이왕이면 무료 초대권이 더 나았을 텐데."

이런 밥맛없는 소리를 해대는 주둥아리의 소유자는 타니구치 외에는 없다. 영화 촬영 때 연못에 던져졌던 것도 있어 기껏 초대를 해주었는데 이 이상 뭘 더 원한다는 말인가.

"난 노 개런티로 수중 다이빙을 해야 했다고. 참고로 말하자면 시사회에도 초대받지 못했고. 설마 내 장면이 잘린 건 아니겠지. 비 맞은 생쥐 꼴이 되었는데 볶음국수 30퍼센트 할인 정도로는 급이 안 맞잖아."

그만 종알거려라. 아사히나 선배가 군이 직접 찾아와 전해준 할인권이라고. 그리고 노 개런티 출연이 제일 급에 안 맞는 건 바로 그 아사히나 선배란 말이다. 지금 당장 아카데미상 심사위원과 교섭을 해 오스카 상을 특별 수여해주고 싶을 정도다.

"마음에 안 들면 오지 마. 얼른 가라고."

그렇게 말한 내게 다른 한 명이 끼어들었다.

"진정해라. 뭐 어떠냐, 타니구치. 어차피 먹을 생각이었잖아? 감사히 받지그래."

쿠니키다였다. 코이즈미와는 또 다른 의미로 우등생인 척 구는 이 녀석은.

"그리고 콘이랑 같이 가면 서비스를 줄지도 모르잖아. 양배추를 더 많이 넣어준다거나 말이지. 타니구치, 너도 그게 좋지 않아?"

"하긴."

타니구치는 시원스레 대답했다.

"하지만 맛도 중요하지. 야, 콘, 아사히나 선배가 요리를 하는 건 아니겠지?"

그러고 보니 서빙 담당이라고 했던 것 같긴 한데 그게 왜?

"아니, 왠지 요리를 못 할 것 같다는 이미지가 있어서 말이야. 멀쩡한 정신으로 설탕이랑 소금을 바꿔 넣어도 하나도 신기하지 않을 것 같아."

이 녀석도 그렇고, 하루히도 그렇고, 아사히나 선배를 뭐라고 생각하는 거냐. 아무리 마스코트 같은 메이드 캐릭터 담당이라고는 해도 요즘 세상에 그렇게까지 멍청한 인간은 환상 세계에나 존재할걸. 기껏해야 타임머신을 잃어버려서 당황하는 정도잖아. 미래인으로서는 그것도 좀 문제가 아닐까 싶긴 하지만.

"기대되는걸"이라고 말하는 쿠니키다. "코스튬 플레이 카페라는 소문을 들었거든. 영화에 나오는 웨이트리스나 예전에 등장했던 바니걸도 놀랐지만, 이번에는 어떤 복장을 하고 있을까?"

"그러게 말이야."

그 말에는 타니구치도 진지하게 고개를 끄덕였다. 이 녀석들은 나만큼 아사히나 선배의 메이드 차림에 익숙하지 않지. 일단 연민의 정을 좀 느껴주도록 하자.

계단에서 복도로 발을 내디디며 나도 상상을 하고 있었다. 웨이트리스라고 하면 영화에서 사용한 왕짧은 성희롱 의상밖에 떠올리지 못할 정도로 머릿속이 오염되어 있으니 제대로 된 의상을 걸치고 청초하게 볶음국수를 나르는 아사히나 선배를 본다는 건 그야말로 망막과 마음을 깨끗이 세탁하는 것이 아니고 무엇이겠는가. 늘 생각하는 일이지만 하루히의 취미는 장식 과잉이다. 바니걸 분장을 하고 교문 앞에 설 정도로 두꺼운 구조로 이루어진 신경이니 그 녀석 자신에게는 잘 맞을지 몰라도 그런 신경이 어느 누구의 몸 속에나 다 존재한다고 생각한다면 큰 착각이다.

아사히나 선배네 반의 뜻을 모은 수제작 웨이트리스 의상이라…

이것만큼은 타니구치의 말을 그대로 옮기는 수밖에 없겠군. 기대되는걸. 정말로 말이다.

오늘 학교 건물 복도에는 녹색 고무 시트가 싸구려 빨간 융단처럼 깔려 있다. 그래서 평소에는 반드시 실내화를 신어야 하는 건물이지만 외부에서 찾아온 일반객들을 배려해 문화제인 오늘과 내일은 신발을 신고 들어올 수가 있다. 주변을 걷고 있는 사람들도 다채로웠다. 특히 문화부 계열로 나름대로 발표 기회가 있는 학생의 보호자는 당연히 왔을 테고 근처 주민들에겐 적절하게 시간을 때우기 좋은 장소일 것이다. 다른 고등학교에 진학한 중학교 시절의 친구들을 초대한 경우도 많겠지. 특히 산 아래에 있는 여고 학생을 부를 수 있는 1년 중 거의 유일한 기회라 할 수 있다. 만남을 원하는 건 타니구치 같은 녀석들만은 아니다.

우리 셋은 키타고 교복 이외의 모습이 눈에 띄는 복도를 떡밥에 끌린 정어리처럼 이리저리 돌고 돌아 2학년 교실이 있는 건물의 한 모퉁이, 두더지 잡기 게임과 창작 풍선 공방 사이에 있는 교실 앞에 걸음을 멈추었다.

철판을 태우는 향긋한 냄새, 입구 앞에 놓인 '볶음국수 카페 · 도토리'라는 입간판. 그리고 어느 교실보다 길게 늘어선 줄. 아니, 그보다 제일 먼저 눈과 귀에 들어온 것은.

"여어! 콘과 그 친구들! 여기야, 여기. 어서 와~!"

10미터 떨어진 거리에서도 확실하게 감지되는 큰 목소리와 시원스런 미소였다. 이렇게 밝게 웃을 수 있는 사람은 민폐스런 일을 머릿속에 떠올린 하루히를 제외한다면 내가 아는 사람 가운데에는 한 명밖에 없다.

"손님 세 분요, 감사합니다!"

츠루야 선배였다. 그것도 웨이트리스 분장을 한.

통로에 내놓은 책상 앞에서 손을 흔들고 있는 츠루야 선배는 티켓 판매를 담당하고 있는 것으로 보였다. 어쩌면 호객 담당을 겸하고 있는지도 모르겠다.

"어때? 이 의상 잘 어울리는 것 같지 않니? 어떠신가?"

행렬 옆으로 빠져나온 츠루야 선배는 재빠르게 우리에게 다가왔다.

"그렇네요."

난 괜스레 저자세를 취하며 츠루야 선배를 쳐다보았다.

아사히나 웨이트리스 버전을 망상하느라 너무 바빠 츠루야 선배도 같은 반이라는 사실을 깜박했다. 타니구치와 쿠니키다도 마치 가자미를 잡은 줄 알았더니 그 꼬리에 같이 매달려 올라온 넙치를 본 낚시꾼 같은 얼굴로 긴 머리의 선배를 뚫어져라 바라보고 있었다. 그도 당연하다. 누가 디자인했는지는 몰라도, 선배네 반에는 엄청난 실력을 자랑하는 복식 전문가가 있나보다.

우리 영화에서 아사히나 선배에게 입혔던 웨이트리스 의상과는 분위기가 완전히 다른 그 옷은 너무 화려하지도, 수수하지도 않고 입고 있는 사람을 돋보이게 해주는 역할을 완벽하게 해내는 동시에 절대로 자기주장이 강하지도 않으면서 상호 작용으로 입고 있는 사람의 매력도를 MAX 부근까지 끌어올리는 조정을 하는, 오브 더 이어를 바치기에 충분한 역할을 하고 있다 할 수 있었다.

그러니까 이런 추상적인 돌려 말할 표현으로 돌려 말할 수밖에 없을 정도로 최고로 어울린다는 소리다. 츠루야 선배가 이 정도라면 아사히나 선배를 한 번 보면 그 자리에서 기절할지도 모르겠다.

"성황이네요."

이렇게 말하자,

"아하하하. 줄줄이 사탕이지."

츠루야 선배는 치맛자락을 살짝 들어 올리고선 주위의 시선을 전혀 신경 쓰지 않고 솔직하게,

"싸구려 재료로 만든 엉터리 볶음국수인데 이렇게 손님들이 모

이다니 완전 대박이라니까! 웃음이 멈추질 않아.”

정말 기쁘게 웃는 사람이다. 난 줄을 서 있는 사람이 남자들뿐이라는 이유를 추리할 것도 없이 바로 깨달았다. 츠루야 선배의 미소를 보고 있으면 신기하게도 나까지 유쾌해지니까 말이다. 이 세상에서 잘 속는 건 언제나 남자들이다.

츠루야 선배는 줄 맨 끝에 있던 우리들에게 무료 스마일을 흩뿌리며 말했다.

“요금은 먼저 내! 참고로 메뉴는 볶음국수와 물뿐이다. 볶음국수는 하나에 300엔, 수돗물은 공짜로 얼마든지 마실 수 있지!”

할인권을 내밀자,

“으음, 세 사람이지? 그럼 다 해서 500엔으로 해줄게. 왕 서비스다!”

받아든 동전을 앞치마 주머니에 넣고선 대신 볶음국수 티켓 세 장을 우리에게 주었다.

“그럼 조금만 기다려! 바로 차례가 올 테니까.”

츠루야 선배는 그렇게 말하고선 주머니의 동전을 달그락거리며 입구에 있는 책상으로 돌아갔다. 그 뒷모습이 줄 앞으로 사라진 뒤,

“기운차네. 날마다 저 상태로 용케 지치지도 않는걸.”

쿠니키다가 감탄한 듯 말했고, 타니구치는 목소리를 낮춰 이렇게 말했다.

“콘, 전부터 생각한 건데 저 사람 대체 정체가 뭐냐? 너랑 스즈미야의 동료냐?”

“아니.”

외부인이다. 너희랑 똑같이 곤란할 때 사람 수를 채워주는 게스

트지. 그런 것치고는 묘하게 앞으로 나오는 사람이긴 하지만.

츠루야 선배의 해석에 의한 '바로'는 약 30분인가보다. 30분쯤 기다리자 겨우 앞 사람들이 빠지고 우리는 교실 안으로 들어설 수 있었다. 참고로 기다리는 동안에도 행렬에 참가하는 손님들이 끊이질 않았고 그 모두가 남자라는 것이 참 뭐라 말하기 뭐한 현상이었다. 줄의 일부를 형성하고 있는 내가 할 소리는 아니지만.

교실 안은 반이 조리실, 나머지 반이 손님용 테이블이었고, 몇 대의 핫플레이트가 필사적으로 볶음국수를 치직치직 볶아대고 있었다. 조리하고 있는 것은 하얀 캇포우기(주1) 차림의 여학생들, 식칼을 휘두르며 재료를 썰고 있는 것도 모두 여자들로 대체 이 반의 남학생들은 어디서 뭘 하고 있는가 하는 의문이 떠올랐다.

나중에 츠루야 선배에게서 들은 바로는 가엾은 남자들은 여자들의 심부름꾼이 되어 부족한 재료와 종이접시를 사러 가거나 식수 보충과 야채를 씻는 등의 명을 받았다고 하는데 뭐 그거야 어쩔 수 없는 거지. 아쿠에리안 에이지(주2)는 바로 코앞에 다가왔을 거다.

자리까지는 츠루야 선배가 안내를 해주었다.

"자, 비어 있는 자리에 앉아. 헤이, 물 세 잔."

그 목소리에 가련한 미성이 대답했다.

"네에. 아, 어서 오세요."

쟁반에 수돗물이 든 종이컵을 받치고 나타난 최고의 웨이트리스가 누구인지 이젠 내가 말 안 해도 알겠지?

공짜인 물을 우리에게 나눠준 그녀는 쟁반을 두 손으로 껴안듯

주1) 캇포우기: 소매가 있는 앞치마.
주2) 아쿠에리안 에이지: 브로콜리에서 1997년에 처음 발매하기 시작한 트레이딩 카드 게임.

들고선 꾸벅 고개를 숙인 뒤,

"찾아주셔서 감사합니다."

방긋 미소.

"콘하고 그 친구들인…, 으음, 엑스트라…."

나를 제외한 두 사람이 동시에 반응했다.

"타니구치입니다!"

"쿠니키다입니다."

"우훗, 아사히나 미쿠루입니다."

교실 벽에 '사진 촬영은 삼가주십시오'라는 손으로 쓴 종이가 달려 있는 이유도 이해가 간다. 만약 그런 걸 허락하는 날에는 패닉에 빠질지도 모를 일이다.

그만큼 아사히나 선배는 귀여웠다. 예상했던 대로 내 정신이 아득해질 만큼, 그 이상의 말을 소비할 필요도 없을 만큼 말이다. 굿 디자인 상을 바쳐도 될 만큼 멋진 웨이트리스 의상을 입은 아사히나 선배와 츠루야 선배가 나란히 서자 그야말로 더할 나위 없는 장관이었고, 아마 천국이란 이런 풍경이 여기저기에 있는 곳을 가리키는 말일 거라 생각했다.

아사히나 선배는 쟁반을 옆구리에 끼고선 볶음국수 티켓을 들고 반으로 잘라 그 반쪽을 내려놓고는,

"잠시 기다려주세요."

황홀해하는 남자들의 시선을 독점하며 가벼운 발걸음으로 주리실로 향했다.

츠루야 선배가 미소를 지으며 해설한 바에 따르면,

'미쿠루는 식권 담당이야. 그리고 접시를 치우는 거랑 물을 따르

는 거랑. 그것밖에 안 시킨다고! 발을 헛디뎌서 볶음국수를 쏟을 수 있으니까. 인기인이란 건 참 좋은 일이라니까.'

지당하신 말씀이십니다, 츠루야 선배.

요리를 가져온 것은 다른 2학년 웨이트리스였다. 그렇게 나온 볶음국수는 많이 들어간 양배추를 대신하듯 고기가 적었고, 맛있냐고 묻는다면 평범하게 소스 맛이 났다. 아사히나 선배는 계속해서 밀려오는 손님들의 테이블을 울새처럼 돌며 종이컵을 나눠주고 식권을 자르느라 바빠서 도중에 딱 한 번 우리에게 미지근한 물을 가져다준 게 최대한의 서비스였다. 츠루야 선배도 입구와 교실 안을 오가느라 정신이 없어서 도저히 오래 앉아 있을 만한 분위기는 아니었다.

그래서 볶음국수가 도착한 뒤 5분 만에 접시를 비운 우리는 재빨리 그 자리를 물러나는 것 외에는 다른 길이 없었고 이래서는 뭘 먹었다는 기분도 별로 들지 않았다.

"어떡할래?"

라고 물은 것은 쿠니키다였다.

"난 너희가 만든 영화가 보고 싶은데. 내가 어떻게 찍혔는지 확인하고 싶거든. 타니구치는?"

"그런 영화는 보고 싶지 않다."

얄미운 소리를 늘어놓은 뒤 타니구치는 교복 주머니에서 문화제 팸플릿을 꺼냈다.

"볶음국수로는 영 부족하네. 난 과학부가 하는 바비큐 파티에 참

가할 건데 그 전에 말이지."

씨익 웃는다.

"좀처럼 보기 힘든 절호의 기회잖아. 여자 꼬시러 가자. 사복을 입은 여자애를 노리는 거야. 찾아보면 셋이서 몰려다니는 애들이 있을 거라고. 그런 애들한테 말을 걸면 의외로 쉽게 따라온다는 게 내 경험을 통해 얻은 법칙이다."

무슨 법칙인데. 성공률이 한없이 제로에 가까운 경험 법칙이 도움이 되기나 하겠냐.

나는 곧바로 고개를 저었다.

"사양할래. 너희 둘이서나 해라."

"흐음."

타니구치가 마음에 안 든다는 미소를 짓는 것도, 쿠니키다가 알겠다는 얼굴로 고개를 끄덕이는 것도 무척 신경에 거슬렸지만, 뭐라고 해도 나는 아무 대답도 하지 않을 거다. 여자 꼬시는 장면을 특정 대상이 목격하기라도 하면 곤란해질 것 같아서가 아니라, 으음, 그러니까 말이지.

"괜찮아, 콘. 넌 그런 녀석이니까. 아니, 변명은 됐다. 어차피 우정이란 그런 거지."

보란 듯 한숨까지 내쉬는 타니구치에게, 쿠니키다는 느릿한 목소리로 말했다.

"그런데 타니구치, 나도 여자 꼬시는 거 별로다. 미안하지만 혼자서 성공을 거둔 뒤에 그 애 친구라도 소개시켜주지 않을래? 그게 우정이란 거 아닐까?"

논리가 살짝 엉뚱한 소리를 떠들고선,

"그럼 나중에 보자."

쿠니키다는 재빨리 자리를 떴다. 뒤에 남겨진 타니구치는 바보 같은 얼굴을 하고 있었지만 나도 쿠니키다의 행동을 모방하기로 했다.

"그럼 타니구치. 저녁에 성공률을 가르쳐줘. 성공했을 때의 얘기다만."

자, 이제 어디로 갈까.

동아리방에 돌아가봤자 아무도 없든가, 있어봤자 하루히일 게 뻔한데, 그 녀석하고 둘이 학교 안을 돌아다니게라도 된다면 현저하게 체면에 먹칠을 하는 결과만 낳을 것 같아서 내 발길은 자연스레 다른 방향으로 향했다. 어쩌면 아직까지 교문 앞에서 전단지를 뿌리는 바니걸을 하고 있을지도 모르지만 그랬으면 누가 막았겠지. 그때처럼 동아리방에서 혼자 화를 내고 있을지도 모른다. 제발 부탁이니 오늘만큼은 별개 행동을 허락해다오. 내일은 어머니와 동생이 올 예정이라 넉살 좋은 하루히와 뭔가 일이 있을 것 같으니까 말이다.

프로그램 표를 다시 확인해보았다. 재미있어 보이는 건 그다지 없었다. 교내 앙케트 결과며 국산 민들레와 외래종의 분포 연구 같은 변변치 못한 전시 따위에는 처음부터 갈 생각이 없었고, 각 학년에 두 개 정도쯤 있는 영화 상영은 이미 진심으로 지긋지긋한 상태. 초보 학예회와 상자로 만든 미로 저택에도 관심이 없었다. 다른 학교 팀을 초대해 핸드볼부 대항전을 하는 데에 무슨 의미가 있나?

담임인 오카베야 의욕에 불타겠지만.

"시간을 때울 만한 곳은…."

문득 눈길이 멈추었다. 문화제에서 유일하게 규모가 큰 행사가 있었다. 아마 누구보다 이날을 위해 연습한 것은 거기에 참가하는 애들이겠지. 생각해보면 이 몇 주 동안 저녁이 되면 시끄럽게 울려 퍼지던 나팔 소리.

"밴드부 콘서트 정도인가."

팸플릿을 다시 확인해보았다. 안타깝게도 그건 내일 있을 행사였다. 강당을 사용하는 부는 많았다. 연극부와 합창부도 내일 행사를 가질 예정이었다. 오늘은 뭘 하고 있느냐 하며—.

"경음악부와 일반 참가자 밴드의 연주 대회로군."

흔해 빠진 거였고 기성 뮤지션의 카피 밴드가 대부분이겠지만 가끔은 라이브로 음악 감상을 하는 것도 나쁘지 않겠다고 생각했다. 아마 내가 영화 제작에 들인 것의 백 배는 되는 정열과 노력의 결실이 그곳에 있을 것이다. 그 성과를 귀로 들으며, 멍하니 생각에 잠기도록 하자. 적어도 그동안은 내가 관련한 거시기한 자체 제작 영화를 잊을 수 있을 거다.

"혼자 가만히 보내는 시간도 필요한 법이지."

그렇게 느긋하게 생각하고 있던 내 마음을 산산조각으로 부숴버린 사건이 그곳에 기다리고 있으리라 알아차린다는 건 예측 불가능한 일이었다.

이 세상에는 한계라는 게 있었는데 나도 참 어리석었다. 한도를 가볍게 무시해버리는 존재를 알고 있었는데 깜박한 것이다. 불과 며칠 전에도 한계를 모르는 현상의 소용돌이 한가운데에 있었는데 이것도 상식인의 한계라는 걸까. 비상식적인 전개에 빠지고 나서야 깨닫게 되는 자신의 경솔함이여. 꼭 후대의 교훈으로 남기고 싶다. 누가 그런 교훈을 진지하게 받아들이는가는 차치하더라도.

문이 활짝 열린 강당에서는 요란한 소음이 한껏 우렁차게 울려 퍼지고 있었다. 마치 천상에서 바람신과 벼락신이 자기네들 멋대로 연주회를 연다면 이렇게 되지 않을까 하는 음향 효과에다, 록 소울로 넘치는 라이브 공연장치고는 싸구려 티가 났지만 분위기만 좋으면 테크닉 같은 건 낫토(주3)에 양념을 하느냐 마느냐 하는 것과 같은 사소한 문제다. 넣는 게 더 좋기는 하지만 딱히 양념을 먹고 싶은 게 아니라 메인은 낫토이니 처음부터 양념 맛까지 넣으라고 주문하는 건 낫토에게 실례잖아.

건물 안을 둘러보니, 빼곡하게 철제 의자로 들어찬 강당의 관객 수는 실제 관객 6할에 주최자 발표로 8할인 것 같다. 단상에서 초보자 밴드가 어디선가 들어본 듯한 노래를 노 어레인지로 열심히 연주를 하고 있었다. 열심인 걸 이해한 시점에서 조금 그렇긴 하지만 방송부원이 믹싱을 하는 것도 문제가 있는 것 같긴 하다.

조명은 무대에 집중되어 있기 때문에 주변은 약간 어두컴컴했다. 한 줄이 통째로 비어 있는 부분을 찾아 그 구석에 자리를 잡았다.

프로그램에 따르면 경음악부 멤버로 구성된 밴드와 일반 참가자 두 팀으로 구성이 되어 있다고 했다. 지금 연주하는 애들부터 몇 팀은 경음악부 녀석들이다. 철제 의자 맨 앞줄 부근은 올 스탠딩, 그중에는 리듬에 몸을 맡기고 있는 녀석도 있었지만 아마 관계자와

주3) 낫토: 삶은 메주콩을 짚 등으로 싸 더운 방에서 발효시킨 것.

아는 사이나 바람잡이일 거라고 나는 판단했다. 그런데 멍하니 듣고 있기에는 스피커 음량이 좀 큰걸.

머리 뒤로 손을 깍지 끼고 바라보고 있자 마지막 곡 간주 때에 보컬을 맡은 녀석이 리듬에 실어 멤버 소개를 했고 나는 그 녀석들이 경음악부 2학년의 5인조라는, 3일 뒤면 잊어버릴 정보를 얻었다.

음악을 말할 만큼 내 지식 수준은 높지 않았고, 연주자들에게 진지하게 집중을 하고 있는 것도 아니었기 때문에 아무 생각할 게 없어 그야말로 기분 전환에는 안성맞춤이다.

그래서 나는 완전히 긴장을 풀고 있었다.

덕분에 건성건성치는 박수 소리와 함께 5인조가 손을 흔들며 무대 옆으로 퇴장한 뒤 뒤이어 다음 밴드 멤버가 나타났을 때—.

눈을 의심하지 않을 수 없었다.

"으엑."

강당의 공기가 순식간에 바뀐 것을 느꼈다. 사사사삭—. 그 자리에 있던 모두가 정신적으로 몇 미터 정도 뒤로 물러나는 소리가 SE로 머릿속에 울려 퍼졌다.

"뭐 하는 거야, 저 자식!"

무대 위에서 악보대를 들고 마이크 스탠드를 향해 걸어오고 있는 사람이 누구인지는 짐작이 가는 정도가 아니었다. 그 녀석은 바로 친숙한 바니걸 의상을 입고 친숙한 얼굴과 스타일로 스포트라이트를 받고 있었다.

머리에 쓴 토끼 귀를 팔랑이며 맨살이 훤히 드러나는 분장으로 그곳에 있는 사람이 누구인지, 두 눈을 다른 어느 누구와 교환한다 해도 똑같은 이름밖에 나오지 않을 것이다.

스즈미야 하루히다.

그 하루히가 어찌 된 이유인지 진지한 얼굴로 단상 중앙에 서 있는 게 아닌가.

하지만 그것만이라면 그나마 나았다.

"으에엑."

이것은 뒤늦게 나타난 두 번째 멤버를 본 내 폐부에서 공기가 단숨에 빠져나가는 효과음이라고 생각해주기 바란다.

어떤 때는 사악한 마법사 우주인, 또 어떤 때는 수정 구슬을 손에 든 검은 옷차림의 점술사.

"……."

더 이상 아무 말도 나오지 않는다.

나가토 유키가 질리도록 봐온 예의 검은 모자에 검은 망토 차림으로 어떻게 된 연유인지 전자 기타를 어깨에 메고 서 있었다. 대체 뭘 시작하려는 거냐.

여기에 아사히나 선배와 코이즈미가 등장했다면 차라리 안심이 되겠지만 세 번째와 네 번째 멤버는 생판 모르는 여학생이었다. 너무나 낯선 얼굴과 비교적 어른스러운 분위기로 봤을 때 3학년인 것 같다. 한 명은 베이스기타를 들고 있었고 다른 한 명은 드럼을 향해 걸어가는 걸 보니 아무래도 이 이상의 추가 인원은 없는 것 같다.

대체 뭐냐. 하루히와 나가토의 문화제용 의상에는 눈을 감아주겠다. 하지만 말야, 어째서 저 두 사람이 경음악부 부원으로 구성되어야 할 밴드 속에 섞여 있는데다, 하루히가 마치 주연 같은 위치에서 마이크를 쥐고 있는 거지?

내가 계속 늘어만 가는 퀘스천 마크와 격투를 벌이고 있는 사이

총 네 명으로 구성된 수수께끼의 밴드 멤버는 각자 위치를 잡았다. 청중들이 술렁이고 내가 기막혀 하며 지켜보는 가운데 베이스와 드럼은 긴장한 얼굴로 둥둥 디디딩 소리를 냈으며 나가토는 꿈쩍도 하지 않고 기타에 손을 올렸다. 여느 때와 똑같은 무표정 또한 변함없이.

그리고 하루히는 악보대에 스코어로 보이는 종이 다발을 놓고는 천천히 실내를 돌아보았다. 객석이 이렇게 어두우니 날 발견하지는 못했을 거다. 하루히는 마이크 머리를 두드려 스위치가 들어와 있는 것을 확인하고는 드럼을 돌아보고 뭔가 말을 했다.

인사도, 아무런 예고나 멘트도 없었다. 스틱이 리듬을 잡으며 드럼 소리가 울려 퍼지는가 싶더니 갑자기 연주가 시작되었고 그 인트로만으로도 나는 힘이 탁 풀려버렸다. 나가토가 마크 노플러나 브라이언 메이와 같은 수준의 기타 테크닉으로 초절정 기교를 개시했기 때문이다. 게다가 듣도 보도 못한 노래였다. 뭐야, 뭐야—그러는 사이 결정타를 날리기라도 하듯 하루히가 노래를 시작했다.

낭랑하게, 달까지 닿지 않을까 싶을 정도로 맑고 시원스런 목소리로.

하지만 악보대에 올려놓은 악보를 보면서.

첫 곡이 연주되는 내내 나는 이상 상태에서 회복하지 못했다. RPG에 '아연'이라는 이름의 보조 마법이 있다면 그것에 걸린 몬스터는 아마 이렇게 되지 않을까.

무대 위의 하루히는 안무도 거의 없이 무뚝뚝하게 서서 그저 노

래만 부르고 있었지만, 악보를 보면서 부르고 있으니 춤은 도저히 무리일 것이다.

그러는 사이 첫 곡이 끝났다. 보통은 여기서 환성이나 박수가 들어가야겠지만, 나와 마찬가지로 콘서트장에 있는 모든 관객의 입과 손은 사이좋게 돌로 변해 있었다.

사정이 잘 이해가 가지 않았다. 나는 왜 하루히가? 그런 생각을 하다 이어서 나가토의 너무나도 유려한 기타 테크닉에도 경탄하고 있었고 경음악부 관계자 같은 의문을 공유하고 있을 것이라 추측했다. 하루히를 모르는 그 이외의 일반 관객은 왜 바니걸이?라는 생각을 하고 있지 않을까.

회장은 융단폭격을 받은 뒤의 참호처럼 정적에 감싸여 있었다.

마치 낡은 배 갑판에서 세일렌의 노래 소리를 들은 선원처럼 굳어 있었지만, 자세히 보니 베이스와 드럼을 맡은 여학생들도 비슷한 얼굴로 하루히와 나가토를 바라보고 있었다. 벙찐 건 청중들만은 아닌 것 같다.

하루히는 가만히 앞만 보며 기다리고 있었지만 이내 살짝 눈썹을 찡그리고는 다시 뒤를 돌아보았다. 황급히 드럼 연주자가 스틱을 휘둘렀고 이내 두 번째 노래가 시작되었다.

미스터리어스한 밴드의 연주는 세 곡째 중간으로 접어들고 있었다.

이제야 익숙해졌는지, 내게도 가사와 곡조에 귀를 기울일 여유가 생겼다. 밝은 템포의 R&B다. 처음 듣는 곡인데도 무척 친숙했고 그럭저럭 좋은 노래인 것 같다. 기타리스트가 무지막지하게 실력이 뛰어나서 그렇게 들릴 수도 있었고, 덧붙여 말하자면 하루히의 목소리도, 으음, 참, 뭐랄까, 늘 큰 소리로 외쳐대는 데 익숙해져 있어서 그런 건 아니겠지만, 적어도 보통 이상이라는 사실만은 인정하지 않을 수 없었다.

관객들도 처음의 돌 모드에서 서서히 해방되어 이번에는 다른 의미로 무대에 빨려들고 있었다.

문득 주위를 돌아보니 내가 자리에 앉았을 때보다 관객이 늘어났다. 마침 그중 한 명이 다가오는 게 보였다. 평복을 입은 덴마크 기사 같은 복장을 하고 있는 그 녀석은,

"안녕하세요."

특설 스피커의 대음량에도 꺾이지 않겠다는 배려인지 내 귓가에 얼굴을 가까이 갖다 댔다.

"이게 대체 어떻게 된 일인가요?"

코이즈미였다.

몰라, 나는 그렇게 소리쳐 대답하고는 코이즈미의 복장에 시선을 던졌다. 너까지 문화제용 복장으로 돌아다니는 거냐.

"갈아입는 것도 귀찮아서 무대 의상을 입고 돌아다니고 있어요."

왜 이런 곳에 있는 건데.

코이즈미는 단상에서 열창중인 하루히에게 온화한 시선을 던진 뒤 앞머리를 쓸었다.

"소문을 들어서요."

벌써 소문이 났냐?

"네, 저런 복장을 하고 계시니 화제가 안 되는 게 더 신기하죠.

사람들 입에는 지퍼를 채울 수 없는 법이니까 말입니다."

키타고가 자랑하는 문제아 스즈미야 하루히가 또 뭔가를 하고 있다―, 뭐 그런 뉴스가 이미 사방팔방에 퍼졌나보다. 저 녀석의 프로필에 또 하나의 새로운 사항이 추가되는 건 좋은데 그 옵션에 SOS단이나 내 이름까지 새겨지는 건 이번만큼은 단연코 착오다.

"그런데 스즈미야 씨 참 잘하는군요. 나가토 씨도 그렇지만요."

코이즈미는 미소를 지으며 음악에 푹 빠진 듯 눈을 감고 있었다. 나는 무대로 눈을 돌려 하루히의 모습에서 뭔가를 읽어내기라도 하려는 듯 관찰을 했다.

노래와 연주에 관해서는 코이즈미와 거의 같은 의견이다. 보컬이 악보대와 가사 카드를 준비해 노래를 하는 라이브답지 않은 광경을 제외한다면 말이다.

하지만 그 외에도 나는 뭔가 원인을 알 수 없는 꺼림칙함을 느꼈다. 뭐지. 이 묘하게 근질거리는 감각은.

그때까지의 빠른 템포에서 돌변해 연주의 악센트처럼 삽입된 발라드풍의 네 번째 노래가 끝났을 때, 그만 나는 가사와 노래에 감탄을 하고 있었다. 이렇게까지 가슴에 파고드는 노래를 듣는 건 오랜만이다. 그렇게 느낀 건 나뿐만이 아니라는 증거로 주위의 관중들도 기침 소리 하나 내지 않고 듣고 있었고, 노래가 끝난 뒤이 강당은 침묵에 잠겨 있었다.

이젠 만원이 된 객석을 향해, 마침내 하루히가 가사 이외의 말을 마이크에 대고 토해냈다.

"아─. 여러분."

하루히는 약간 딱딱한 표정으로,

"여기서 멤버 소개를 해야 하는데요. 사실 저와─"

나가토를 가리키며,

"유키는 이 밴드의 멤버가 아닙니다. 대리예요. 진짜 보컬과 기타는 조금 사정이 있어서 무대에 서질 못했습니다. 아, 보컬과 기타는 한 사람이에요. 그러니까 정식 멤버는 세 사람이죠."

관객들은 조용히 귀를 기울이고 있었다.

하루히는 천천히 악보대에서 벗어나 베이스를 맡은 여학생에게 걸어가서는 마이크를 내밀었다. 그녀는 당황한 표정을 지었지만 하루히가 뭐라고 속삭이자 들뜬 목소리로 자기 이름을 댔다.

그 다음에 하루히는 드럼으로 가 타악기 담당자에게도 자기 소개를 시킨 다음 무대 중앙으로 돌아왔다.

"이 두 사람과 지금 여기에 없는 리더가 진짜 멤버예요. 그러니까 죄송하게 됐습니다. 제가 대역을 잘해냈는지 자신이 없어요. 라이브까지 1시간밖에 시간이 없어서 완전히 임기응변이었죠."

하루히는 바니의 토끼 귀가 흔들릴 정도로 머리를 움직였다.

"그래요, 대역이 아니라 진짜 보컬과 기타가 하는 진짜 음악이 듣고 싶은 사람은 나중에 말해줘요. 아, 테이프나 MD를 갖고 오면 무료로 더빙을 해주는 건 어떨까? 그래도 돼?"

하루히의 질문에 베이시스트가 어색하게 고개를 끄덕였다.

"좋아, 결정된 거다."

단상에 오른 이후 처음으로 하루히가 미소를 지었다. 자기 나름대로 긴장을 하고 있었는지, 이제 와서야 겨우 긴장이 풀린 듯 언제나 동아리방에서 우리들에게 보여주는—정도까지는 아니지만 그래도 50와트는 될 법한 미소를 보여주었다.

하루히는 묵묵히 평소의 무표정을 유지하고 있는 나가토에게 순간 미소를 지어 보이고서는 스피커 옆에 서 있던 콘을 날려버릴 정도의 엄청난 성량으로 소리쳤다.

"그럼 라스트 송!"

나중에 들은 얘기다.

"교문에서 영화 선전 전단지를 뿌리다 다 떨어져서 동아리방으로 돌아가려고 했거든."

라고 하루히는 말했다.

"그런데 신발장 있는 데가 소란스럽더라고. 그래, 그 밴드 애들이랑 학생회 문화제 실행위원이 말이야. 뭔가 싶어서 다가가본 거야."

바니로 말이냐.

"복장이 무슨 상관이야. 일단 들리는 얘기를 종합해보니 그 밴드를 무대에 세우느냐 마느냐로 싸우고 있더라고."

그런 걸 굳이 신발장 앞에서 할 건 없잖아.

"그게, 경음악부 3학년의 3인조 밴드인데 그중에 한 명이 보컬이랑 기타를 겸한 리더였는데 말야, 문화제 당일에 고열이 난 거야. 편도선염이라고 하더라. 목소리도 거의 안 나올 정도에다 딱 보기에도 서 있는 게 고작이더라니까."

그것 참 불행한 일이네.

"그러게 말야. 게다가 비틀거리다 자기 방에서 넘어져서 오른손 목까지 삔 거야. 무대에 선다는 건 도저히 무리지."

그런데 학교까지 온 거냐.

"응. 본인은 죽어도 하겠다면서 눈물을 흘리며 애원을 했지만 아무리 봐도 바로 병원에 보내지 않으면 안 될 것 같다고 실행위원 애들이 양쪽에서 이렇게, 그레이 타입의 에일리언을 연행하는 것처럼 억지로라도 끌고 가려고 하다 신발장까지 온 거야."

하지만 그런 상태에서 어떻게 연주를 할 생각이었던 거지? 그 보컬 겸 기타 씨는.

"기합으로지."

너라면 그걸로 모든 게 가능하겠지만 말이지.

"이날을 위해 필사적으로 연습한 거잖아. 헛되이 만드는 게 자기 하나만이라면 또 몰라. 하지만 다른 동료들의 노력까지 물거품으로 만드는 거잖아. 그런 건 아무래도 싫지."

마치 네가 노력이라도 한 것 같은 말투구나.

"노래도 그래. 기성품이 아니라고. 자기들이 작곡하고 작사한 창작곡이란 말야. 어떻게든 발표를 하고 싶지 않을까. 악보가 말을 할 수 있었다면 아마 '해라'라고. 그렇게 말했을 거야."

그래서 네가 팔을 걷어붙이고 나선 거냐.

"소매는 없었지만. 뭐, 이 학교 문화제 실행위원이라고 해봤자 선생님들 하는 말이나 듣는 무능한 것들이니까, 그런 녀석들이 하는 말은 들을 필요도 없어. 하지만⋯. 아무리 나라도 그때의 리더의 안색을 보니까 정말 안 되겠다 싶더라. 그래서 이렇게 말했어. '뭐 하면 내가 대신 나갈까?'라고."

그 사람이랑 베이스랑 드럼도 참 용케 허락을 했구나.

"노래만이라면 간단해. 그 아픈 리더는 잠시 생각하는 것 같았지만, '그래, 너라면 할 수 있을지도 모르겠다'라면서 힘겹게 미소를 지었어."

하루히의 얼굴과 이름을 모르는 키타고 학생은 없다. 하루히가 어떤 여자인가 하는 것도.

"그리고 바로 그 사람은 선생님 차를 타고 병원으로 갔고, 나는 데모 테이프랑 악보를 받아서 줄곧 코드를 몸에 익힌 거지. 1시간밖에 없었으니까."

나가토는?

"응, 내가 연주할 수도 있었지만 라이브까지 시간이 없었잖아. 메인 멜로디를 외우는 데만도 벅차서 기타는 유키에게 부탁하기로 한 거야. 그거 알아? 저 애, 저래 보여도 완전 만능이라니까."

알다마다. 너보다 더 잘 알지.

"점을 치는 곳으로 찾아가 이유를 말했더니 바로 따라와주더라. 악보를 한 번 본 게 다였는데 정말 놀랐어. 대충 훑어보기만 하고서도 모든 곡을 완벽하게 연주했다고. 유키는 언제 기타를 배웠을까."

아마 네가 말한 순간이었을 거다.

그로부터 이틀 정도 시간이 흘러 월요일이 되었다.

내 스케줄에 없는, 예정 외의 일이 있었던 문화제가 끝난 다음 주, 4교시를 눈앞에 둔 쉬는 시간의 일이었다.

하루히는 내 뒷자리에서 기분 좋게 노트에 뭔가를 써대고 있었다. 별로 내용을 알고 싶지는 않았지만 아무래도 SOS단 제공의 자체 제작 영화에 관객이 제법 몰렸다는 사실에 기분이 좋아져 바로 속편 구성에 들어간 듯했고, 나는 나대로 어떻게 하면 그런 망상을 하루히의 머릿속에서 없애줄까 고민하고 있던 때였다.

"손님이 왔다."

화장실에서 돌아온 쿠니키다가 말을 걸었다.

"스즈미야한테."

고개를 드는 하루히를 본 쿠니키다는 교실 밖을 가리키며 임시 심부름꾼의 역할을 다했다. 그리고 재빨리 자기 자리로 돌아갔다.

활짝 열린 여닫이문 밖에 어른스러운 여학생 세 명이 서 있는 게 보였다. 그중 한 명은 한 손에 붕대를 감고 있었고 다른 두 명은 눈에 익은 얼굴이었다. 그 밴드 멤버다.

"하루히."

나는 턱을 들어 문을 가리켰다.

"너한테 하고 싶은 말이 있나본데. 가봐."

"음."

웬일로 하루히는 주저하는 표정을 지었다. 천천히 자리에서 일어나기는 했지만 좀처럼 걸음을 옮기지 않으려 했다. 그러다가 결국에는 이런 말까지 꺼냈다.

"쿈, 잠깐 같이 가줘."

왜 내가, 이렇게 반박할 틈도 없이 흰 셔츠의 깃을 잡은 하루히는 괴력을 과시하며 날 끌고 교실 밖으로 나갔다. 세 선배의 얼굴이 풀렸다.

하루히는 날 억지로 옆에 세우고는,

"편도선염은 이제 괜찮아?"

처음 보는 3학년에게 말했다.

"응, 그럭저럭."

그 사람은 목을 쓰다듬 듯 만진 뒤 살짝 쉰 목소리로 대답하고선,

"고마워, 스즈미야."

깊이 고개를 숙여 인사를 했다. 셋이 나란히 말이다.

얘기에 따르면 그 선배들에게는 전교(특히 여성층)에서 오리지널 데모 테이프를 원한다는 요청이 쇄도하고 있다고 했다. 현재 더빙 MD를 열심히 배포하고 있는 중이란다.

"정말 놀랄 정도로 엄청난 수야."

그 숫자를 듣고 나도 놀랐다. 하루히의 보컬, 나가토의 기타라는 카피 연주가 아닌 그녀들의 원래 노래를 원하는 사람들이 그렇게까지 많다니 분명히 예상 밖의 파급 효과다.

"전부 네 덕분이야."

세 사람은 유능한 후배에게 완벽한 미소를 보였다.

"이걸로 우리가 만든 노래를 헛되이 하지 않게 되었어. 정말 고마워. 역시 스즈미야야. 경음악부로서는 문화제가 마지막 추억이 될 테니 내가 하고 싶었지만 기권하는 것보다는 훨씬 더 좋았어. 너한테는 정말 뭐라 고맙다고 해야 좋을지 모를 정두야."

가식적인 웃음이 아닌 미소를 머금은 3학년 선배의 말을 듣는 건 내가 그 대상이 된 것도 아닌데 참 묘하게 낯간지러운 경험이었다. 도대체 왜 내가 하루히의 옆에 서 있어야 하는 건데?

"사례라도 하고 싶은데."

이렇게 말하는 리더에게 하루히는 손을 내저었다.

"괜찮아, 괜찮아. 난 기분 좋게 노래했고, 노래도 좋았고, 생음악으로 노래방을 공짜로 즐긴 거나 같은 거니까, 사례를 하면 오히려 내가 더 찜찜하다고."

하루히의 말에 의아한 기분이 들었다. 마치 미리 준비해둔 메모를 읽고 있는 것만 같았다. 선배를 상대로 반말 짓거리인 건 이 녀석다웠지만.

"그러니까 신경 쓸 거 없어. 그보다 유키한테 말해줘. 그 애는 내가 억지로 시킨 거나 마찬가지거든."

선배들은 나가토의 반에는 먼저 갔다왔다고 대답했다.

얘기에 따르면 감사와 칭찬의 말을 무표정하게 듣고 있던 나가토는 딱 한 번 고개를 끄덕이고는 묵묵히 이쪽을 가리켰다고 했다. 그 모습이 눈에 보이는 것 같다.

"그럼."

마지막으로 리더가 입을 열었다.

"졸업 전까지 한 번 라이브를 할 생각이니까 괜찮으면 보러 와줘. 옆에 있는…."

나를 보며 살짝 미소를 지었다.

"친구와 같이."

하지만 어째서 선배들에게 원곡을 원하는 요청이 줄지어 밀려온 걸까.

이것 또한 나중에 들은 이야기이다. 수수께끼라고 할 수도 없는 그 작은 의문은 이런 때만큼은 수다스런 녀석이 밝혀주었다. 정말 도움이 되는 녀석이다.

"스즈미야 씨의 노래와 리듬 섹션 사이에 미묘한 오차가 있었던 걸 못 느끼셨나요? 정확하게 말하면 스즈미야 씨가 노래하는 멜로디 라인과 나가토 씨의 리프, 그 둘과 베이스, 드럼 사이에요."

코이즈미는 말했다.

"거의 무의식적으로밖에 느낄 수 없는 수준이긴 했지만요. 무엇보다 연습도 없이 바로 라이브를 했다는 게 믿어지지 않을 만큼 네 명의 연주는 호흡이 딱 맞았어요. 놀라운 건 스즈미야 씨의 음역입니다. 데모 테이프를 세 번 정도 들은 게 다라고 얘기했었죠?"

프로 수준의 실력으로 완벽하게 연주를 해낸 나가토에게도 놀라움을 표시해주고 싶었지만 그 녀석이라면 그 정도는 가볍게 해낼 테니까.

"하지만 그것도 완벽하다고는 볼 수 없었어요. 뭐니 뭐니 해도 창작곡이었으니까요. 자기들이 만든 노래를 몇 번이고 반복 연습한 밴드와 긴급 등판한 스즈미야 씨는 기본적으로 바탕이 다른 거죠."

당연한 거잖아.

"네. 그러니까 원래의 밴드 멤버인 베이스 및 드럼과 급하게 익혀야 했던 멜로디를 독자적으로 어레인지해 노래한 스즈미야 씨, 그 노래에 맞춰 기타를 연주한 나가토 씨, 이 네 명의 공동 작업에 미묘하기는 하지만 차이가 발생한 겁니다. 그 점이 듣고 있던 청중들의 마음에 뭔가 찜찜한 느낌을 남긴 거죠. 하지만 의식역 아래 차원에서요."

여전히 그럴싸하게 떠들어대네. 심리학 용어로 해설하면 뭐든 다 가능하다고 생각하는 거 아냐?

"분석한 결과입니다. 해설을 계속하자면, 그렇게 두 번째 곡과 세 번째 곡으로 연주가 계속됨에 따라 청중의 무의식 속에 걸리는 부분이 커지고 마침내 마지막 곡이 되었을 때…, 그전에 스즈미야 씨가 한 게 뭐지요?"

원래의 보컬 겸 기타 멤버가 무대에 서지 못하게 되어 자기와 나가토가 급조로 나선 대역―뭐 그런 소리를 한 다음에 베이스와 드럼 멤버를 소개하지 않았나.

"그걸로 충분했던 겁니다. 그 순간에 수수께끼가 풀린 거죠. 가슴에 꽉 막혀 있던 기묘한 의문이 말입니다. 아아, 그렇구나, 이 기묘한 위화감은 그거였구나―하고 말이죠."

듣고 보니… 그럴싸하군. 납득이 안 가는 것도 아니다.

"스즈미야 씨의 보컬도, 나가토 씨의 기타도 아주 나쁘지 않았어요. 아니, 오히려 고등학교 경음악부 수준을 가볍게 초월한 정도였지만 청중은 이렇게 생각한 거죠. 급조한 보컬과 기타로 이 정도라면 원래의 멤버로 연주하면 얼마나 대단할까―."

MD 희망자가 쇄도한 이유가 그거냐.

"스즈미야 씨는 노래를 참 잘 했습니다. 거의 완벽하게요. 하지만 너무 완벽하지 않았던 게 오히려 좋은 결과를 낳은 거죠. 역시 대단해요."

그럴지도 모르겠다. 하루히와 우연히 마주친 건 그 3학년 밴드에게는 확실히 좋은 결과였을 거다.

하지만 그럼 우리는 어떻게 되는 건데?

"네? 우리들이라뇨?"

이 학교에서 누구보다 하루히에게 깊이 관여하고 있는 SOS단 단원에게는 어떤 거냐고. 그 녀석과 만나게 되어 우리에게도 각각 '좋은 결과'라는 게 기다리고 있거나 하는 거냐?

"글쎄요. 그건 끝나보지 않고는 모르는 일이죠. 으음, 모든 게 끝났을 때 그렇게 나쁘지는 않았다고 생각할 수 있다면 좋겠네요."

3학년 세 명은 4교시가 시작하는 종소리가 울리기 직전에 돌아갔다.

신기하게도 하루히는 복잡한 표정으로 자기 자리로 돌아왔고 그 표정 그대로 4교시 수업을 멍하니 흘려 들은 뒤 점심시간이 되자마자 교실에서 사라졌다.

나는 쿠니키다와 함께 타니구치의 "아니, 정말 문화제에는 괜찮은 여자가 없더라. 내 생각에 이 학교는 입지 조건이 너무 안 좋은 것 같아. 좀더 평지에 있어야지" 이런 소리를 한 귀로 들으며 도시락을 비우는 작업에 몰두했고 다 빈 도시락을 가방에 던져 넣은 뒤 자리를 떴다.

의미는 없다. 그저 왠지 소화를 시키기 위해 산책을 하고 싶은 간절한 심정이었다.

잠시 어슬렁거리며 걸어다니고 있는데 어떻게 된 건지 내 발길이 안뜰로 향하고 있었다. 동아리방 건물로 이어지는 복도에서 벗어나 드문드문 맨땅이 드러난 잔디 위를 걸어갔다. 그러자 우연히도 하루히가 누워 있는 곳에 도착하게 되었다.

검은 머리와 엮은 두 팔을 베개 삼아 열심히 구름을 관찰하고 있는 것 같았다.

"여어."

내가 말했다.

"왜 그래? 아까 쉬는 시간부터 너답지 않게 얌전하다."

"뭐가."

하루히는 멍하니 대답을 하고는 여전히 구름을 바라보았다. 나도 똑같이 따라 해보았다. 그러니까 아무 말 없이 하늘을 올려다본 거다.

그렇게 얼마나 침묵의 시간이 흘렀을까. 3분도 지나지 않은 것 같았지만 체내 시계에는 영 자신이 없어서.

무의미한 침묵 대결 끝에 먼저 입을 연 것은 하루히였다. 놀랍게도 너무나 내키지 않는다는 듯하다는 목소리였지만.

"으음, 영 기분이 석연찮네. 왜 그럴까?"

하루히의 말투에 순수한 당혹감을 느낀 나는 쓴웃음을 지을 뻔했다.

"내가 그걸 어떻게 아냐."

그건 말이지, 네가 다른 사람에게서 감사를 받는 데에 익숙하지 않아서 그래. 직접 대놓고 고맙다는 말이 안 나올 일만 하고 있잖아. 이번 밴드 도우미도 어쩌면 괜한 짓을 해버렸다고 내심 걱정하고 있었던 거 아냐? 너라면 성대에 구멍이 나든, 두 손이 골절상을 입든 주위가 제지를 하려고 하면 할수록 어떻게 해서든 무대에 서서 그야말로 기합으로 어떻게든 해버릴 테니까 누군가에게 도움을 요청한다는 생각은 해보지도 않겠지.

하지만 어때? 그 선배들에게 도움이 된 기분이 말야. 결과적으로 선배들의 창작곡을 찾는 사람들이 크게 늘었고 그 모두가 네가 실행위원에게 용감히 맞섰기 때문에 그렇게 된 거잖아. 선배들의 감사의 말은 진심에서 나온 거였을 거야. 아마 네가 한 일은 가장 좋은 것에서 두 번째 정도로 정확한 조치였을 거다. 어때, 하루히? 이걸로 너도 선행에 눈을 떴겠지? 앞으로는 세상을 위해, 다른 사람들을 위해 살기로 마음을 먹는 건 어떠냐?

…는 말을 하지는 않았다. 생각만 했을 뿐이다. 그래서 이때 내가 한 건 그저 하루히의 옆에 서서 멍하니 하늘을 올려다본 것 정도였다. 문화제 종료가 계기가 된 것처럼 갑자기 가을 색이 짙어진 산바람이 가느다란 구름을 밀어내고 있었다.

하루히도 말이 없었다. 일부러 가장하고 있는 게 분명한 표정은 어쩌면 불쾌한 심정을 표시하고 있는지도 모르겠지만, 머릿속에서는 다른 표정을 짓고 있겠지.

"왜?"

드러누운 채 하루히는 시선만을 들어 나를 쳐다보았다.

"뭐 하고 싶은 말이라도 있어? 그럼 해. 어차피 별 시답잖은 소리겠지만 꽁하니 쌓아두면 정신 건강에 안 좋아."

매서운 눈빛이다.

"아무것도 없는데"라고 대답하는 나.

하루히는 윗몸을 일으켜 잔디를 툭툭 뽑더니 내게 던졌다. 하지만 기상을 관장하는 신이 내 편을 들어줄 마음을 먹었는지, 갑자기 돌개 바람이 일며 녹색 파편이 하루히의 얼굴로 역습을 가했다.

"에잇!"

입에 들어간 잔디를 퉤퉤 뱉으며 하루히는 다시 드러누웠다.

왠지 신경이 쓰여 나는 동아리 건물을 올려다보았다. 여기에서는 문예부 창문이 보인다. 어쩌면 그곳에 가녀리고 짧은 머리의 그림자가 서서 우리를 내려다보고 있지 않을까 싶었는데, 그런 정경은 눈에 들어오지 않았다. 하긴 당연하지.

다시 침묵이 이어졌고 잠시 뒤 불쑥 목소리가 들려왔다.

"라이브도 좋은 것 같아. 그런 정도로 괜찮았나 조금 생각이 들긴 하지만…. 그래도, 그래, 재미있었어. 뭐라고 할까? 지금 내가 뭔가를 하고 있다는 느낌이 들더라."

바니걸 차림으로 무대에 서서 악보를 봐가며 임기응변으로 라이브를 해치우고서는, 거기다 즐거웠다고 말을 하다니 네 근성 레벨은 상한선이 없구나. 알고는 있었지만 말야.

"그러니까 다친 그 사람도 실행위원한테 마지막까지 매달렸을 거야."

"아마 그랬겠지."

나도 약간 감상적인 기분에 젖어 있었던 게 문제였다. 역시 방심을 하고 있었나보다.

"야!"

그때까지 멜로드라마다운 분위기에 잠겨 있던 하루히가 갑자기 벌떡 일어나 내게 얼굴을 가까이 갖다댔을 때 반사적으로 발을 헛디디고 말았으니까 말이다. 게다가 정말 끝내주는 미소로 돌변한 하루히가 청아한 목소리로 다음과 같이 말했으니 말이다.

"야, 쿈, 너 악기 연주할 줄 아는 거 있어?"

엄청나게 불길한 예감이 최대 속도로 닥쳐와 나는 전속력으로 고개를 저었다.

"못 해."

"아, 그래? 하지만 연습을 하면 어떻게든 될 거야. 1년이나 시간이 있으니까."

야, 야.

"내년 문화제에 우리도 밴드로 참가를 하자. 경음악부가 아니라도 오디션에 붙기만 하면 나갈 수 있다던데. 우리라면 합격은 따놓은 당상이야. 내가 보컬, 유키가 기타, 미쿠루는 탬버린을 들려서 무대를 장식하면 되겠지."

아니, 아니.

"물론 영화 2탄도 만들어야 하니까, 응! 내년엔 바빠지겠네. 역시 목표 수치는 항상 작년 기록을 상회해야 하잖아!"

잠깐만, 기다려봐라.

"자, 가자, 쿈."

야, 기다려봐. 어딜. 뭘 하러.

"기재를 얻으러 가야지! 경음악부 동아리방에 가면 남는 게 있을 거야. 그리고 그 3학년 밴드한테 작곡 방법도 물어봐야 하잖아. 좋은 일일수록 서두르라고 했어."

바쁠수록 돌아가야 하는 것 아니냐는 나의 생각을 무시한 채 하루히는 내 손목을 와락 움켜쥐고는 질질 끌며 걸어가기 시작했다.

큰 걸음으로. 기세 좋게.

"걱정 마. 작사, 작곡, 제작은 내가 맡아줄 테니까. 물론 편곡에 안무도!"

이런이런. 또 하루히의 머릿속에만 존재하는 수수께끼의 스위치가 소리를 내며 이상한 곳으로 돌아갔나보다. UFO라도 이것보다는 더 부드러울 거라고 생각될 만큼 과격하게 납치당하며, 나는 다시 한번 고개를 들어 도움이 될 만한 사람을 찾았다.

동아리방 창가에는 아무도 서 있지 않았다.

달인 레벨의 기타리스트이기도 한 마법사 같은 우주인은 지금 느긋하게 독서에 빠져 있나보다. 뭐 가을이니까.

"네 발로 걸어. 자, 계단은 3단뛰기 하는 거다!"

뒤를 돌아본 하루히는 반짝거리는 눈동자에 즐거운 일이 떠올랐을 때의 빛깔을 한껏 담으며, 걷는 속도를 더욱 높였고, 마침내는 달리기 시작했다.

별수 없이 나도 달리기 시작했다.

왜냐고?

하루히의 손이 내게서 떨어지려면 아직 더 시간이 필요할 것 같았으니까.

그렇게 1학년의 문화제는 계절의 변화와 싱크로한 듯 황황히 지나갔는데, 하루히의 머릿속에는 아직 요란한 축제의 여운이 박혀 있는 듯했고 그 여운을 배경으로 '예약권 절찬리 디자인중'이니 '전미를 뒤흔들(예정)'이니 '구상 1년, 촬영 1개월(거의 결정)' 같은 캐치프레이즈가 춤을 추고 있는 것 같았다.

그러니까 내년 문화제를 대비해 바보 같은 영화 제2탄을 열심히 생각하고 있는 것이다. 성급한 것도 정도가 있어야지.

나로서는 짊어지고 온 무거운 짐을 겨우 내려놓고 겨우 돌아갈 수 있게 되었다고 안도하고 있었는데 더 중량이 늘어난 짐의 배송

예약이 들어온 것과 같은 상황으로, 산길에서 벵골 호랑이와 마주친 작은 동물처럼 두려움에 떠는 주연 여배우와 함께 벌벌 떠는 수밖에 다른 길은 없었지만, 그것도 앞서 상영된 영화가 너무나 엄청난 물건이어서 그런 거다.

얼마나 엄청난 거였나 하면, 음, 다음과 같다.

아사히나 미쿠루의 모험 Episode 00

그녀의 이름은 아사히나 미쿠루라고 하며 아주 평범하고 부지런하고 귀여운 소녀이지만 사실은 미래인이다. 어디선가 들어본 듯한 이름을 가진 아사히나 미쿠루라는 인물과는 그저 우연히 닮은 사람에 불과하며, 그곳에 동일성이 없다는 것을 미리 말해두고 싶다.

그건 차치하고, 아사히나 미쿠루의 정체는 미래에서 온 싸우는 웨이트리스다. 웨이트리스가 왜 미래에서 왔는지, 어째서 웨이트리스의 분장을 해야만 하는 건지 그런 건 사소한 의문에 불과하며 단적으로 말하자면 아무런 의미도 없다. 그저 그렇게 되어 있기 때문에 그런 거라는 말 외에 여기에서는 설명이 불가능하며 거기에 의미를 줄 수 있는 인물은 존재하지 않을 것이다.

…어디선가 메아리치는 하늘의 목소리가 그렇게 주장하고 있을 뿐이기 때문이다.

그럼 바로 본론으로 들어가, 그런 아사히나 미쿠루의 평소의 일상을 살짝 엿보기로 하자.

그녀의 평상복은 바니걸 스타일이다. 왜냐하면 미쿠루의 통상 업무는 지역 상점가에서 호객 행위를 하는 아이로 설정되어 있기 때문이다. 그녀는 저녁이 되면 바니걸 의상을 입고 상점가의 가게 앞에서 플래카드를 들고선 가게 지붕 밑에서 교성을 지르는, 소위 아르바이트로 생계를 꾸려나가고 있는 것이다.

미래에서 왔다면 보다 효율적으로 돈을 벌 수단을 알고 있을 법한데 이 이야기는 그런 현실적인 배려는 전혀 없는 채 진행될 것이므로 쓸데없는 기대감을 갖게 되기 전에 미리 설명을 해두는 게 전개상 보다 친절한 설계라 할 수 있겠지.

그러니까 그녀는 바니걸 복장으로 치장한 싸우는 미래인 웨이트리스인 것이다.

무슨 의미가 있어서 그런 분장을 해야만 하느냐는 의문은 마지막까지 해소되지 않을 테니 이것도 미리 단언해두겠다. 그러니까 의미란 없는 것이며 만약 있다 하더라도 영원히 밝혀지지 않을 테니까 그건 즉 없는 것이나 마찬가지이고, 결과적으로 본다면 둘 다 똑같은 것이다.

그런 아사히나 미쿠루는 오늘도 기운차게 바니 룩을 걸치고 상점가의 한 가게 앞에서 플래카드를 들고 호객에 매진하며 입에 풀칠을 하고 있다.

"바쁘신 데 죄송합니다아! 오늘은 싱싱한 배추가 다량 입하되었어요오! 타임 서비스, 타임 서비스입니다아! 지금부터 딱 1시간 동안 배추를 한 통에 반값으로 팝니다아! 거기 어머니, 배추 사가세요오!"

채소 가게 앞에서 긴장된 목소리로 소리 높여 외치고 있는 미쿠루의 모습이 보인다. 자그마한 몸집을 폴짝거리고 있어 흔들리고 있는 것은 토끼 귀뿐만 아니라 그녀의 신체 일부 또한 마찬가지였는데, 채소 가게의 구매층인 주부들에게 그런 섹시 작전이 효과가 있는지 어떤지는 의심이 가는 부분이기도 했지만, 미쿠루의 필사적인 모습과 정직해 보이는 분위기는 만인의 미소를 이끌어내는 경지에 도달해 있어 지나가던 사람들은 자기도 모르게 사람 좋은 미소를 지으며 자기도 모르게 지갑을 열고 마는 것이다.

"미쿠루, 오늘도 참 열심이구나."

대본을 읽는 듯한 말을 통행인에게서 듣자 미쿠루는 형광핑크색 해바라기와 같은 미소를 지으며,

"아, 네! 열심히 일하고 있습니다!"

지나치게 열심인 코스튬으로 밝게 대답하고선 상점가에 순진무구한 매력을 흩뿌리고 있다.

그 매력이란 예정했던 오늘 저녁 메뉴를 바꿔 배춧국으로 만들어 버릴 정도의 파워를 자랑하고 있으니 놀라지 않을 수 없다.

"수량은 한정되어 있습니다아. 서두르세요오."

그러는 사이 채소 가게 앞에는 엄청난 사람들이 모여들었고 이내 채소는 품절 상태를 맞이하게 되었다.

가게 주인에게 불려 안으로 들어간 미쿠루는 청과점을 경영하는 모리무라 키요스미 씨(46)에게서 일당이 든 봉투를 건네받았다.

"늘 미안하구나. 얼마 안 되지만 받으렴."

고생을 한 횟수가 주름이 되어 얼굴을 뒤덮고 있는 모리무라 씨의 투박한 손에서 갈색 봉투를 받아든 미쿠루는,

"아뇨, 그렇지 않습니다. 저야말로 늘 죄송해요. 이런 것밖에 할 줄 몰라서…."

머리를 꾸벅거리며 절대로 겸허한 자세를 무너뜨리지 않는 근로 소녀였다. 미쿠루는 봉투를 크게 벌어진 가슴팍에 슬쩍 찔러넣었다.

"그럼 다음은 정육점에 가야 해서 이만 가보겠습니다. 실례 많았습니다!"

플래카드를 들고, 미쿠루는 상점가를 달리기 시작했다. 이제 그녀는 이 상점가에 없어서는 안 되는 마스코트 캐릭터로 지역 주민들에게 사랑받는 친근한 존재였다.

힘내라, 미쿠루. 작년에 생긴 대형 백화점에 빼앗긴 손님들을 상점가로 되찾아오는 거다. 지역의 활성화와 개인 점포의 운명은 오로지 미쿠루의 두 어깨에 달려 있다.

그런 선전 문구 하나라도 넣어주고 싶은 기분이 되었다.

하지만 미쿠루는 한 지방 도시의 기울어져가는 상점가를 구하기 위해 미래에서 온 게 아니다. 바니 스타일은 어디까지나 세상의 눈을 속이기 위한 일시적인 모습으로, 본직은 싸우는 웨이트리스임을 잊어서는 안 된다. 아무래도 좋을 것 같다는 느낌도 들기는 하지만 여기에서는 그렇게 되어 있으니 별수 없다.

이야기는 하늘의 목소리의 끊일 줄 모르는 충동의 산물로 인해 되는 대로 진행될 예정이니까 말이다.

그래서 미쿠루의 진짜 목적은, 그 중요한 임무가 무엇인가 하면 바로 한 소년을 은밀히 지켜보는 것이었다.

그 소년의 이름은 코이즈미 이츠키로 아주 평범하고 어디서나 쉽게 볼 수 있는 고등학생이지만, 사실은 초능력자이다. 어디선가 들어본 듯한 이름을 가진 코이즈미 이츠키라는 인물과는 그저 우연히 닮은 것일 뿐, 동일성이 없다는 것은 새삼 말할 필요도 없겠지.

초능력자이긴 하지만 코이즈미 이츠키 본인은 아무런 자각도 갖고 있지 않다. 아무래도 어떤 일을 계기로 숨겨져 있던 슈퍼내추럴 파워가 각성하게 되는 것 같은데, 현재까지 그런 일은 미연에 방지하고 있어, 주관적으로도 객관적으로도 일반인과 무엇 하나 다를 바 없는 학창 생활을 보내고 있다.

오늘도 이츠키는 학생 가방을 덜렁거리며 태평한 미소를 지은 채 집으로 향하는 길이었다. 그런 그의 통학로는 바로 이 상점가의 중심부에 있는 것이다.

"……."

이츠키의 뒷모습을 몰래 훔쳐보는 그림자가 있었다. 그 그림자에는 머리에서 솟아난 기다란 귀가 두 개 달려 있었고 거의 나체에 가까운 모습을 하고 있는 점으로 봐서 미쿠루라는 것은 누가 봐도 확실한 사실인데, 무엇보다 몰래 훔쳐보고 싶다면 그렇게 눈에 띄는 복장은 어울리지 않는다고 생각되지만 뭐니 뭐니 해도 그녀의 통상 모드는 바니걸이니까 어쩔 수 없는 일이다.

"후우."

미쿠루는 한숨을 쉬었다. 이츠키의 무사한 모습에 안도한 것 같기도 하고, 동경하는 선배에게 좀처럼 말을 걸지 못하는 후배가 자기도 모르게 토해내는 한숨과 같기도 했지만, 생각하면 화가 나니까 후자일 가능성은 무시하도록 하자.

멀어지는 이츠키의 뒷모습을 지켜본 뒤 미쿠루는 '소 양지 100그램 98엔(하트 마크, 소의 오리지널 일러스트 첨부)'라고 매직으로 쓴 플래카드를 들고 어딘지 모르게 초연한 얼굴로 이츠키와는 반대 방향으로 상점들 사이를 걸어갔다.

가게 주인들이 건네는 위로의 말에 일일이 응대하며 도착한 곳은 어두컴컴한 문방구였다. 그곳의 주인은 바로 상점가의 조합장으로 지금 미쿠루에게 거주 공간을 제공하고 있는 스즈키 유스케 씨(65)다.

"어서 와라, 미쿠루. 피곤하니?"

약간 책을 읽는 것 같은 말투로 말하며, 스즈키 씨는 사람 좋은 할아버지 같은 미소로 미쿠루를 맞이해주었다.

"아, 괜찮아요. 오늘은 손님들도 많아서…. 으음, 저기, 장사가 아주 잘 됐어요."

"그거 잘 됐구나."

스즈키 씨에게 인사를 하고 미쿠루는 가게 안에 있는 가파른 계단을 올라갔다. 짧은 복도 안쪽에 있는 좁은 방이 미쿠루가 이 시대에 숙소로 이용하고 있는 곳이다.

스즈키 씨는 가게 외에 집을 별도로 갖고 있기 때문에 이 방은 원래 빈방이었다. 어떤 과정이 있었는지는 알 수 없지만 미래에서 온 미쿠루는 여기에서 신세를 지고 있다.

벽장을 연 미쿠루는 천천히 바니걸 분장을 벗기 시작했다. 안타깝게도 이 장면은 잘렸으며 다음 장면은 헐렁한 티셔츠를 입은 미쿠루가 얇은 이불 속으로 파고드는 것에서 시작되고 끝났다.

한편 코이즈미 이츠키를 의미심장한 분위기 속에서 바라보는 또 하나의 그림자가 있었다.

그 그림자의 이름은 나가토 유키로 아주 평범하지도, 일반적인 소녀로도 보이지 않지만 그것도 당연한 것이 사실은 나쁜 우주인 마법사였기 때문이다. 폭 넓은 고깔모자에 망토 차림이라는, 시대의 유행에서도, 평상복 범위 내에서도 약간 벗어난 복장을 한 것에서부터 그 일말을 엿볼 수 있다. 참고로 어디선가 들어본 듯한 이름을 가진 나가토 유키라는 인물과는 그저 우연히 닮은 것일 뿐, 동일성이라고는 조금도 없다는 이 설명도 점점 귀찮아지고 있다.

"……."

감정이 하나도 서려 있지 않은 무표정한 얼굴로 유키가 서 있는 곳은 고등학교 옥상이다. 이 고등학교가 바로 이츠키가 다니는 학교로, 언뜻 보면 유키 또한 이츠키에게 어떠한 감정이 있는 것으로 보이는 장면이겠지만 시간의 흐름상 이츠키는 이미 하교를 했을 시간이고 유키는 이츠키가 없는 학교 건물에 남겨진 듯 서 있는 것이니 뭐라 의미를 부여하기 애매한 컷이다.

조금 전의 상점가에서는 저녁이었던 것 같은데 이 시간 유키의 머리 위에 있는 태양은 거의 정남쪽에 위치해서 대낮과 같은 햇볕을 퍼붓고 있는 듯 느껴지는 건, 느껴진다는 모호한 범주를 일탈해 확실히 점심시간에 촬영을 했기 때문이다. 감독이 얼마나 시간의 흐름을 신경 쓰지 않고 촬영을 강행했으며 그로 인해 편집 단계에서 얼마나 엄청나게 고생을 했는가를 이런 점에서도 잘 알 수 있을 것이다.

이후의 전개에서도 마찬가지였다.

시간 관계상 그곳에 도달할 때까지의 과정은 전혀 그려지지 않았지만, 마침내 미쿠루와 유키는 처음으로 대결을 하게 되었다.

어떤 연유에선지 장소는 삼림공원이었고 쓸데없이 미쿠루는 일단 신사에서 비둘기떼와 논 뒤 여기에 오게 되었다.

당연히 바니걸 차림이 아니라 너무 미니스커트다운 웨이트리스 의상을 입고 있다. 머리를 양 갈래로 묶고 글래머 수준을 지나치게 강조한 모습의 미쿠루는 딱 보기에도 무거워 보이는 자동 권총을 두 손에 쥐고 있었다. 그 표정에는 어떤 의미로는 포기한 것과도 같은 결의가 배어나오고 있어 오히려 애수를 불러 일으켰지만, 그것이 연기 지도에 의한 것이 아니라 자신이 지금 처한 처지에 대한 감정의 표현이라는 것도 보이는 그대로이다.

한편 암흑 같은 의상으로 온몸을 감싼 나가토 유키는 자신의 처지에 별다른 감상도 없는지 그저 멀뚱히 서서 별이 달린 마법 지팡이를 쥐고 있었다.

맞선 두 소녀는 눈싸움이라고 하기에는 너무나 박약한 시선을 나누고 있었지만 미쿠루가 시종 부들부들 떨고 있는 건 승산이 적다고 자각을 하고 있어서일까.

"에잇!"

미쿠루는 마구잡이로 권총을 잡고는 눈을 감고 연신 방아쇠를 당겼다. 총구에서 뿜어나오는 작은 탄환이 차례로 유키를 덮쳤다. 하지만 그중 대부분은 유키의 옆을 허무하게 스쳐 지나갔고 표적을 향해 날아간 것은 차마 다섯 손가락에 꼽히지도 않을 정도였다.

물론 표적이 된 유키도 다가오는 위협을 방치하고 있지만은 않았다. '스타링 인페르노'라는 거창한 이름이 붙은 마법 지팡이를 좌우로 흔들어 모조리 쳐냈다.

"으윽…."

오래 기다릴 것도 없이 권총은 탄환이 떨어져 침묵했다.

"이, 이렇게 되면 비장의 카드입니다! 이야앗."

비장의 카드치고는 너무 일찍 꺼내는 게 아닌가 싶기도 하지만 미쿠루는 귀여운 함성을 지르며 권총을 내던지고 두 눈을 크게 떴다.

감청색으로 빛나는 왼쪽 눈을 한참 보여준 뒤 V사인을 그린 왼손가락을 얼굴 옆에 갖다 댔다.

"미, 미, 미쿠루 빔!"

소리를 지르자 윙크한 그 눈동자에서 필살 광선이 뿜어져 나왔다. 무시무시한 살인광선은 광속으로 공간을 가로지르며 그 도중에 있는 모든 물질을 관통—해야 했지만, 그걸 좋게 생각하지 않는 인물이 있었다.

나가토 유키였다.

컷을 자른 것도 아닌데 순간 이동을 한 유키는 오른손을 내밀어 미쿠루 빔을 잡았다. 잠시 치익 하는 실감나는 음향효과가 귀에 닿기도 전에 땅을 박찬 유키는 미쿠루에게 바짝 다가섰다.

"히익?!"

다가오는 검은 그림자에 몸을 뒤로 빼는 미쿠루. 유키는 검은 의상이 흔들릴 정도로 빠르게 미쿠루에게 다가가 얼굴을 거칠게 움켜잡고선 지면에 내리꽂았다.

"으아…, 나, 나, 나, 나가토 씨…!"

손발을 버둥거리는 웨이트리스 의상, 그 위로 덮쳐오는 나가토 유키.

대체 이후에 사태는 어떻게 급박한 전개를 맞이할 것인가. 과연 미쿠루의 운명은? 이츠키는 과연 무엇을 위해 나온 건가?

모든 수수께끼에 복선만을 보여준 채 잠시 주연 여배우 두 사람의 오오모리 전기점 광고를 즐겨주십시오.

…….

그 광고가 끝난 뒤의 장면은 웨이트리스 미쿠루가 축 처져 걷는 장면에서 시작된다.

"미쿠루 빔이 안 통하다니…. 어떻게든 해야 하는데."

이렇게 중얼거리고 있는 곳은 예의 상점가이다. 터덜거리며 걸어가는 미쿠루는 흐트러진 복장으로 문방구로 돌아가 가구도 변변찮은 방에 들어가 다시 옷을 갈아입는다. 변신 히로인이라는 설정은 아닌지 의상은 일일이 벗고 입을 필요가 있나보다.

다시 문이 열렸을 때 미쿠루는 재차 바니걸로 등장, 고개를 숙인 채 계단을 내려왔다.

아무래도 싸움의 승패를 떠나 오늘도 아르바이트를 하러 나가야 하는 모양이다. 진지한 건지 명청한 건지, 아니면 단순히 노력파인 건지, 절로 눈물이 나는 처지도 있는 법. 이런 면은 미쿠루의 실체와 어딘지 모르게 비슷한 것도 같다.

그런데 그 무렵 코이즈미 이츠키는 여전히 아무 생각도 없는 듯한 얼굴로 공허하게 길을 걸어가고 있었다.

그 앞에 모습을 나타낸 것이 신출귀몰한 검은 망토 괴인 나가토

유키였다. 유키는 어깨에 얼룩 고양이를 태우고 있었는데 그 고양이는 손톱을 세워 유키의 검은 옷자락을 움켜쥐고 있었다. 유키보다 고양이가 균형에 더 신경을 쓰고 있는 것 같은 느낌도 들지만 원래 배려심이 없는 게 유키의 특징이라 이때 이츠키의 앞길을 막은 것도 갑작스런 일이었다.

놀란 표정을 지은 이츠키는 고양이를 데리고 등장한 마법사 앞에 멈춰 서선,

"누구신가요?

보다 적절한 대사가 있어도 좋을 법할 텐데, 일단 여기에서는 이렇게 말을 하기로 되어 있었다.

"나는."

유키는 뜸을 들인 뒤 말했다.

"마법을 쓰는 우주인이다."

고양이를 바라보며 이츠키는 대답했다.

"그렇습니까?"

"그래."

유키도 고양이를 바라보고 있다.

"제게 무슨 일이신가요?"

"네게는 숨겨진 힘이 있기 때문에 나는 그걸 노리고 있다."

"폐가 된다면 어떻게 하시겠습니까?"

"강제로라도 나는 너를 손에 넣겠지."

"강제로라도라니 무슨 뜻인가요?"

"이렇게 할 거다."

유키는 '스타링 인페르노'를 천천히 흔들었다. 갑자기 그 별 마크

에서 번개 같은 투과광(주4)이 발사되었다.

"위험해요!"

옆에서 튀어나온 바니걸이 이츠키에게 태클을 걸었다. 뒤엉켜 바닥을 구르는 두 사람. 번개는 허공을 날아가 전신주에 맞고 사라졌다.

이츠키를 덮치고 있는 바니 미쿠루라는 매우 화나는 상황이 완성되었고 무슨 생각인지 유키는 추가 공격을 하지 않았다.

넘어지는 바람에 머리를 부딪힌 미쿠루가 어지러워하고 있어서인지도 모르겠다. 이츠키가 어깨를 흔드는 덕에 정신을 차린 미쿠루는,

"아야야야…."

뒤통수를 만지며 일어나 용감하게 나가토를 가리키며,

"당신 뜻대로 되게 내버려두지는 않겠어요…!"

하고 소리쳤다.

유키는 가만히 미쿠루를 바라보고 있다가 마침내 어깨에 올라탄 얼룩 고양이의 수염을 향해 감정이 없는 시선을 돌렸다가 다시 미쿠루를 바라보며 중얼거렸다.

"일단 물러나도록 하지. 하지만 다음번에는 이렇게 끝나지 않을 거다. 그때까지 죽을 준비나 해두도록. 다음에야말로 나는 가차없이 너를 없애버릴 것이다."

미쿠루에게 그런 시간 여유를 주는 의미가 도통 이해가 가지 않지만, 아무튼 유키는 그렇게 말을 하고선 몸을 돌렸다. 터벅터벅 걸어가는 검은 그림자가 작아져갔다.

이츠키가 말했다.

주4) 투과광: 투명하거나 반투명한 물질의 내부를 통과한 빛.

"당신은 누구신가요?"

"네?"

안도한 표정을 짓던 미쿠루는 순간 안색이 바뀌어선,

"아, 저…, 전 그냥 지나가던 바니걸입니다! 그게 다예요! 그럼 안녕히 계세요."

유키의 뒤를 쫓듯 달려갔다.

"저 사람은 대체….."

이츠키가 필요도 없이 그윽한 눈을 하며 말했고, 화면은 별 의미도 없이 하얀 구름으로 이동했다.

이 다음의 미쿠루 vs. 유키, 그것은 호숫가에서의 일이었다.

말할 필요도 없는 일일지 몰라도 여기에 도달하기까지의 과정은 생략할 수밖에 없다. 나름대로 의미가 있는 이런저런 일이 있어 다시 싸우는 계기가 마련되었던 거겠지, 아마도 말이다.

"이, 이, 이런 일로는 전 굴하지 않아요! 이, 이, 이 나쁜 우주인 유키 씨! 얌전히 지구에서 떠나세요…. 아…, 죄송합니다."

"당신이야말로 이 시대에서 사라지는 게 좋아. 그는 우리가 손에 넣을 것이다. 그에겐 그럴 만한 가치가 있어. 그는 아직 자신이 가진 힘을 깨닫지 못하고 있지만 그건 아주 귀중한 것이다. 그러니 일단 이 지구를 침략하도록 하겠다."

"그, 그, 그, 그렇게는 안 될 겁니다. 이 목숨을 걸고서라도!"

"그럼 그 목숨도 우리들이 갖도록 하지."

이번의 유키는 고양이와 같이 있지 않았다. 대신 다른 상대를 거

느리고 있었다. 어디선가 데리고 온 듯한 고등학교 교복 차림의 남녀로 활발해 보이는 소녀가 한 명, 몹시 당황한 표정의 소년이 두 명, 다 해서 세 명의 행인이다.

최소한 머리가 긴 소녀는 미쿠루가 아는 사람이었는지,

"아, 아, 츠루야 씨…. 서, 설마 당신까지…. 제, 제, 제정신을 차리세요, 제발!"

"그런 모습의 미쿠루를 보고 제정신을 차리라는 게 말이 되니!"

순간 솔직하게 대답한 츠루야 씨는 입가를 과장되게 일그러뜨리곤 말했다.

"미쿠루, 미안해. 이렇게 하고 싶지 않지만 난 조종을 받고 있어서 말야. 정말 미안하다."

"히익."

"자아, 미쿠루. 각오해라~."

정말 전혀 오싹하지 않은 연기로 미쿠루에게 서서히 다가가는 츠루야 선배와 기타 두 명.

뒤쪽에서 유키가 지팡이를 휘둘러 지휘하는 분위기를 연출하고 있다. 그 지시봉에서 나오는 염파인지 전자파인지는 모르겠지만, 아무튼 그런 의미를 가진 물건에 의해, 츠루야 선배와 기타 두 명은 자의식을 상실한 꼭두각시 인형처럼 조작되고 있었다.

무서운 나가토 유키. 어쩌면 이렇게 비겁한 수를 쓰는 녀석이란 말인가. 이래서는 미쿠루는 손을 댈 수 없다. 어떡할 것인가, 미쿠루.

"히이익, 히이이익."

어찌할 도리가 없었다.

가엾은 미쿠루는 손발을 츠루야 선배 기타 두 명에게 붙들려 그대로 탁한 녹색으로 가득한 연못에 내던져졌다. 무슨 실수가 있었는지 기타 두 명 가운데 불성실해 보이는 소년도 연못가에서 다이빙을 감행했지만 그건 곁다리로 일어난 일이다. 내버려두면 알아서 기어오겠지.

"힉, 어푸…. 하악…!"

발이 닿지 않을 만큼 깊었나보다. 미쿠루는 공포에 질린 얼굴로 필사적으로 버둥거리고 있었고 초조한 나머지 전혀 앞으로 나아가지 못했다.

이대로 있다가는 곧 연못 바닥에서 물고기 밥이 되는 매우 안 좋은 말로가 기다리고 있다. 하지만 미쿠루는 수영을 못 하는 건지 못 하는 설정으로 되어 있는 건지, 필사적으로 수면에서 텀벙거리고만 있을 뿐이었다. 아사히나 미쿠루 최대의 위기다.

하지만 역시 히로인, 확실하게 도움의 손길이 뻗게 되어 있었다.

"무슨 일이시죠?"

옆에서 질풍처럼 등장한 것은 코이즈미 이츠키였다. 수면 가까이에 몸을 숙인 이츠키는 만화틱할 정도로 멋지게 물에 빠진 미쿠루에게 팔을 뻗었다.

"이걸 잡으세요. 진정하시고요. 저까지 잡아당기진 마십시오."

그런데 이츠키는 지금까지 어디에 숨어 있었던 걸까. 연못 주변은 평탄한 지면뿐이라 몸을 숨길 수 있을 만한 장애물은 전무했고, 나타난 타이밍으로 추정해보면 미쿠루가 연못에 던져지는 광경을 바로 옆에서 지켜보고 있었다고밖에 생각할 수 없었다. 신기한 일은 그 외에도 있어서, 조금 전까지 지팡이를 휘두르고 있던 검은 옷의 유키와 그 수하 세 명도 어느 사이엔가 사라지고 없었다. 결정타를 먹일 수 있는 절호의 기회인데 대체 어디로 사라진 걸까.

"괜찮으세요?"

"…으윽. 차가웠어….'"

이츠키의 손에 붙들려 연못에서 빠져나온 미쿠루는 콜록거리며 엎드렸다.

"그런 곳에서 대체 뭘 하고 있었던 겁니까?"

이츠키가 묻지만 미쿠루는 바로 대답하지 못하고 멍하니 쳐다보다가 겨우 대사가 입에서 나왔다는 듯이 입을 열었다.

"어, 아…, 저기, 나쁜 사람이 연못에다, 저기…. 으음."

이때 어디선가 들려오는 목소리라도 들었는지 미쿠루는 "윽" 하고 신음하며 쓰러졌다. 그렇다, 이 장면에서는 기절을 해야만 하게 되어 있었다.

"정신 차리세요."

안아 일으키려는 이츠키의 팔 안에서 미쿠루는 힘없이 축 늘어졌다.

보통 이런 장면에 처하면 이츠키 같은 역할을 맡은 인간은 구급차를 부르든가 주위의 민가까지 도움을 요청하러 가는 게 상식이라 생각하지만, 괘씸하게도 이츠키는 미쿠루를 등에 업고선 어딘가로 걸어가기 시작했다. 의식을 잃은 미소녀를 넌 대체 어디로 데리고 갈 생각인 거냐고 말을 해도 이츠키의 발걸음에는 일말의 주저하는 기색도 없었다.

강렬한 명령 전파에 의해 무선 조종을 당하고 있기라도 한 듯 시원스럽게 이츠키는 미쿠루를 어딘가로 데려 가려 하고 있었다.

대체 어디로.

그의 자택이라고 설정이 되어 있는 집으로였다.

자세한 정경 묘사는 생략하겠지만 크고 우아한 일본식 저택이라는 것은 틀림없었으며, 미쿠루는 전통적인 스타일의 널찍한 이츠키의 방으로 옮겨지게 되었다.

여기에서 주목해야 할 점은 이츠키가 티셔츠 한 장만을 걸친 미쿠루를 공주님처럼 안아들고 있다는 폭거는 물론이거니와 아무리 봐도 미쿠루가 목욕을 마친 뒤로밖에 보이지 않는 모습이라는 점이다.

그런데 기절한 사람이 혼자서 목욕을 한다는 건 상상하기 힘들다. 그렇다는 건 미쿠루의 몸을 이 사기꾼 스마일 녀석의 손이 씻겼다는 것 이외에 달리 무엇이겠는가 하는 의문이 생겨나며, 의문은 추호의 정체도 보이지 않고 격노로 변화해 경우에 따라서는 쉽게 살의로 전환하기도 하는 것인데 지금이 바로 그때이다.

이츠키는 유키가 자신을 노린다는 걱정보다 전교생들의 약 반수로부터 몸을 지킬 생각을 하는 편이 좋을 것이다.

물에 빠져 실신한 소녀를 의식이 없다는 핑계로 자기 방으로 데리려온 것만으로도 범죄에 가까운 짓인데 그대로 목욕까지 시켰다면 그건 완전히 범죄를 초월해 인간의 근원적인 죄악의 하나로 꼽힐 게 분명하고, 그러한 행위를 한 인간, 아니 이츠키는 산 채로 포를 떠죽이는 형에 처해도 아무도 클레임을 걸지 않을 것이다. 누가 좀 해주지.

이츠키는 무슨 연유에서인지 이미 바닥에 깔려 있는 이불에 미쿠루를 눕히고선 그 옆에 양반다리를 하고 앉았다. 팔짱을 끼고 뭔가를 생각하고 있는 것 같아 보였다. 내기해도 좋다. 이 녀석은 아무 생각도 하지 않고 있다.

그 증거로 밖에서 들리는 목소리의 지령에 따라 미쿠루의 얼굴로 서서히 다가가고 있지 않은가. 1센티미터만 더 접근하면 등장할 예정에 없던 캐릭터가 갑자기 플레임 인해서 코이즈미… 이츠키라는 소년을 발로 차버릴 뻔했지만 다행히 이 자리에 나타나도 전혀 신기할 것 없는 인물이 제지를 가해주었다.

"기다려라."

그렇게 말하며 창문으로 나타난 모자란 사신 견습생 같은 소녀는 바로 나가토 유키였다. 깜박했지만 여기는 2층이다. 그때까지 어디에서 대기하고 있었는지 약간의 의문이 남긴 하지만 그런 건 오차즈케(주5)의 마지막 한입처럼 죽 마셔버리기를 희망한다.

사신 비스무리라고 말을 하지만 지금은 상복을 걸친 천사로도 보이는 유키는 구르듯 방으로 들어와 우뚝 서서는,

"코이즈미 이츠키, 너는 그녀를 선택해서는 안 된다. 네 힘은 우리와 함께해야 비로소 유효성을 가지게 된다."

담담한 목소리로 그렇게 말을 하고선 24시간 계속 평정 중인 검은 눈동자를 이츠키에게 향했다.

이츠키도 유키가 창문에서 나타난 사실에는 놀라지 않는 주제에,

"에? 그게 무슨 소린가요?"

말꼬리만 잡으며 심각한 표정이나 짓고 있다.

"지금은 설명할 수 없다. 하지만 언젠가 이해하게 될 것이다. 네

주5) 오차즈케: 녹찻물에 밥을 만 음식.

가 선택할 수 있는 길은 두 개다. 우리와 함께 우주를 원래 있어야할 모습으로 진행시키던가, 그녀의 편에 서서 미래의 가능성을 잡는 것이다.”

기억에 따르면 분명히 3할 정도는 유키가 애드리브로 친 대사다. 그건 정말로 이츠키에게만 던진 대사일까?

그 나가토… 유키의 말에 어떠한 함축적 요소가 담겨 있는지는 판단을 보류하기로 하고, 이츠키는 심각한 얼굴로 생각에 잠겼다.

“그렇군요. 어쨌든 그…, 아니, 이 장면에서는 저입니다만, 제가 열쇠라는 거군요. 그리고 열쇠 자체에는 진정한 효력은 없어요. 열쇠는 어디까지나 문을 여는 효과밖에 없는 거죠. 그 문을 열었을 때 뭔가가 바뀌겠죠. 아마도 바뀌는 것은….”

말하던 이츠키는 말허리를 자르고는 카메라를 향해 의미심장한 시선을 보냈다. 이 녀석은 누구를 향해 무슨 말을 지껄이고 있는 걸까.

“그건 알겠습니다, 유키 씨. 하지만 지금의 제게는 결정권이 없어요. 아직 결론을 내기에는 너무 이르다고 생각합니다. 이번에는 보류로 해둘 수 없을까요? 저희에게는 아직 생각할 시간이 필요해요. 당신들이 모든 진실을 말해준다면 또 달라질지도 모르지만요.”

“그때는 머지않아 찾아올 것이다. 하지만 지금이 아니라는 것도 분명하지. 우리는 정보의 부족을 가장 큰 결점이라 보는 습관이 있다. 가능성의 단계에서는 명확한 행동을 취할 수 없는 것이다.”

의미를 알 수 없는 대화였지만 이츠키와 유키 사이에는 남들이 이해 불가능한 공통 인식이 싹튼 듯 보였다.

유키는 천천히 고개를 끄덕이더니 빨간 얼굴로 잠들어 있는 미쿠루에게 인사를 하고선 다시 창문을 기어올라 휙 사라졌다. 2층에서 낙하한 게 아니라 차양 위로 올라간 거였지만 일단 그 모습은 사라졌다.

그리고 다시 이츠키는 생각에 잠긴 표정으로 잠들어 있는 미쿠루를 바라보았다.

과연 눈을 든 미쿠루는 자신이 처한 상황을 제대로 인식해 당황하거나 가까이에 있는 물건을 이츠키에게 던지거나 하는 반응을 보일까. 남자와 단둘이, 그것도 자신은 의식 불명, 입고 있는 옷이라고는 셔츠 한 장, 무슨 짓을 당했다고 착각해 이츠키에게 덤비는 사태로 발전하지 않는다는 보장은 없다. 제발 그렇게 되어줬으면 하는 바람이다.

그런 사람들의 기대를 가득 모은 채, 여기에서 광고 제2탄, 주연 여배우 두 명의 야마츠치 모델 숍의 점포 홍보 필름을 감상해주십시오.

……

그 광고가 끝난 뒤, 이야기는 기승전결로 봤을 때 전 부분으로 발전한다. 지금까지의 배틀틱한 전개는 그 빛이 흐려지고 어떤 의도가 작용했는지 러브 코미디로 돌변해버렸다.

미쿠루는 이츠키의 집에 신세를 지기로 결정이 되었고 그 이후로는 기절해버리고 싶을 만큼 뜨뜻미지근한 두 사람의 동거 스토리로 전락했다. 그 모양새는 보고 있는 내가 다 부끄러워 졸도해버리고 싶을 만큼 달달한 것이었다.

이츠키를 위해 황급히 서툴게 요리를 만드는 미쿠루, 학교에 가는 이츠키를 현관에서 배웅하는 미쿠루, 우연히 손가락이 스치는 과장된 액션에 얼굴을 붉히는 미쿠루, 열심히 청소와 빨래를 하는 미쿠루, 집에 온 이츠키를 기쁜 얼굴로 마중하는 미쿠루….

제발 어떻게 좀 해보라고 소리치고 싶어질 상황이라 할 만했지만, 그런 외침은 그 누구의 귀에도 닿지 않았는지 결과적으로 아무 일도 일어나지 않았고, 이츠키와 미쿠루의 순정 연애 상황은 끝없이 반복되었다. 나랑 바꾸자, 코이즈미.

참고로 코이즈미 이츠키는 여동생과 둘이서 살고 있다는 설정이 어느 사이엔가 잡혔는지, 갑자기 어디에선가 끌려 온 초등학교 5학년 열 살짜리 아니, 지난달이 생일이었으니까 열한 살인 소녀가 별 의미도 없이 화면상을 어슬렁거리며 이츠키와 미쿠루에게 달라붙었고 스토리 자체에 또 하나의 알 수 없는 장면이 들어갔다. 여동생을 내보내는 의미가 대체 어디에 있었을까.

그러는 사이에 이츠키를 둘러싼 미쿠루와 유키의 알 수 없는 싸움의 무대는 이츠키의 학교로 옮겨지게 되었다.

놀랍게도 유키가 이츠키가 다니는 고등학교로 전학을 온 것이다. 어째서 이렇게 답답한 얘기가 되는지는 도통 이해가 안 갔지만, 검은 옷을 벗어 던진 유키는 정공법보다는 다른 수를 써서 이츠키를 농락하기로 했는지, 미쿠루는 제쳐두고 이츠키를 덮치는 데에도 상당히 특이한 방법을 쓰게 되었다. 신발장에 러브레터를 넣는 것을 시작으로 두 사람 몫의 도시락을 들고 점심시간에 찾아오기도 하고, 이츠키가 나오길 하교시간까지 내내 기다리기도 하고, 몰래 찍은 이츠키의 사진을 지갑에 넣어두기도 하며 이츠키에 대한 정신 공격을 게을리 하지 않았다. 하지만 그것들은 특이한 방법이 아니라 정상적일 정도잖아.

물론 미쿠루도 유키에 대한 대항 조치를 발동했다. 바로 그녀 또한 전학생이 되어 이츠키가 다니는 학교로 들어온 것이다. 그렇다면 아예 이야기가 시작할 때부터 들어와 있으면 되잖아. 미쿠루의 존재 이유는 이츠키를 지키기 위한 거니까 처음부터 같은 학교에 다닌다 해도 이상할 게 없다기보다 오히려 그렇게 해야 하는 거 아냐.

전혀 설명이 없기 때문에 정말 신기하다고밖에 볼 수 없게도, 미쿠루와 유키는 학교 안에서는 원리가 불명확한 레이저 광선과 빔 병기 등으로 싸우는 일이 없었다. 이 시점이 되면 거의 두 사람의 목적은 '누가 먼저 이츠키의 마음을 빼앗을 수 있는가'가 되었다고밖에 볼 수 없었다.

스토리는 스스로의 갈 길을 완전히 잃고 단순히 한 소년을 축으로 한 두 소녀의 사랑 다툼의 양상을 보여주고 있었다.

물론 압도적으로 불리한 쪽은 유키였다. 뭐니 뭐니 해도 미쿠루에게는 이츠키와 한 지붕 아래에서 살고 있다는 어드밴티지가 있어, 어디에서 사는지도 알 수 없는 유키에게는 절대로 넘을 수 없는 높은 벽이 흥노의 침공을 막는 장성처럼 존재하고 있었다.

이 차이를 만회하기 위해 유키는 비장의 술책을 쓰기로 했다.

"……."

"우왓, 뭐예요?"

때와 장소를 불문하고 이츠키에게 안기기 시작한 것이다. 스킨십에 의한 이츠키의 정신적 동요를 유도하는 작전이라고도 볼 수 있었지만, 당사자인 유키는 어디까지나 무표정하게 행동하기 때문에 그곳에 정서적인 감정이 있는지는 알 길이 없었고 어딘지 모르게 기분 나쁘기까지 했다.

아무래도 행동과 표정에 전혀 일관성이 없으니까 말이다.

미쿠루는 그런 두 사람의 모습을 보고선 질투에 불타는 연기를 보여주기로 되어 있었지만, 언뜻 보기에는 이츠키가 어떻게 되든 별 상관없다는 표정으로도 보였기 때문에 정감이 좀 결여되어 있었다.

사실은 정말로 이츠키 따위는 아무래도 좋았는지도 모른다.

실제적으로 슬슬 모두 다 벅차하고 있는 때이기도 했고 말이다.

그런 유쾌한 학원 신에 질려는지, 학교 안에서는 휴전 협정을 맺은 것으로 보이던 미쿠루와 유키는 간헐적으로 원래의 본분을 되찾는 습성이라도 있는지 잠깐잠깐 싸우는 웨이트리스와 에일리언 매지션 분장으로 갈아입고는 투닥거리는 듯한 유치한 전투를 여기저기에서 펼치게 되었다.

아무래도 폭주의 정도는 스토리의 진행과 함께 깊고 크게 확대되고 있는 것 같다.

단지의 뒤뜰에서 싸우는 미쿠루와 유키+유키의 시종마 고양이 샤미센.

학교 뒤쪽의 대나무 숲에서 불꽃을 튀기는 미쿠루와 유키+샤미센.

어디인지 알 수 없는 민가의 현관 앞에서 맞붙는 미쿠루와 유키, 그 광경을 따분하다는 듯 지켜보는 샤미센.

이츠키의 집 거실을 쿵쾅대며 뛰어다니는 미쿠루와 유키, 그 광경을 보고 웃는 여동생과 동생에게 안겨 있는 샤미센.

등등 전혀 삽입할 필요도 없는 장면이 들어가는가 싶더니, 아무 일도 없었다는 듯 학원 삼각관계가 시작되어 힘 빠지게 만들었다.

그렇게 미쿠루와 유키 사이를 우왕좌왕하고 있는 이츠키의 모습에 여러 곳에서 원망의 소리가 터지는 것도 당연하다. 그건 모조리 남학생들의 목소리였지만 스토리를 조종하는 신과 같은 초감독은 그러한 잡음 따위는 링 밖으로 차버리고 완고할 정도로 자신의 신념을 관철했다.

따라서 스토리는 이때에 이르러서도, 마치 브레이크의 존재를 모르는 침팬지가 운전하는 레이싱 게임처럼 커브를 돌 때마다 충돌을 일으켰다 다시 처음부터 직선 운동을 개시하듯이 말도 안 되는 전개로 폭주하고 있었던 것이다.

하지만 그러한 초감독도 이렇게까지 편의주의와 즉흥적인 판단만으로 밀고 온 건 좀 아니라고 치고, 슬슬 절정에 달하지 않으면 언제까지고 끝이 날 것 같지 않다는 사실에 뒤늦게나마 깨달은 듯했다.

정말 새삼스러운 일이고 이미 너무 늦은 것 같다는 생각이 든다.

아무튼 이래서는 해결이 안 나겠다 생각했는지, 스토리는 등장인물들이 뭘 하고 있는지 잘 파악이 안 되는 채로 작은 컷으로 나뉘며 종착지를 향해 돌진해야만 하는 처지가 되었다.

갑자기 당초의 목적을 생각해낸 유키는 미쿠루에게 최종 결전을 신청했던 것이다.

어느 날 아침 미쿠루의 신발장에 던져진 봉투에는 '결판을 내자' 고 프린터가 토해낸 것 같은 명조체가 춤추는 편지가 들어 있었다.

하지만 뭘 어떻게 생각해보아도 유키가 진심으로 미쿠루를 없애 려 마음 먹었다면 이렇게 통보할 할 필요도 없이 지금까지 몇 번이 나 그런 기회가 있었다. 그럼에도 불구하고 유키는 수수방관한 채 아무것도 안 하고선, 무표정 캐릭터로 일반적인 고교생을 연기하거 나 투닥거리고만 있었으니, 우주인이 무슨 생각을 하는지 도통 모 르겠다. 이 녀석은 대체 뭘 하고 싶은 걸까.

뭘 하고 싶은 건지 모르는 건 미쿠루도 마찬가지라, 유키가 보낸 도전장을 결의에 찬 비장한 얼굴을 하고선 편지를 움켜쥐고 먼 산 을 바라보는 눈을 하고선 "응" 하고 힘주어 고개를 끄덕였다. 뭘 이 해하고 고개를 끄덕였는지는, 이미 여러 번 말한 것 같지만 전혀 알 수 없었다. 아는 사람이라고는 마지막까지도 화면에 등장하지 않는 누구 씨뿐이겠지.

찍고 있는 나도 이해가 안 갔지만, 고맙게도 이 세상의 모든 사물 에는 종언이라는 숙명이 미리 짜여 있어 사람을 영원이라는 이름의 무한지옥에서 구해준다.

그리고 클라이맥스가 찾아왔다.

여기에서 다시 우정출연을 한 츠루야 선배는 미쿠루가 어두운 얼 굴을 하고 있는 것을 알아차렸다.

"왜 그래, 미쿠루? 아저씨 스토커 때문에 곤란해하는 표정이잖아. 무좀에라도 걸린 거야?"

교실 구석에서 웅크리고 있던 미쿠루가 대답했다.

"드디어 때가 왔어요. 전 마지막 싸움에 임해야 합니다."

"그거 굉장하네. 너만 믿는다, 미쿠루! 지구를 부탁해!"

츠루야 선배는 시원스레 말하고선 한참 얼굴을 꿈틀거리고 있었지만, 마침내 더 이상 참지 못하고 껄껄거리며 웃기 시작했다.

"…열심히 하겠습니다…."

미쿠루는 가까스로 마이크에 들릴 만한 작은 목소리로 중얼거렸다.

그런데 이런 의문투성이 이야기에 새삼 의문을 제시해봤자 헛수고일 거라고는 생각하지만, 미쿠루와 츠루야 선배는 언제부터 아는 사이였을까. 츠루야 선배가 첫 등장한 것은 연못에서 조종당하던 장면이었는데 그때 미쿠루와 츠루야 선배는 서로의 이름을 알고 있었고, 그렇다는 건 미쿠루가 전학 오기 전부터 아는 사이였다고밖에 볼 수 없다. 그렇다면 그때 유키가 가한 정신 조작 공격은 훨씬 나중에 나와야 하지 않았을까. 적어도 미쿠루와 츠루야 선배가 친구라는 설정이 있은 뒤에야 빛을 발하는 전투 신이고, 그때까지 두 사람이 친하게 지내는 영상을 넣지 않은 건 솔직히 연출 미스라고 단언해도 좋다.

물론 시끄럽게 소리쳐대는 하늘의 목소리는 자신의 완전무결함을 그 무엇보다 확신하고 있기 때문에 그런 지적에 귀를 기울이지 않았고, 그때마다 머릿속에 번뜩 떠오른 영상을 촬영하는 것에 최대의 열정을 바쳐 본능이 이끄는 대로의 행동을 멈출 줄 몰랐기에

나 같은 통상인류의 심신은 피폐해져갔다.

　그리하여 결전장은 학교 건물 옥상이었다.

　검은 마법 소녀 차림으로 기다리고 있던 유키는 어깨에 샤미센을 태운 채 오후의 옥상에 오도카니 서 있었다.

　기다리기를 몇 초, 옥상으로 통하는 문이 열리고 웨이트리스 코스튬을 입은 미쿠루가 모습을 나타냈다.

　"기, 기다리셨나요?"

　"기다렸다."

　유키는 정직하게 대답했다. 이때의 미쿠루의 변신은 여자 화장실의 한 칸에서 이루어졌는데, 그래서인지는 몰라도 상당한 시간을 낭비했고 촬영 스태프인 나도 기다려야 했다.

　"그럼."

　정직한 건 거기까지뿐으로, 유키는 정해져 있는 대사를 토해냈다.

　"이걸로 모든 것의 결판을 내도록 하자. 우리에게는 별로 시간이 남아 있지 않다. 늦어도 앞으로 몇 분 안에 끝내야 한다."

　"그건 저도 동감이지만…. 하지만! 이츠키는 분명히 절 선택해줄 거예요! 으으…, 부끄럽긴 하지만 저는 그렇게 믿고 있습니다!"

　"안됐지만 나는 그의 자유의사를 존중할 생각은 없다. 그의 힘은 내게 필요한 것이다. 그러니 갖겠다. 그러기 위해서라면 지구 정복도 꺼리지 않겠다."

　그럼 바로 지구 정복을 하러 가서 완수한 다음에 이츠키의 신병을 확보해버리면 되잖아. 그러면 아무도 저항하려 하지 않을 테고, 미쿠루 한 사람이 아무리 노력한다 해도 인류의 다수결이 이츠키를 인도하는 쪽으로 흐르면 아무리 전투 미소녀라 해도 그 의견을 뒤집기란 어려울 텐데 말이야.

도대체가 지구를 정복할 힘이 있다면 이츠키 한 명 정도야 얼마든지 마음대로 할 수 있지 않을까.

"그렇게 놔두지는 않겠어요! 그러기 위해 저는 미래에서 온 겁니다!"

아아, 맞다. 미쿠루는 미래인 웨이트리스였지. 하지만 이렇게까지 미래에서 왔다는 설정이 전혀 살아 있지 않은 건 좀 문제라고 생각한다.

여기에서 다시 미쿠루와 유키의 투과광이 맞부딪치는 연무가 한바탕 펼쳐졌다.

"아자"라든가 "받아라" 같은 말을 하며 빔과 와이어, 미사일, 마이크로 블랙홀을 눈에서 내뿜는 것이 미쿠루였고, 일관되게 아무말 없이 별 달린 봉을 흔들고 있는 쪽은 유키였다.

CG로는 표현할 수 없는 맛도 있다는 명령 전파에 의해, 옥상에서는 드래곤 불꽃과 폭죽이 아낌없이 점화되어 불꽃과 폭음이 잔뜩 방출되었다. 상점가의 쓰러져가는 완구점 창고에서 갹출해낸 것이었는데 불도 잘 붙었고, 유치한 불기둥과 시끄럽기만 한 파열음을 낸 결과, 아래층에서 선생님들이 달려오게 되어 우리는 엄청나게 혼났다.

학교 안에서 불꽃놀이를 하면 지도를 받는 게 당연하다.

내 내신성적에 괜한 마이너스가 깔리게 된다면 전부 감독 앞으로

돌려줬으면 한다. 뭐하면 아사히나 선배와 나가토에 코이즈미 몫을 가산한다 해도 그 녀석이라면 가볍게 커버할 수 있을 만한 성적을 유지할 것이다. 묵묵히 앉아 있기만 하면 이의를 달 만한 게 하나도 없는 녀석이니까.

그런 촬영 담당의 마음의 외침을 무시한 채 전투는 속행되었다.

옥상에서 철수를 요구하는 교사들을 향해 이 중요한 장면의 촬영을 방해한다는 것은 학내에서 학생들의 자유 의지를 박해하는 학교 측의 폭거이며 경우에 따라서는 고소를 당할 수도 있다고 감독이 강경하게 주장했기 때문이다.

정말로 그렇게 할 것 같아서 무섭다.

어쨌든 불을 쓰지 말라고 나름대로 최대한의 잔소리를 남긴 채 선생님들은 옥상에서 물러나 입구에 자리잡은 관객이 되었다. 구경꾼이 늘어난 폐해로 미쿠루는 점점 움츠러들었다.

그런저런 일들로 미쿠루는 마침내 궁지에 몰리게 되었다. 미쿠루가 가하는 공격은 아무것도 유키에게 통하지 않았고, 태연한 얼굴로 전진하는 유키에게서 도망치듯 뒷걸음질친 미쿠루는 마침내 옥상 철책까지 몰리게 되었다.

"안심해라. 너의 묘비명은 내가 새겨주도록 하지. 저세상에서는 선행을 많이 쌓아 내세에 도움을 주도록 해라."

유키는 봉을 내밀고 미쿠루에게 작별 인사를 고했다.

"그럼 잘 가라."

그 순간 스타링 어쩌고에서 엄청난 광원이 생겨났고 싼티 나는 플래시가 연신 빛을 발했다.

"히이익—."

머리를 감싸 쥐고 몸을 웅크리는 미쿠루.

어떤 공격인지는 이해가 안 갔지만 아무튼 엄청난 기술이라는 설정이다. 언뜻 보기에는 화면이 반짝거리기만 할 뿐이었지만, 그 공격력은 미쿠루 한 명 정도는 흔적도 없이 원자 분해를 시켜버릴 만큼 무시무시한 공포의 마법인 것이다.

여기에서 신나하지 않으면 달리 신나할 부분이 없으므로 좀 부탁하고 싶다.

"으히익―. 꺄아악―."

연신 비명을 질러대는 미쿠루였다.

이 처음부터 마지막까지 도움이라고는 되지도 않는 여주인공의 모습, 원래대로라면 기가 막혀할 부분이지만, 그래도 귀여우니까 다 용서하겠다.

하지만 누가 용서를 해준다 해도 이대로는 미쿠루는 스토리에서 퇴장하고 만다. 정의가 악에 의해 멸망하고, 주의주장이 승패를 결정짓는 데에 결정 항목이 되지 않는다는, 권력을 가진 사람이 이기는 것이라는 현대 사회를 풍자하는 일종의 시니컬함을 주제로 한 스토리로 끝나버리고 말잖아.

"……!"

당연히 그렇게는 안 된다. 정의의 편에 서서 마지막까지 살아남아야 할 등장인물은 스토리의 클라이맥스가 끝나기 전에 허무하게 사라지거나 하지 않는다. 보이지 않는 신의 손은 악을 몰아내기 위해 강림했고, 현실적으로 불가능하다고 할 수 있는 타이밍으로 주연 캐릭터를 궁지에서 구해내기로 되어 있었다. 감독이 짠 시나리오에서는 그렇게 되어 있다.

이때 미쿠루를 구하기 위해 뛰어든 신의 손은 말할 필요도 없이 코이즈미 이츠키의 모습을 하고 있었다. 당연하지. 달리 누가 있겠어. 아무런 복선도 없이 새 캐릭터가 나타나기에는 남은 시간이 너무 적다.

아슬아슬하게 이츠키는 미쿠루를 끌어당겨 유키의 공격을 피하는 데에 성공했다. 무지하게 느리게 날아가고 있었구나, 유키의 마법광 녀석은.

"괜찮으세요, 아사히나 씨?"

그렇게 말하며 이츠키는 유키를 상대로 한 손을 내밀고,

"그녀를 상처 입히면 내가 용서하지 않겠습니다. 유키 씨, 제발 그만하세요."

털썩 주저앉은 미쿠루의 앞에 서서 감싸는 자세를 취한 이츠키를 보고 유키는 잠시 생각에 잠긴 듯 어깨에 올라탄 고양이를 보았다. 어차피 손에 넣을 수 없다면 이츠키도 미쿠루와 함께 없애버리자고 계산하고 있는 걸까.

하지만 대답을 한 것은 뜻밖의 녀석이었다.

"생각할 거 없잖아. 이 소년의 의사를 빼앗아버리면 그만이다. 추측컨대, 자네에게는 그런 인간 조작 능력이 있다던데. 먼저 소년을 꼭두각시 인형으로 만들어 안전지대로 유도한 뒤, 적인 이 소녀를 없애버리면 돼."

샤미센이 말을 하자 나는 진짜 당황했다. 그렇게나 말을 히지 말라고 했는데 무슨 짓을 하는 거냐. 오늘 저녁은 없다.

"알았다."

혼자만 냉정한 유키가 별 마크 끝으로 샤미센의 이마를 툭 치자,

고양이는 그 입을 다물었다. 그러고는 유키는 누구에게라고 할 것도 없이,

"방금 그건 복화술이다" 하고 말한 뒤, 스타 어쩌고 봉을 쳐들었다.

"받아라, 코이즈미 이츠키. 너의 의사는 내 뜻대로 될 것이다."

유치한 효과음을 내며 별 마크에서 번개 같은 빛이 방사되었다.

말 안 해도 다 알겠지만, 일단 라스트 배틀의 형세를 전하겠다.

간단하게 말해, 여기에서 이츠키의 잠재능력이 발휘되었다. 절체절명의 국면에 빠진 이츠키는 스스로도 의식하지 않았던 비밀스런 힘을 각성하게 되었고, 아낌없이 잠재능력을 해방시켰다. 그런 능력은 잠시 제어불능 상태에 빠지는 경우가 많은데, 이 경우에도 마찬가지로, 이츠키가 방출한 아마도 이모셔널한 부분을 원천으로 하는, 이치가 불명확한 비밀스런 그 힘은 유키의 공격을 튕겨내고 최대 출력으로 검은 옷의 우주인을 덮쳤다.

"……원통하다."

"냐옹."

그런 느낌의 대사를 남기고 미스터리어스한 유키와 샤미센 콤비는 그대로 대우주의 저 멀리로 날아갔다. 참 허무한 단말마였다.

유키와 샤미센의 마지막을 지켜본 이츠키는,

"끝났습니다, 아사히나 씨."

부드러운 목소리로 말을 건넸다.

미쿠루는 조심스럽게 고개를 들어 눈부신 것을 바라보는 듯한 눈

으로 이츠키를 보았다.

이츠키는 미쿠루의 몸에 손을 둘러 일으켜 세우고는 옥상 철책에 손을 대고 하늘을 올려다보았다. 덩달아 미쿠루도 저 멀리 있는 구름으로 시선을 보냈고 카메라 또한 파란 하늘로 향했다.

장면 연결이 힘들 때면 하늘을 비춰 얼렁뚱땅 넘어가려는 속셈이 훤히 보이는군.

그렇게 해서 겨우 라스트 신으로 장면은 전환되었다.

가을인데 벚꽃이 만개한 가로수길을 미쿠루와 이츠키가 나란히 걸어가고 있었다. 웨이트리스 의상과 교복 재킷 차림 커플인데 어울린다는 게 오히려 화가 난다.

때마침 여기에서 갑자기 강한 바람이 불어와 흩날린 벚꽃 잎이 소용돌이쳤다. 이것만큼은 천연의 연출이었다.

미쿠루의 머리 위로 핑크색 꽃잎이 떨어지자 이츠키가 미소를 지으며 떼어주었다. 미쿠루는 쑥스러운 듯 눈 밑을 붉히고는 서서히 눈을 감았다.

카메라는 그런 두 사람의 모습에서 갑자기 초점을 돌려 방향을 바꾸더니 파란 가을 하늘을 비추었다. 그런데 또 하늘이냐.

적당히 따온 엔딩 테마의 서두가 연주되기 시작하고 스태프 롤이 흐르기 시작했다.

제일 마지막에 따로 녹음한 하늘의 목소리의 내레이션이 들어가고 이렇게 해서 SOS단 제공 「아사히나 미쿠루의 모험 에피소드 00」은 스토리를 철저하게 뒤죽박죽으로 만든 채 엔딩을 맞이했다.

이렇게 처음부터 끝까지 힘 빠지게 만드는 영화도 흔치 않을 테고, 무엇보다 이런 걸 영화라고 부른다면 진지하게 영화 제작을 지

향하고 있는 사람들에게 실례가 된다고 생각하지만, 어떻게 된 건지 흥행 면에서는 성공을 했다. 당초에 영화 연구부 작품과 동시상영되던 이 영화는 마침내 영화 연구부의 작품을 제치고 당당히 시청각 교실의 프로젝터를 독점하고 말았다. 관중의 목소리가 그렇게 해주길 요구했기 때문인데, 그곳에 하늘의 목소리도 섞여 있었다는 점도 크게 작용한 듯싶다. 거의 아사히나 선배의 인기겠지만.

가없은 영화 연구부의 작품은 시청각 준비실에서 조촐하게 상영하게 되었다고 한다.

입장료를 받는 것도 아니라 아무도 돈을 벌지 못했지만 이 결과론적인 성공에 기분이 좋아진 감독 겸 프로듀서는 완전 의기양양해져 속편 제작을 입안했고 나아가 「아사히나 미쿠루의 모험 디렉터스 컷 버전」을 새로 편집한데다, DVD로 구워 팔자는 등의 주장까지 펴고 있어, 현재 나와 눈물을 글썽이는 아사히나 선배 둘이서 필사적으로 막으려 하고 있는 참이다.

지금은 그저 내년 문화제까지 우리 단장의 흥미라는 안테나가 영화 이외의 다른 것으로 향하기를 절실히 기도할 뿐이다.

뭘 하자고 하든 어떤 것이나 다 같은 말로가 기다리고 있을지도 모를 일이고, 뭐 그것도 다 그때까지 SOS단이 여기에 존재하고 있을 때의 이야기이다.

…존재하고 있을까?

나중에 미래에서 온 사람에게 물어봐야지. 금지사항에 해당하지 않기를 빌며 나는 그렇게 결의했다.

첫눈에 반한 LOVER

요란스런 전화 한 통이 모든 시작의 신호였다.

매년 있는 일이지만 지나가는 둥 마는 둥 끝나버리는 크리스마스 분위기는 이젠 그 여운조차 남아 있지 않았고, 새해를 향한 카운트 다운이 시시각각 다가오고 있기는 하지만, 하루히가 또 무슨 일을 저지를 것으로 보이는 해피 뉴 이어에는 나름대로 여유가 있는 겨울방학이었다.

그때 나는 올해 안에 끝내둬야 할 집의 대청소를 계속 미루며 방에서 샤미센과 격투를 벌이고 있었다.

"움직이지 마. 가만히 있어. 금방 끝날 테니까."

"냐옹."

항의 성명을 내는 것도 무시한 채, 난 완전히 겨울털로 털갈이를 마쳐 폭신폭신한 작은 육식동물을 옆구리에 꼈다.

무척 마음에 들어하던 청재킷을 샤미센이 무참히도 걸레 조각으로 바꿔놓은 이후로, 평균 수준의 기억력을 갖고 있는 나는 그 일을 교훈 삼아 정기적으로 샤미센의 발톱을 깎아주기로 했는데, 샤미센도 고양이치고는 평균적인 기억력을 갖고 있는지 내가 손톱깎이를 한 손에 들고 다가가려 하면 재빨리 도망치려 든다.

붙잡은 뒤가 또 고생으로, 때리고 차고 깨무는 등의 저항을 꾀하는 얼룩 고양이를 누르고 억지로 다리를 끄집어내 발톱을 모조리 적당한 길이로 깎아줄 무렵이면 내 양손에 수많은 이빨 자국이 남게 되는데, 육체의 상처와는 달리 청재킷의 자수는 원래대로 돌아와주지 않기 때문에 기분이 풀리거나 하지도 않는다. 정말 특이할 정도로 말을 잘 들었던 수다쟁이 고양이 상태가 그립다. 그때의 솔직했던 너는 어디로 가버린 거냐?

뭐, 다시 한번 말을 하게 되는 일이 벌어진다면, 그것도 그 나름대로 좋지 않은 일의 징조가 될 테니 고양이는 고양이답게 '냐옹'거리며 우는 게 맞는 거라고도 할 수 있겠지만.

내가 샤미센의 오른편 앞발톱을 자르고 왼발로 옮겨가려고 하는데,

"콘, 전화—."

허락도 없이 문을 열며 동생이 들어왔다. 한 손에 무선 전화기를 들고선 나와 샤미센 사이에 벌어지는 인류와 고양이의 존엄과 위신을 건 항쟁을 보며 활짝 웃었다.

"아, 샤미. 발톱 깎아주는 거야? 내가 할래."

샤미센은 성가시다는 듯 눈을 돌리고선 인간과 똑같은 콧김을 내뿜었다. 동생에게 맡긴 적은 딱 한 번 있었다. 내가 네 발을 잡고 동생이 자르는 걸로 역할을 분담했는데, 이 초등학교 5학년 열한 살에게는 배려와 네일 컷에 대한 센스가 완벽하게 결여되어 있는지 너무 깊이 깎아 샤미센이 한동안 단식 투쟁을 벌였을 정도였다. 그에 비하면 내가 훨씬 낫다고 생각하는데 매번 난동을 부리는 걸 보면 역시 고양이 머릿속은 고양이 정도밖에 안 된다는 걸까.

"누구야?"

손톱깎이를 대신해 수화기를 받아들었다. 그 모습을 본 샤미센은 때는 지금이라는 듯 몸을 틀어 내 무릎을 박차고 방에서 도망쳐 나갔다.

동생은 신이 나서 손톱깎이를 움켜쥐고,

"으음, 모르는 남자야. 콘 친구라던데."

그 말만 남긴 채 샤미센을 따라 복도로 사라졌다. 나는 전화로 시선을 떨어뜨렸다.

과연 누굴까. 남자라고 말한 걸로 봐서는 하루히나 아사히나 선배는 아니겠고, 코이즈미라면 동생도 알고 있다. 타니구치와 쿠니키다 같은 다른 친구 녀석들이라면 집이 아니라 휴대폰으로 전화를 할 거다. 시답잖은 앙케트나 스팸 전화라면 가만 안 두겠다 생각하며 나는 보류 단추를 눌렀다.

"여보세요?"

『여어, 콘이구나. 나야. 오랜만이다.』

굵직한 목소리가 첫마디를 내뱉었고 나는 눈썹을 찡그렸다.

이 녀석 누구야? 빈말로라도 들어본 적이 있다고는 말할 수 없는 목소리인데.

『나야, 나. 중학교 때 같은 반이었잖아. 벌써 잊었어? 나는 요 반년 동안 계속 널 생각하며 한숨을 쉬었는데.』

무슨 기분 나쁜 소리를 하는 거야.

"이름을 밝혀라. 넌 누구냐?"

『나카가와야. 1년 전까지 같은 반 친구였으면 좀 기억해줘도 되는 거 아니냐? 다른 학교로 간 예전 반 친구 따위는 기억해둘 가치도 없다 이거야? 너무하는구만.』

정말 슬퍼하는 것 같은 목소리다. 하지만.

"그렇지 않아."

나는 기억의 뚜껑을 열어 중3 때의 나의 역사를 회상해보았다. 나카가와라. 분명히 그런 녀석도 있었다. 엄청나게 덩치가 좋은 장신에다 그에 걸맞게 어깨도 넓은 운동부 계열의 남자였다. 럭비부나 뭐 그런 곳에 속해 있었던 것 같다.

하지만 나는 다시 전화를 바라보았다.

같은 반이었던 건 3학년 때이긴 했지만 그렇게 친하지는 않았다. 교실에서도 노는 그룹이 달랐다 이거다. 얼굴을 마주하면 "여어"나 "어이" 같은 말은 했지만, 매일 대화를 했느냐 하면 절대 아니었다. 졸업 이후로 나카가와의 얼굴과 이름을 떠올렸던 적은 한 번도 없었는데.

난 바닥에 떨어져 있는 샤미센의 발톱을 주우며 말했다.

"나카가와라, 나카가와. 오랜만이라고 하면 오랜만이군. 잘 지냈어? 무슨 남학교에 갔었지? 왜 나한테 전화한 거야? 동창회 간사라도 된 거냐?"

『간사는 시립고에 간 스도인데 그런 건 아무래도 좋아. 나는 너한테 볼일이 있어서 전화한 거다. 알겠냐? 나는 진지해.』

갑자기 전화를 해서 뭘 진지하게 말을 하고 그러냐. 갑자기 그런 소리를 해도 나는 무슨 이야기인지 도통 감이 안 잡히는데.

『콘, 진지하게 들어줘야 해. 너한테밖에 말 못 할 일이다. 나한테는 네가 유일한 생명줄이야.』

과장되게도 말하네. 뭐 좋아. 용건을 들어보도록 하지. 그렇게 친하지도 않았고 중학교 졸업 이후로는 소원했던 전 급우에게 전화를 할 정도의 용건이란 녀석을.

『사랑한다.』

"……."

『난 진심이야. 진지하게 고민하고 있다. 요 반년 동안 자나깨나 그 생각뿐이었어.』

"……."

『그 생각이 너무 커서 거의 아무것도 손에 안 잡힐 정도다. 아니, 그렇지 않아. 어떻게든 내 자신을 이겨내려 공부에도, 동아리 활동 에도 매진해봤다. 덕분에 성적도 올랐고 동아리에서는 1학년으로 주전 선수가 되었지.』

"……."

『이 모두가 사랑 때문이야. 알겠냐, 콘? 나의 번뇌하는 머릿속을. 중학교 학급 명부를 뒤적여 너희 집 전화번호를 찾아 전화를 하려 고 몇 번이나 주저했는지 모른다. 지금도 내 몸은 가늘게 떨리고 있 어. 사랑이다. 강대한 사랑의 힘으로 나는 네게 전화를 걸고 있는 거야. 이해해줘.』

"아니, 나카가와….."

나는 메마른 입술을 핥았다. 식은땀 한 줄기가 관자놀이를 타고 흘렀다. 이 녀석 위험하다.

"…미안하지만 네 사랑인지 뭔지는 내게는 너무 버겁다. 정말 미 안하다는 말밖에 못 하겠네. 안됐지만 난 네게 답해줄 말이 없어."

등골이 얼어붙는다는 건 이런 상황을 두고 하는 말이다. 말해두 겠는데 나는 왕 건전한 정통파 헤테로 타입이다. 그쪽 취미는 벌새의 몸무게만큼도 없다. 아니, 있을 리가 있냐. 잠재적으로도 무의식적으로도 나는 노말이다. 왜, 뭐라더라. 그래! 아사히나 선배의 얼굴과 몸을 떠올리면 몸이 후끈거린다고. 이게 코이즈미였다면 두들겨 패고 싶을 정도다. 그러니까 나는 바이도 아니라는 소리다. 응? 응?

누구한테 하고 있는지 알 수 없는 넋두리를 떠올리며, 나는 수화기를 향해 말했다.

"그러니까 나카가와. 너와의 우정은 계속 이어가도 좋지만…."

원래부터 우정이라고 부를 수 있을 만한 것도 없었던 것 같다만.

"애정은 어떻게 할 수가 없다. 미안하다. 그럼 이만. 넌 네가 다니는 남학교에서 잘 해봐. 나는 키타고에서 노말 라이프를 알아서 즐길 테니까. 오랜만에 목소리를 들어서 기뻤다. 동창회에서 만나면 모르는 척해줄 테니까 안심하고. 아무한테도 말 안 할게. 그럼…."

『잠깐만, 콘.』

나카가와는 의아하다는 목소리로 말했다.

『무슨 소리를 하는 거야? 착각하지 마. 나는 너 같은 건 사랑하지 않아. 뭘 멋대로 착각하고 있는 거냐? 기분 나쁜 녀석이네.』

조금 전에 '사랑한다'고 한 건 뭔데? 누구한테 한 소린데?

『사실은 이름은 몰라. 키타고 여학생이라는 건 알고 있는데….』

이 녀석이 말하는 사정은 나도 잘 이해가 안 갔지만 조금은 안심이 됐다. 최전선의 참호 속에서 휴전 협정 체결 소식을 들은 졸병이 느꼈을 것과 똑같은 안도감이다. 남자가 고백을 하는 게 정말 사실이었다면 공포 이외에는 아무것도 아니다. 내 경우에는 말이지.

"좀더 알기 쉽게 얘기해봐. 누굴 사랑하게 됐다는 거야?"

사람 헷갈리게 만드는 데에도 정도가 있지. 도망갈 곳 후보지 명단을 뽑을 뻔했잖아.

도대체가 말이지, 고등학교 1학년 주제에 진지하게 사랑을 말하려 들다니 그야말로 맛이 갔다고밖에 볼 수 없는 거 아닌가. 입 밖에 내어 말하는 것도 쪽팔리다. 사랑이라고?

『올 봄… 5월경이었어.』

나카가와는 멋대로 얘기를 시작했다. 은근히 도취된 듯한 목소리다.

『그 사람은 너와 같이 걸어가고 있었다. 눈을 감으면 되살아나. 아아…, 그 모습이 얼마나 가련하고 아름다웠던지. 그것뿐만이 아니다. 나는 그 사람의 등 뒤에서 비치는 후광을 봤어. 착각이 아니야. 그래, 마치 천국에서 지상으로 내리쬐는 빛과 같았다….』

도취한 목소리는 무슨 본드나 마약이라도 한 게 아닌가 싶을 정도로 위험한 기색을 띠기 시작했다.

『난 압도당했다. 여태껏 평생 느껴본 적이 없는 감각이었어. 마치 전류가 타고 흐른 것처럼…. 아니! 특대 수준의 번개에 맞은 것처럼 난 그 자리에 멈춰 섰다. 몇 시간이나 그렇게 있었을 거야. 추측으로 말하는 이유는 시간 감각이 전혀 없었기 때문이다. 정신을 차리고 보니 밤이더라. 그리고 생각했지. 이건 사랑이라고 말이야.』

"잠깐만."

안드로메다 병원체 환자의 잠꼬대 같은 나카가와의 말을 정리해보자. 그 말에 따르면, 5월에 나와 누군가가 나란히 걸어가고 있었고 나카가와는 그 누군가를 보고 깜짝 놀랐다. 누구냐면 키타고의 여학생이고… 그렇다고 치면 후보는 몇 명 안 되겠군.

올 봄에 내가 길거리를 같이 걸어다닌 여자라고는 내가 말하기도 뭐하지만 그렇게 많지 않다. 키타고로만 한정한다면 여동생도 제외할 수 있을 테니 SOS단 여자 셋 중 하나이다.

그렇다는 건….

『운명적인 만남이었다.』

나카가와는 더더욱 도취한 목소리로 말했다.

『알겠냐, 콘? 난 첫눈에 반한다는 오컬트 같은 얘길 믿지 않았어. 나는 완벽한 유물주의자라고 생각했었다. 하지만 그런 나를 크게 눈뜨게 만든 일이 발생한 거다. 첫눈에 반한다는 건 있었어. 존재한다고, 콘.』

왜 내가 너한테서 그런 설교 비스무리한 소리를 들어야 하는 거냐. 첫눈에 반하는 거? 겉모습에 속아넘어간 거 아냐?

『아니, 그건 아니다.』

너무나 확실하게 단언하는군.

『난 얼굴이나 몸매 따위에 속지 않아. 가장 중요한 건 내면이다. 난 그녀의 내면을 한눈에 알아봤어. 한눈으로 충분했다. 그 강렬한 임팩트는 그 무엇과도 바꾸기 어려운 거였어. 말로 표현할 수 없는 게 아쉽군. 아무튼 나는 사랑에 빠졌다. 아니, 함락됐지. 지금 같아선 얼마든지 함락되고 싶은 심정이다…. 알겠냐, 콘?』

그야말로 이쪽이 "아니"라고 말하고 싶군.

"뭐, 그건 좋은데."

나는 한없이 계속될 것 같은 나카가와의 헛소리에 종지부를 찍기로 했다.

"네가 충격인지 뭔지를 받은 건 5월이라며? 그런데 지금은 벌써 겨울이야. 벌써 반년도 훨씬 넘게 지났는데 그동안 너는 대체 뭘 한 거냐?"

『아아, 콘, 그 소리를 하면 나도 괴롭다. 반년 동안은 내게는 고행이었으니까. 정신이 쉴 틈이 없었어. 계속 고민하고 있었거든. 대체 내 어디에 그녀에게 걸맞은 부분이 있을까 그 생각만을 하고 있었다. 솔직히 말하자면, 콘, 그녀의 옆에 네가 있었다는 사실을 떠올린 건 아주 최근의 일이야. 생각이 났기 때문에 이렇게 명부를 뒤져 전화하는 거라고. 그만큼 그녀는 환하게 빛나고 있었다. 이런 감정을 품은 건 평생 다시는 없을 거야.』

이름도 모르는 여자를 잠깐 본 것만으로도 완전 맛이 가서 그대로 반년이 넘게 혼자 끙끙 앓았다는 것만으로도 놀랄 일이다.

나는 아사히나 선배, 하루히, 나가토의 순서로 얼굴을 떠올리며 핵심을 건드리기로 했다. 사실 그만 전화를 끊고 싶었지만 나카가와의 이 말투로 보아하니 아무리 매섭게 끊어도 계속해서 전화를 걸 기세였다.

"네가 반했다는 여자의 인상착의를 가르쳐줘봐."

나카가와는 잠시 침묵한 뒤,

『머리는 짧았다.』

기억을 떠올리며 말을 하는 듯 천천히 입을 열었다.

『안경을 쓰고 있었지.』

호오.

『키타고의 세일러복이 너무나도 잘 어울렸다.』

으으음.

『그리고 환히 빛나는 후광을 두르고 있었어.』

그건 잘 모르겠다. 하지만,

"나가토냐."

이건 의외였다. 하루히나 아사히나 선배 둘 중 하나라고 생각했
는데 하필이면 나가토라니. 과연 타니구치가 찍어둔 A마이너 레벨
이군. 난 처음 봤을 때 말도 없고 특이한 동아리방의 골동품 인형
정도로밖에 생각하지 않았는데 눈썰미 좋은 녀석은 어디에나 있는
법인가보다. 지금은 아니다. 나의 나가토에 대한 인상은 요 반년 사
이에 크게 바뀌었다.

『이름이 나가토 씨냐?』

나카가와의 목소리가 묘하게 들떴다.

『한자가 어떻게 되지? 제발 성과 이름을 다 가르쳐줘.』

나가토 유키. 전함 나가토의 나가토에 유기물의 유(有), 희망의
희(希)다. 그렇게 말해주자.

『…멋진 이름이야. 웅대한 이미지가 떠오르는 나가토에 희망이
있다고 써서 유키라…. 나가토 유키 씨…. 그야말로 내가 생각했던
그대로의 맑고 깨끗하며 미래의 가능성에 가득 찬 이름이야. 평범
하지 않으면서도 너무 튀지도 않는군. 내가 생각했던 이미지 그대
로잖아.』

대체 어떤 이미지냐. 한 번 본 것만 가지고 구축한 독선적인 망상
이잖아. 그러고 보니 내면이 어쩌고저쩌고 했는데, 첫눈에 반한 것
의 어디에 내면이 끼어들 여지가 있는 거야.

『나는 알 수 있었어.』

묘하게 자신감에 찬 단언이다.

『이건 망상이 아냐. 확신이다. 겉모습이나 성격은 아무래도 좋아. 지성이자 이성이다. 나는 그녀에게서 보았어. 위대한 신과 같은 이성을 말이다. 그렇게 하이브로한 여자는 평생 두 번 다시 만나지 못할 거다.』

나중에 하이브로를 사전에서 찾아보자 생각하며 나는 여전히 고개를 갸웃거렸다.

"그러니까 어떻게 잠깐 본 걸로 그렇게 고상하다는 걸 알아본 건데? 말도 한마디 못 해보고 그저 멀리서 본 게 다잖아?"

『알게 된 걸 나보고 어쩌라고!』

왜 나한테 큰 소리를 지르고 난리야.

『나는 신에게 감사하고 있다. 그때까지 무교였던 내가 부끄러울 정도야. 일단 근처 신사에 매주 빠뜨리지 않고 참배를 가려고 생각 중이고 가끔 교회에 가서 참회도 하고 있어. 그것도 가톨릭과 개신교 양쪽에 모두.』

그래선 오히려 불신자 같지 않냐. 기도한다고 다 되는 게 아니라고. 믿는 신은 하나로만 해라.

『그것도 그렇군.』

나카가와는 태연히 대답했다.

『고맙다, 콘. 덕분에 결심이 섰어. 내가 믿는 건 오직 단 한 명의 여신이면 족하다. 나가토 유키 씨가 바로 그 상태야. 그녀를 내 여신으로 삼고 평생 변함없는 사랑의 맹세를━.』

"나카가와."

헛소리가 한없이 계속될 것 같아 나는 녀석의 말을 잘랐다. 기분이 나쁘기도 했지만 묘하게 짜증이 났기 때문이다.

"그래서 뭐? 네가 전화한 이유는 알았다. 그래서? 그런 고백을 나한테 들려줘서 뭘 어쩌겠다는 거야?"

『말을 전해줬으면 한다.』

이렇게 말하는 나카가와.

『나가토 씨에게 내 말을 전해줬으면 해. 부탁이다. 너밖에 부탁할 데가 없어. 그녀와 나란히 걸어가던 너 아니냐. 조금은 그녀와 친하겠지?』

친하다고 할 수는 있지. 같은 SOS단의 단원으로 지금은 사이좋게 하루히의 위성 무리가 된 상태니까. 그리고 이 녀석이 묘사한 나와 나가토의 모습에 따르면 5월에 안경을 쓰고 교복을 입고 있었다고 그랬지. 그럼 그때군. 제1회 SOS단 순찰로 나가토와 함께 도서관에 갔을 때. 참 그리운 추억이긴 하지만, 그때에 비한다면 지금의 나는 나가토를 백 배는 더 잘 알고 있다. 너무 많이 알아버린 게 아닐까 반성하고 있을 정도라고.

잠시 동안 회상에 젖으며 나는 나카가와에게 물었다.

"그런데 너 내가 나가토와 걸어가는 걸 생각해냈다면서―."

조금 말하긴 껄끄럽지만.

"그러니까 말이야, 나랑 그 녀석이 그냥 친한 사이라고밖에 생각 안 한 거냐? 만약에 뭐냐, 나랑 나가토가 사귀고 있다거나."

『전혀 그런 생각은 안 한다.』

나카가와는 조금도 주저하지 않고 대답했다.

『너는 좀더 특이한 여자를 좋아했어. 중3 때⋯, 뭐였는지는 잊어버렸지만 그 이상한 여자랑은 계속 사귀고 있냐?』

나가토를 가리켜 이상하지 않다고 하는 것도 너무나 위화감이 느껴지지만 그보다 이 녀석은 무슨 착각을 하고 있는 거지.

그러고 보니 쿠니키다도 오해하고 있는 것 같은데, 그 녀석하고는 그냥 친구이고 가만히 생각해보면 중학교를 졸업한 뒤로는 한 번도 안 만났다. 오랜만에 생각이 났다. 연하장 정도는 보내는 게 나으려나….

왠지 내 무덤을 파는 것만 같다는 느낌이 들어 화제를 바꾸기로 했다.

"그래서 뭐라고 전해달라고? 데이트하자고? 아니면 나가토의 전화번호를 가르쳐주는 게 좋겠냐?"

『아니.』

나카가와의 대답은 무거웠다.

『현 시점의 나는 나가토 씨의 앞에 뻔뻔히 얼굴을 내밀 수 있는 인간이 못 된다. 정말 너무나 안 맞아. 그러니까.』

한 박자 쉬고 나서.

『기다려달라고… 전해다오.』

"뭘 기다리라고?" 하고 묻는 나.

『내가 데리러 가는걸. 알겠냐? 나는 현재 아무런 사회성도 없는 일개 고등학생에 불과해.』

그렇겠지. 나도 그래.

『그래서는 안 돼. 좀 들어봐라, 콘. 나는 지금부터 열심히 공부를 할 거다. 아니, 실제로 이미 하고 있긴 하지만, 그렇게 해서 현역으로 국공립대에 들어갈 거야.』

목표를 높이 잡는 건 좋은 일이지.

『지망은 경제학부다. 그곳에서도 나는 공부에 매진해 졸업할 때에는 수석을 차지할 거다. 그리고 취직은, 국가공무원 1종이나 초일류기업이 아니라 중견회사에 자리를 잡으려 생각하고 있다.』

용케 그렇게까지 실감난다 해야 할지 헛공상이라 해야 할지 알 수 없는 청사진을 그리는구나. 이 대화를 귀신이 들었다면 너무 웃겨서 복막염을 일으켰을지도 모를 일이다.

『하지만 나는 언제까지나 프롤레타리아의 지위에 머무르지는 않을 거야. 3년…, 아니, 2년 만에 모든 노하우를 흡수하고 독립해 회사를 차릴 생각이다.』

말리지 않을 테니까 마음대로 하시게나. 만약 그때 내가 갈 곳이 없어 방황하고 있으면 취직 좀 시켜줘라.

『그렇게 내가 일으킨 회사가 궤도에 오르기까지 5년…, 아니, 3년 안에 어떻게든 해결할 거야. 그때는 도쿄 증시 2부에 상장도 하고 연도별로 최소 10퍼센트는 이익을 올릴 계획이다. 그것도 매출 총이익으로 말이지.』

점점 따라가기 벅차지는군. 하지만 나카가와는 신이 나서 연신 떠들어댔다.

『그때에는 나도 한숨 돌리게 될 거야. 그렇게 돼야 준비가 다 되는 거지.』

"무슨 준비?"

『나가토 씨를 맞이하러 갈 준비 말이다.』

나는 심해에 사는 쌍각류 조개의 동료처럼 침묵했고 나카가와의 대사는 큰 파도처럼 밀려왔다.

『고등학교를 졸업하기까지 앞으로 2년, 대학을 마칠 때까지 4년, 취직하고 나서 수행 기간이 2년에 상장하기까지가 3년, 다 해서 11

년이다. 아니, 보기 좋게 10년으로 하자. 그 10년간 나는 어엿한 남자가 되어—.』

"너 바보냐?"

내가 이렇게 말한 것도 이해해줄 것이라 생각한다. 대체 어떤 녀석이 10년이나 얌전히 기다린단 말이냐? 게다가 만나본 적도 없는 남자를 말이다. 갑자기 누군지 모르는 녀석한테서 10년이면 되니까 내가 마중 오길 기다려달라는 소리를 듣는다고 그대로 가만히 있을 녀석이 있다면 그 녀석은 인간 이외의 다른 무언가다. 그리고 더 재수 없게도 나가토는 인간 이외의 다른 무언가인 것이다.

나는 작게 혀를 찼다.

『나는 진지해.』

불길하게도 진심 어린 목소리이다.

『목숨을 걸어도 좋다. 진지해.』

목소리에 날카로움이 있다면 전선 여기저기가 끊어질 것 같은 목소리였다.

이걸 어떻게 넘기나.

"아, 나카가와."

나는 조용히 책을 읽고 있는 나가토의 선이 가는 모습을 떠올리며 말했다.

"이건 내 사견인데, 나가토는 은근히 인기가 많거든. 경쟁이 심해서 난처할 정도야. 여자를 보는 네 눈이 제법 뛰어나다는 건 칭찬해주마. 하지만 나가토가 10년이나 솔로로 지낼 가능성은 거의 제로야."

아무렇게나 둘러대는 소리이긴 하다만. 10년 후의 일이야 내가 알 게 뭐냐. 나 자신의 진로도 명확하지 않은데 말이야.

"그리고 그렇게 중요한 일이라면 나가토한테 직접 말해라. 내키지는 않지만 다리는 놔주도록 하지. 마침 겨울방학이니까 1시간 정도라면 그 녀석도 시간을 내줄 거야."

『그건 안 돼.』

갑자기 나카가와의 목소리가 작아졌다.

『지금의 나로는 안 돼. 분명히 나가토 씨의 얼굴을 보자마자 졸도해버릴 거다. 사실은 최근에도 멀리서 본 적이 있어. 역 근처 슈퍼마켓에서 우연히 말이야…. 저녁 무렵이었는데 그 뒷모습을 본 순간 그것만으로도 난 그대로 폐점 시간까지 가게 안에 우두커니 서 있었다고. 직접 얼굴을 본다니…. 말도 안 되는 소리야!』

안 되겠다. 나카가와는 완전히 뇌가 분홍색으로 물드는 병에 걸렸다. 장래 설계까지 완료한 상황이니 상당한 중증이다. 손쓸 길이 있다면 다행이겠지만 폭력 사태에 휘말려드는 날에는 미안하다며 튀는 것말고는 다른 방도가 없다.

게다가 이런 바보 같은 말을 친하다고도 할 수 없는 내게 전화를 걸어서 큰 소리로 외쳐대는 녀석이다. 이 다음에 무슨 소리를 할지 알 수 없다는 사실이 무섭다. 그런 녀석은 하루히 하나만으로도 벅찬데, 나가토도 참 무슨 업보냐.

이런, 이런. 나는 나카가와에게 들으라는 듯 한숨을 쉬었다.

"일단 알았다. 나가토한테 뭐라고 전해줘야 하는지 다시 한번 가르쳐줘."

『고맙다, 쿈.』

나카가와는 무척 감동한 듯했다.

『결혼식에는 꼭 너를 부르마. 인사말도 부탁할게. 그것도 제일 처음으로. 평생 너를 잊지 않을 거야. 만약 마음이 있다면 내가 장래에 일으킬 회사에 적당한 위치를 마련해 맞이하도록 하지.』

"알았으니까 어서 말해."

상식 이상으로 성급한 나카가와의 목소리를 들으며 나는 어깨에 수화기를 걸치고는 백지 스프링 노트를 찾기 시작했다.

이튿날 오후 나는 키타고로 향하는 언덕길을 묵묵히 올라가고 있었다. 표고가 올라감에 따라 토해내는 숨도 더욱 하얘졌다. 그런데 겨울방학인데 왜 학교로 향하고 있느냐 하면 SOS단의 전체 모임은 정기적으로 개최되기 때문이다.

참고로 오늘은 동아리방의 대청소도 겸하고 있다. 메이드인 아사히나 선배가 열심히 청소를 하고 있다고는 해도 엔트로피는 증대한다는 격언에 따라 동아리방에는 잡다한 물건들이 들어와 질서를 흐트러트렸고 그런 카오스의 원흉이 되는 건 바로 눈에 든 물건은 뭐든지 쓸어 오는 하루히, 계속해서 새로운 게임 보드를 가져오는 코이즈미, 두꺼운 책을 쉴 새 없이 독파하는 나가토, 날마다 완벽한 차 담당이 되기 위해 정진하고 있는 아사히나 선배—놀랍게도 나를 제외한 모두다. 이러니 내버려두면 난장판이 되는 것도 당연한 일이지. 슬슬 필요 없는 부품을 각자의 집으로 가져가도록 세안을 할 때인 것 같다. 최소한, 아사히나 선배의 코스튬 의상만큼은 어떻게든 남겨둔다고 치고 말이다.

"아아, 귀찮아라."

발걸음이 가볍지 않은 까닭은 말할 필요도 없이 교복 재킷 주머니에 괜한 종잇조각이 들어 있기 때문이다.

나카가와의 나가토를 향한 사랑의 찬가를 말해주는 그대로 나열한 구술필기. 너무 바보 같아서 몇 번이고 샤프를 던져 버리려고 했던지. 이런 쪽팔리는 소리를 으스대지도 않고 할 수 있는 녀석은 베테랑 결혼사기꾼에도 없을 거다. 뭐가 10년만 기다려줘냐. 개그 하냐.

산바람을 맞으며 걸어가는 사이 익숙한 건물이 보이기 시작했다.

내가 동아리 건물에 도착한 것은 하루히가 정한 집합 시간에서 1시간 전이었다.

마지막으로 온 사람이 다른 사람들에게 먹을 것을 쏜다는 SOS단 규정이 무서워서가 아니다. 그 규정이 적용되는 건 학교 밖에서 만날 때이니까.

어제 통화 마지막에 나카가와는,

『쓴 문장을 건네주는 것만 가지고는 안 돼. 그래서는 단순한 대필에 불과하니까. 또한 읽어줄지 어떨지도 모르는 일이다. 그녀의 앞에서 네가 읽어줘. 아까 내가 말한 것과 똑같은 열의를 담아서…!』

라는 말도 안 되는 요구를 했다. 내게는 녀석의 말을 따라야 할 이유도, 순박함도 없었지만 그렇게 애원을 하니 원래가 성선설의 신봉자인 나는 아주 조금이지만 정에 끌리지 않을 수가 없었다. 그러기 위해서는 그 자리에 나가토 이외의 아무도 없다는 상황이 필요했다. 1시간이나 먼저 간다면 나가토를 제외한 다른 녀석들은 안

올 게 분명했고 나가토는 분명히 자리를 지키고 있을 것이다. 필요할 때에 그곳에 없었던 적이 없는 우주인제 안드로이드, 그게 내가 알고 있는 나가토 유키이니까.

형식적인 노크를 한 뒤 침묵이 대답으로 돌아온 것을 확인하고 문을 열었다.

"여어."

부자연스럽게 경쾌한 인사였나? 스스로 비평을 하며 다시 한번 말했다.

"여어, 나가토. 있을 줄 알았어."

적막한 한겨울의 공기가 동아리방을 가득 채운 가운데 나가토는 체온이 느껴지지 않는 등신대 피겨 같이 얌전히 자리에 앉아 무슨 병명 같은 제목의 양장본을 펼쳐 읽고 있었다.

"……."

표정이 없는 얼굴이 나를 향하고 한 손이 관자놀이에 닿을 듯 올라가더니 이내 다시 내려왔다.

마치 안경을 치켜올리는 듯한 동작이었지만, 지금의 나가토는 맨눈이고 안경을 안 쓰는 게 낫다고 말한 건 나이며 계속 실행에 옮기고 있는 건 이 녀석이다. 지금 그 행동은 뭐지? 반년 전의 버릇이 되살아나기라도 한 건가.

"다른 녀석들은 아직 안 왔냐?"

"아직."

나가토는 간결하게 대답하고선 다시 2단으로 빼곡히 글자가 들어차고, 줄 바꾸기가 적은 페이지에 시선을 내렸다. 공백이 많으면 손해라고 생각하는 타입인가.

나는 어색하게 창가로 다가가 동아리 건물에서 보이는 안뜰로 시선을 던졌다. 방학이기도 해 학교 건물에 인기척은 거의 없었다. 운동장에서 추운 줄도 모르고 운동부원 녀석들이 기운차게 고함을 지르는 소리만이 아귀가 잘 안 맞는 창문 너머로 들려온다.

선 자세로 눈을 나가토 쪽으로 돌렸다. 평소와 같은 나가토였다. 새하얀 얼굴도, 흔들림 없는 표정도.

생각해보면 안경 소녀 칸이 오랫동안 비어 있네. 조만간 하루히가 새로운 안경 소녀를 데리고 올 포석을 깔아놓았는지도 모르겠다.

그런 시답잖은 생각을 하며 나는 주머니를 뒤적여 접어둔 스프링 노트 조각을 꺼냈다.

"나가토, 잠시 할 얘기가 있는데."

"뭔데?"

나가토는 손가락 끝만을 움직여 페이지를 넘겼고 나는 깊이 숨을 들이마셨다.

"너한테 반했다고 떠드는, 자기 주제도 모르는 녀석이 나타나서, 그 말을 내가 대신 전해주고 싶은데 어때? 들어줄래?"

여기에서 "싫어" 라고 해준다면 난 재빨리 노트 조각을 찢어버릴 계획이었는데, 나가토는 말없이 나를 올려다보았다. 얼음 빛의 눈동자이긴 하지만, 나를 볼 때만은 눈 녹은 물 정도로 따뜻해지는 것 같다고 느끼는 건 너무 내가 좋을 대로만 해석하는 것일까.

"……"

나가토는 입술을 다물고 나를 응시했다. 마치 외과의가 환부를 관찰하고 있는 것 같은 눈빛이었다.

"그래."

라고 중얼거린 뒤 눈도 깜박이지 않고 가만히 굳어 있다. 그대로 기다리고 있는 것 같아서, 나는 별수 없이 나카가와가 한 말을 적은 종잇조각을 펼쳤다. 그러고는 읽기 시작했다.

"안녕하십니까, 나가토 유키 님. 도저히 견딜 수 없어 이러한 형태로 마음을 전하는 무례함을 용서해주십시오. 사실 저는 당신을 처음 본 그날부터—."

나가토는 여전히 날 응시한 채 듣고 있었다. 점점 이상한 느낌이 들기 시작한 건 내 쪽이었다. 나카가와가 만든 완전 현기증을 동반할 정도의 사랑의 말을 토해내는 사이 바보 같다는 생각이 피크에 달하려 하고 있었다. 난 대체 뭘 하고 있는 거냐? 제정신인 거 맞아?

나카가와의 인생 설계가 종반에 달해 마침내 내가 교외에 집을 짓고 두 아이와 웨스트 하이랜드 화이트 테리어 한 마리와 함께 우아한 슬로 라이프를 만끽한다는 미래일기를 읽는 동안에도 나가토는 그저 묵묵히 바라보고 있을 뿐이었다. 왠지 내가 엄청나게 한심한 짓거리를 하고 있는 것 같다는 실감이 부글부글 끓어올랐다.

아니, 정말 한심하다.

나는 낭독을 정지했다. 이 이상 망언을 읽어내려가다간 내 정신이 미쳐버릴 거다. 아무래도 나카가와와는 영원히 서로를 이해하지 못할 것 같다. 두뇌가 삶아질 것 같은 이런 말을 출력해내는 녀석과는 교제가 성립할 것 같지 않다. 중학교 때 그럭저럭 아는 사이였던 것도 당연하다. 첫눈에 반해 반년이 넘는 잠복기간, 그런가 싶더니 갑작스런 메신저 의뢰에, 이렇게 미친 사랑의 고백이라니. 음, 정말 못해먹겠다.

"뭐, 그런 건데 대충 이해는 했냐?"

그 말에 나가토는,

"알았다."

하며 고개를 끄덕였다.

정말?

나는 나가토를 바라보았고 나가토는 나를 바라보았다.

침묵이라는 단어가 날개를 달고 우리 사이를 날아다니고 있는 것만 같은 조용한 시간….

"……."

나가토는 목의 각도를 살짝 기울였지만, 그 이상의 액션은 취하지 않고, 그저 나를 가만히 바라보고만 있었다. 으음, 뭐지. 이번엔 내가 뭐라고 말을 할 차례인가?

내가 열심히 어휘를 찾고 있는데,

"메시지는 받았다."

내게서 시선을 피하지 않고,

"하지만 응할 수는 없다."

예의 담담한 목소리로,

"내 자율행동이 이후 10년간의 연속성을 유지할 수 있을 거라는 보장은 없다."

그렇게 말하고는 입을 다물었다. 표정은 변함없었다. 시선도 내게서 벗어나지 않았다.

"아니…."

먼저 무릎을 꿇은 건 나였다. 고개를 저어 빨려 들어갈 것 같은 칠흑의 눈동자에서 눈을 해방시켰다.

"그래. 상식적으로 봤을 때 10년은 너무 길지…."

대기시간 이전의 문제라고는 생각하지만 일단 나는 안심했다. 이 안도감의 출처가 뭘까 생각해보니 그건 바로, 난 나가토가 나카가와든 누구든 다른 남자와 친하게 걸어가는 모습 따위는 보고 싶지 않은 것이다.

하루히 소실 사건에서의 저 나가토의 이미지가 조금은 내 머릿속에 잔존하고 있다는 것도 부정할 수는 없다. 나카가와는 그렇게 나쁜 녀석이 아니고, 아니, 오히려 좋은 녀석이라고 생각하지만, 그래도 나는 내 소맷자락을 부드러운 힘으로 잡아당긴 나가토의 불안감에 찬 표정을 아직도 명확하게 기억하고 있다.

"미안하다, 나가토."

나는 노트조각을 구깃구깃 뭉치며 말했다.

"가만히 생각해보면 이런 걸 순순히 메모해온 내가 나빠. 나카가와한테는 전화가 온 시점에서 단호하게 거절해야 했는데. 완벽하고 철저하게 잊어줘라. 이 바보한테는 내가 확실하게 말해둘게. 스토커가 되지는 않을 녀석이니까 그 점은 안심해도 될 거야."

뭐, 아사히나 선배에게 애인이 생긴다면 나는 그 녀석의 스토커가 될지도 모르지만….

으음? 그래, 그런 거구나.

나는 내 가슴속에 있던 답답한 감정의 정체를 깨달았다.

아사히나 선배든 나가토든 괜한 남자가 우리들 사이에 끼어드는 건 솔직히 말해 화가 난다. 마음에 안 든다는, 아주 단순한 이유로 나는 안도하고 있는 것 같다. 내가 생각해도 참 너무 뻔한 일이다.

하루히? 아아, 그 녀석에 관해서는 아무 걱정도 안 해. 하루히한 테 접근하는 남자는 그것만으로도 하루히에게는 불합격자이고, 만약 천재지변이라도 일어나 그 녀석한테 남자가 생긴다면 우주인이나 미래인을 쫓아다닐 일도 없어져서 지구에도 좋은 일이고 일도 줄어 코이즈미도 필시 편해지겠지.

그리고 휩쓸리기만 하는 내 인생에서도 엑센트릭한 파트가 크게 삭감될 게 분명하다. 언젠가는 그렇게 될지 모르지만 지금이 그때가 아니라는 것은 확실하다.

종이로 만든 즉석 공은 불어온 바람을 타고 가파른 포물선을 그리며 하강했다. 학교 건물과 동아리 건물을 연결하는 복도, 그 옆에 펼쳐진 잔디에 소리도 없이 떨어진다. 그러다 바람에 날려 굴러다니다 건물 옆에 있는 수채구멍에라도 빠져 낙엽들과 함께 썩어 걸레가 될 미래를 예측하고 있었는데―.

"이런 젠장."

마침 복도를 걸어 이쪽으로 오던 사람이 진로를 바꿔 잔디밭으로 내려갔다. 그 녀석은 흘낏 내 쪽을 올려다보고는 담배꽁초를 함부로 버린 것을 꾸짖는 듯한 눈빛을 하더니, 저벅저벅 걸어가 이제 막 내던진 종이 공을 주워들었다.

"앗, 안 돼! 보지 마!"

내 힘없는 항의도 허무하게, 부탁하지도 않았는데 쓰레기를 주워 든 장본인은 구깃구깃한 스프링 노트 조각을 펼쳐 묵묵히 읽기 시작했다.

"……."

나가토는 여전히 침묵을 지키며 나를 바라보고 있었다.

갑작스럽기는 하지만 여기에서 잠시 생각할 시간을 갖자.

Q.1 그 종잇조각에는 무엇이 쓰여 있는가?
A.1 나가토를 향한 사랑의 고백이다.

Q.2 누구 글씨로 쓰여 있는가?
A.2 내 글씨다.

Q.3 사정을 모르는 제3자가 그걸 읽으면 어떻게 할까?
A.3 오해할지도 모른다.

Q.4 그럼 하루히가 그걸 읽는다면?
A.4 생각하고 싶지도 않군.

그렇게 스즈미야 하루히는 몇 분 동안 스프링 노트를 꼼꼼히 뜯어보고 있다가 마침내 고개를 들어 내게 강한 시선을 던지더니 무슨 생각인지 기분 나쁘게도 씨익 웃음을 지었다.
……결정. 오늘은 엄청나게 재수 없는 날이 될 것 같다.

10초 뒤 엄청난 기세로 동아리방으로 쳐들어온 하루히는 내 멱살을 움켜쥐더니,
"무슨 생각을 하는 거야? 너 바보냐? 지금 당장 제정신 들게 해줄 테니까 저 창문에서 뛰어내려!"

라고 웃는 얼굴로 소리쳤다. 뭐, 살짝 어색한 웃음이긴 했지만 나를 활짝 열린 창문으로 끌고 가려는 힘은 에너지로 환산하자면 그것만으로도 오늘 하루의 난방은 거뜬히 해결할 만한 용량이 담겨 있었고, 그 파워는 내가 서둘러 상황 설명을 하려 생각하는 도중에도 꺾일 줄을 몰랐다.

"아니, 그러니까 이건 말이지. 중학교 때 나카가와라는 녀석이 있었는데…."

"뭐야, 남 탓으로 돌리려고? 이거 네가 쓴 거지?"

하루히는 나를 잡아당겨 10센티미터 정도의 거리에서 엄청나게 커다란 눈동자로 노려보았다.

"아무튼 좀 놔. 말도 제대로 못 하겠잖아."

그렇게 나와 하루히가 토닥거리고 있는데 타이밍도 나쁘게 제4의 인물이 등장했다.

"우와."

아사히나 선배가 눈을 접시만하게 뜨고 문간에 서 있었다. 우아하게 입을 다물고선,

"…저어. 바쁜 와중이신가요? 나중에 다시 오는 게… 좋을까요…?"

투닥거리고 있기는 합니다만 별로 바쁜 것도 아니고, 하루히와 밀치락대봤자 하나도 즐겁지 않을뿐더러, 이왕에 같은 일을 당할 거라면 당신이 좋으니까—서 들어오시죠. 아사히나 선배의 입실을 거부할 권리란 과거와 미래를 통틀어 내게 있을 리가 없었고 그럴 생각도 없다.

무엇보다 나가토가 아무 일도 없었다는 듯이 앉아 있으니까 아사

히나 선배도 당당히 들어오시면 됩니다. 거기다 도와주기까지 하시면 더더욱 감사하겠습니다만.

내가 하루히와 격투를 벌이며 아사히나 선배에게 미소를 지으려 하고 있는데,

"아니, 아니."

마지막으로 나타난 단원이 아사히나 선배 옆에서 고개를 내밀었다.

"너무 일찍 온 건가요?"

명랑 쾌활한 미소를 보이며 앞머리를 쓸어올리더니,

"아사히나 씨, 아무래도 우리는 방해꾼인 것 같으니 일단 물러났다 두 사람의, 아마 개도 안 먹을 행위가 일시적으로 수습이 된 다음에 다시 찾아오도록 하죠. 자판기 커피 정도는 제가 사드리겠습니다."

잠깐만, 코이즈미. 이게 사랑싸움으로 보인다면 넌 당장 안과로 직행이다. 그리고 은근슬쩍 아사히나 선배를 꾀지 마. 아사히나 선배도 그렇게 고개를 끄덕이고 있을 때가 아니에요.

하루히는 괴력으로 내 셔츠자락을 쥐고 있었고, 나는 하루히의 손목을 움켜쥐고 있었다. 이대로 있다가는 근육통이 날 것 같아서 난 결국 소리를 질렀다.

"인마, 코이즈미! 어디 가는 거야! 도와줘!"

"글쎄요, 어떻게 할까요."

코이즈미는 이때다 싶다는 듯 시치미를 뗐고, 아사히나 선배는 놀란 아기토끼같이 굳어선 눈을 깜박이고 있어, 코이즈미가 자연스레 허리에 손을 둘러 에스코트를 하려는 것도 깨닫지 못하고 있는

것 같았다.

한편 나가토는 뭘 하고 있는가보니, 이쪽은 너무나도 나가토답게 나는 모르는 일이라는 듯 이미 독서 모드로 돌아간 지 오래였다. 따지고 보면 네 얘기를 하다가 이렇게 된 거니까 조금은 도와줘도 되는 거 아니냐.

그리고 하루히는 숨이 막히도록 내 목을 조르며,

"난 정말 기가 막힌다. 이런 멍청한 편지를 쓰는 바보가 단원 중에 나오다니 정말! 문책사임감이야. 맨발로 신은 신발 안에 바퀴벌레가 집을 짓고 있었던 것만큼 기분이 나쁘다!"

그렇게 소리를 치면서도 하루히의 얼굴은 알 수 없는 미소로 굳어 있었다. 마치 이런 경우에 어떤 표정을 지어야 하는지 알 수 없어하는 것 같기도 했지만,

"여기 오기까지 13가지의 벌칙 게임을 생각해냈어! 제일 먼저 전갱이포를 물려 벽 위에서 동네 도둑고양이와 영역 다툼을 하게 만들 거다! 고양이 귀를 달고서."

아사히나 선배가 메이드 의상으로 그렇게 한다면 그림이라도 되겠지만, 내가 해봤자 도시 전설에는 빠지지 않는 특수 구급차나 달려올 뿐이다.

"고양이 귀 속성은 안 갖고 있다."

나는 활짝 열린 창문으로 얼굴을 돌려 한숨을 토해냈다.

미안하다, 나카가와. 모든 걸 다 밝히지 않고선 둥글게 만 종이에 이어 내가 창문으로 다이빙을 하게 될 것 같다. 난 이렇기를 원치 않지만, 하루히의 이 오해를 방치해뒀다간 자연계의 기분까지 나빠질 수 있어.

나는 위로 치켜 올라간 단장님의 눈을 살피며, 발톱 깎기를 거부하는 샤미센에게 말하듯 말했다.

"들어봐. 아니, 그보다 먼저 손을 좀 놔라. 하루히, 네 닭벼슬 머리로도 이해할 수 있도록 설명해줄 테니까….."

10분 뒤.

"흐음."

하루히는 철제 의자에 양반다리를 하고 앉아 후루룩거리며 녹차를 마시고 있었다.

"너도 참 별난 친구를 갖고 있구나. 첫눈에 반하는 거야 자유지만 그렇게까지 자기만의 세계에 빠지다니 대단한걸. 바보 같아."

사랑은 사람을 장님으로도, 뇌질환 환자로도 만드는 거지. 뭐 마지막 말에는 나도 이론이 없다만.

하루히는 구깃구깃해진 스프링 노트 조각을 들어 팔랑거렸다.

"난 네가 바보 타니구치와 손을 잡고 유키를 놀리려고 그러는 건 줄 알았다고. 그 녀석이라면 이런 짓을 할 법도 하고 유키는 얌전하니까. 잘 속을 것 같아 보이잖아."

나가토 이상으로 속이기 어려운 존재란 은하 차원에서도 그리 많을 것 같지는 않으나 나는 아무 말 없이 듣고 있었다. 그렇게 자제하고 있는 분위기를 조금은 느꼈는지, 하루히는 나를 매섭게 힌 번 쳐다보더니 갑자기 표정을 풀었다.

"뭐 너는 그런 짓은 안 하겠지. 잔재주를 부릴 지혜도, 잔머리도 없어 보이는걸."

칭찬인지 욕인지는 모르겠지만, 적어도 나는 이성이 부족한 초등학생 같은 그런 짓은 안 하지. 아무리 타니구치라도 나이에 걸맞은 분별은 있을 거라고.

"하지만…."

그렇게 입을 연 것은 SOS단이 자랑하는 작은 몸집의 요정 겸 천사였다.

"조금 멋진걸요."

아사히나 선배는 어딘지 모르게 황홀한 표정으로,

"이렇게 누군가가 좋아해준다니 기쁠 것 같아요…. 10년이라. 정말 그만큼 기다릴 수 있는 사람을 만나고 싶어요. 로맨틱해라…."

얼굴 앞에 손가락을 모아 촉촉한 눈을 반짝이고 있었다.

아사히나 선배가 말하는 로맨틱과 내가 배운 로맨틱이 같은 의미를 갖고 있는지는 확실하지 않지만, 분명 다른 것이란 느낌이 든다. 미래에서는 단어의 의미도 변용했을 가능성이 있다. 말해주기 전에는 배가 부력으로 움직인다는 것도 몰랐던 사람이니까.

그런데 오늘의 아사히나 선배는 평범하게 세일러복을 입고 계셨다. 메이드나 간호사와 같은 의상을 모두 세탁소에 맡겼기 때문인데 그 안에는 청개구리 옷도 포함되어 있었다. 나와 하루히가 아사히나 선배의 향기가 밴 대량의 코스튬 의상을 모아 가져갔을 때 세탁소 아저씨가 불필요할 정도로 뚫어져라 나와 하루히를 번갈아 쳐다봤던 게 은근히 트라우마다.

"나카가와의 실물은 로맨틱과는 좀 먼 것 같긴 합니다만."

나는 미지근하게 식은 차를 단숨에 들이켰다.

"절대로 순정만화의 주인공은 못 될 투박하게 생긴 동물 타입이에요. 동물점으로 치면 곰이죠. 가슴에 반달 모양이 있을 법한 녀석이에요."

말하면서 중학교 때의 인상에 딱 맞는 묘사를 떠올렸다.

"아, 마음은 착하고 힘이 센 그런 거요."

그렇게 접점은 없었지만 이미지상으로는 그랬다. 아무튼 육체적인 발육만큼은 좋았다. 아사히나 선배와는 다른 의미로 말이다.

이것도 녀석에게는 감사해야 할 일이겠지만 나카가와가 한 말을 대필한 연애편지는 말릴 새도 없이―미안하지만 나는 그럴 기력을 잃어버렸다―하루히가 풍부한 감정을 담아 아까 읽어버렸고, 그걸 받아들고선 아사히나 선배와는 다른 감상을 말한 것은 코이즈미였다.

"상당한 명문인데요."

가식적인 미소를 변함없이 유지한 채

"무엇보다 구체적인 게 좋은데요. 약간 이상론적이긴 합니다만 그러면서도 확실하게 현실을 꿰뚫어보고 있는 정직함도 호감도가 높아요. 돌발적이고 일시적인 열의에 이성을 잃은 감이 있긴 하지만 용솟음치는 열기가 행간에서 떠오르는 것도 잘 보이고 야심도 있군요. 이 말 그대로 노력을 계속한다면 분명 나카가와 씨는 장래 상당한 인물이 되지 않을까요."

싸구려 정신 분석의 같은 소리를 했다. 남의 인생이라고 아무렇게나 예언하지 마라. 책임을 지는 입장이 아니었다면 나도 얼마든지 적당하게 말할 수 있어. 너는 사기꾼 점술가냐.

"하지만."

코이즈미는 미소를 보였다.

"이러한 문건을 말하는 것도 상당한 배짱입니다만, 그걸 써놓은 당신도 정말 사람이 됐는데요. 저라면 손가락이 거부했을 겁니다."

그 소리는 어째 완곡하게 나를 매도하는 것 같다. 나는 너와는 달리 우정을 소중히 여기거든. 결과가 뻔한 큐피드 역할을 꾹 참고 파트타임으로 맡을 정도로는 말이다.

나는 어깨를 치켜올리는 것으로 코이즈미의 말에 대한 대답을 대신하고는,

"나가토의 대답이라면 네가 오기 전에 들었어."

하루히와 코이즈미를 똑같이 바라보며 나가토의 말을 대변했다.

"10년은 너무 길대. 당연하잖아? 나도 그렇게 생각할 거다."

그 순간 그때까지 충분히 과묵함을 발휘하던 나가토가,

"보여줘."

가느다란 손가락을 내밀었다.

그걸 보고 나는 의외라고 생각했다. 하루히도 그렇게 느꼈는지,

"역시 신경이 쓰이니?"

하루히는 가지런하지 못한 앞머리를 가진 유일한 문예부원을 살피듯 쳐다봤다.

"콘이 쓴 거긴 하지만 기념으로라도 받아둬. 요즘 세상에 이렇게 번거로운 건지 직접적인 건지 판단이 안 서는 고백을 하는 애도 찾아보기 힘들 테니까 말야."

"여기요."

하루히에게서 건네받은 구깃구깃한 노트 조각을 코이즈미는 나가토에게 배턴 릴레이로 전해줬다.

"……."

나가토는 눈을 내리깔고선 내가 쓴 글자를 읽었다. 몇 번이고. 눈이 한 장소를 위아래로 움직이고 있었다. 그렇게 곱씹듯 묵독하더니,

"기다릴 수는 없다."

음음, 그렇고말고.

하지만 계속된 말로 나가토는,

"만나봐도 좋다."

모든 이가 말을 잃을 소리를 중얼거렸고 특히 내가 입을 쩍 벌리고 있는 데에 결정타를 날리듯,

"신경이 쓰여."

라고 말하고선 가만히 나를 바라보았다. 평소와 같은 눈빛으로.

내가 잘 알고 있는, 변함없는 유리 수공예품 같은 정상적인 눈동자로.

대청소는 별일 없이 단순한 청소로 끝났다. 책장에 있는 책들을 처분하자고 제안했지만 좋다고도 싫다고도 대답하지 않는 나가토는 묵묵히 나를 바라보기만 했고, 그 눈빛이 어딘지 모르게 슬퍼 보인 나는 그 이상 아무 말도 할 수 없었고, 코이즈미의 게임 컬렉션 중에서 쓰레기통으로 자리를 옮긴 것은 딱 한 번 했던, 그것도 잡지 부록으로 따라온 종이로 만든 주사위 게임뿐이었다.

아사히나 선배는 원래 개인 물품을 차 잎 이외에는 갖다 놓지 않았고, 하루히는 자신이 가져온 모든 물체의 파기를 "안 돼"라는 한마디로 거절했다.

"알겠어, 콘? 뭐든 쓰지 않고 버리는 아까운 짓을 나는 하지 않아. 다시 이용할 수 있는 거라면 몇 번이고 써서 최종적으로 어떻게 할 수 없을 만큼 나빠지지 않는 한 버리지 않아. 그게 환경친화 정신이라고."

장래에 이런 녀석이 쓰레기통 같은 집을 만드는 게 아닐까. 환경을 생각한다면, 너는 생존 활동 이외의 아무것도 안 하는 게 좋을 것 같은데.

하루히는 나가토와 아사히나 선배와 함께 삼각 두건을 쓰고선 그들에게 총채와 빗자루를 나눠줬고, 나와 코이즈미에게는 양동이와 걸레를 나눠주고선 창문을 닦으라고 명령했다.

"올해 안에 여기에 오는 건 이걸로 마지막이니까 반짝반짝하게 해놓고 가야지. 새해에 왔을 때 건강한 기분이 들 수 있도록."

시키는 대로 유리를 닦는 나와 코이즈미였다. 그러는 사이에 동아리방을 정리하는 건지 먼지를 일으키는 건지 알 수 없는 3인조 키타고 소녀를 바라보며 내 파트너가 귓속말을 했다.

"우리끼리 얘기인데요, 나가토 씨한테 접근하고 싶어하는 '기관' 이외의 조직은 많습니다. 지금 그녀는 스즈미야 씨와 당신과 비슷한 레벨의 중요인물이니까요. 특히 다른 TFEI들 중에서도 나가토 씨는 독보적인 포지션에 있어요. 그렇게 된 건 최근에 들어서인 것 같습니다만."

창틀에 걸터앉아 가단히 체온을 빼앗는 찬바람에 대항해가며 짖은 손에 따뜻한 입김을 불어넣는 나는 말없이 유리창을 젖은 걸레로 닦았다.

무슨 소린지―.

모르는 척하는 것은 간단하다. 최근에 나는 나가토와 아사히나 선배와 함께 이곳의 하루히와 코이즈미가 별로 관여하지 않은 사건을 우연히 겪었고, 그 결과로 지금이 존재하고 있는 것이니 완전히 무시를 할 수는 없는 노릇이다.

"어떻게든 해야지."

나는 표면적으로는 경쾌하게 대답했다.

이번 일은 내가 가져온 문제다. 스스로 해결하면 되는 거야.

유리창 안쪽을 닦으며 코이즈미는 작게 웃었다.

"네. 이번만큼은 당신에게 일임하도록 하겠습니다. 전 연말부터 새해 초까지 SOS단 설산 여행을 준비하느라 정신이 없으니까요. 덧붙여 말하자면, 당신은 스즈미야 씨와 사이좋게 싸움을 하는 걸로 스트레스를 해소할 수 있을지 몰라도, 제게는 안타깝게도 그런 상대도 없어요."

누가 사이가 좋다는 거야.

하지만 코이즈미는 잘생긴 얼굴의 입술을 살짝 일그러뜨리며,

"저도 슬슬 단연코 무해한 가면을 벗어던지고, 어느 사이엔가 고정된 이 캐릭터를 싹 바꾸고 싶어한다고 생각하지 않습니까? 동급생을 상대로 정중한 말투를 유지하는 것도 꽤 피곤한 일이라고요."

그럼 그만하면 되잖아. 네 대사 내용에까지 참견할 생각은 없는데.

"그럴 수는 없죠. 지금의 제가 바로 스즈미야 씨가 바라는 인물 설정일 테니까요. 그녀의 정신에 관해서는 전 상당한 전문가랍니다."

코이즈미는 여봐란 듯 탄식을 했다.

"그런 점에 있어선 아사히나 씨가 부러워요. 그녀는 자기 자신을 전혀 가장하지 않고 있으니까 말이에요."

저번에 아사히나 선배의 행동은 연기인지도 모른다 어쩌고 그렇게 말하지 않았냐?

"응? 제가 하는 말을 믿으시는 겁니까? 그렇게까지 당신의 신뢰를 얻었다면 고생한 보람이 있다고 할 수 있겠습니다만."

변함없이 시치미를 떼는 꼴이다. 신용할 수 없는 말투도 1년이 다 끝나가려는 이때까지 여전하다. 나가토조차 제법 내면의 변화를 이루었는데 너는 여전하군. 아사히나 선배는 그대로 좋아. 다른 아사히나 선배와도 몇 번 만나봤으니 그녀가 육체적으로도 정신적으로도 향상하리라는 건 이미 기정사실이다.

"제가 무슨 변화를 보여주게 된다면."

코이즈미는 열심히 손을 움직이며 말했다.

"그건 좋지 않은 징조죠. 현상유지가 제 본분입니다. 제 진지한 모습은 당신도 보고 싶지 않아 할 것 같은데요."

그래, 보고 싶지 않다마다. 너는 언제나 능글맞게 웃으며 하루히의 아첨꾼으로 뒤치다꺼리를 하거나 전 단계 작업에 매달려 사는 게 잘 어울려. 이번에 갈 설산의 산장에서 있을 촌극도 기대하고 있다. 그걸로 충분하지?

"더할 나위 없는 칭찬이십니다. 그렇게 받아들이도록 하죠."

진심인지 농담인지는 알 수 없었지만, 아무튼 코이즈미는 그런 말을 하고선 창문에 하얀 입김을 불어넣었다.

그날 밤의 일이었다.

침대 위에 똬리를 틀고 있는 샤미센의 잠자는 얼굴을 보며 편안한 기분에 잠겨 있는 사이, 이 편안함의 원천은 어디서 유래하는 것일까 생각하며, 연애 감정과 밝힘증의 상이점에 대해 고찰에 고찰을 거듭한 끝에 이거다 싶은 결론이 하늘의 계시처럼 번뜩인 바로 그때,

"쿈, 전화. 어제 그 사람이야."

동생이 또다시 전화기를 들고 방문을 열었다.

동생은 클래식 명곡을 이지리스닝 곡으로 편곡한 멜로디를 연주하는 수화기를 내게 건네고선 그대로 침대 옆에 앉아 샤미센의 수염을 잡아당겼다.

"샤미샤미~, 샤미의 털 때문에 엄마가 투덜투덜~♪"

가늘게 눈을 뜨고 동생을 노려보면서도 무시하는 태세의 샤미센과 신나서 노래를 부르며 수염을 잡아당기는 동생을 바라보며 나는 전화기를 귀에 갖다 댔다. 그때까지 내가 무슨 생각을 하고 있었더라?

"여보세요?"

『나다.』

중학교 시절의 동창 나카가와는 성급한 내심을 숨기지 못하겠는지,

『어땠어? 나가토 씨의 대답은 뭐지? 말해줘. 어떤 내용이라 해도 각오는 되어 있다. 말해줘, 쿈…!』

당락선상에 있는 중위원 선거 입후보자가 뉴스 속보를 안달하며 듣고 있는 듯한 말투였다.

"안타깝게도 좋은 대답은 얻을 수 없었어."

나는 동생을 향해 손을 저으며 차분히 가라앉은 목소리를 연출했다.

"기다릴 수 없대. 10년 후의 미래란 상상도 할 수 없다, 보장할 수 없다—고 하더라."

사실을 전하기만 하는 것뿐이니 내 혀도 유연히 잘 돌아간다. 다만 만나봐도 좋다… 고 말한 나가토의 문제성 발언을 어떻게 할까 생각하고 있는데,

『그래.』

나카가와의 목소리는 의외로 시원시원했다.

『그렇겠지. 나도 그렇게 쉽게 오케이해줄 거라고는 생각 안 했어.』

내가 계속 손을 흔들고 있자 엉터리 가사로 노래를 부르던 동생은 으르렁대는 샤미센을 억지로 안아들고선 방을 나갔다. 또 자기 방에서 같이 잘 생각인가본데, 1시간만 지나면 샤미센은 난처하단 표정을 지으며 다시 내 방으로 돌아올 거다. 지나친 간섭을 싫어하는 성질은 고양이의 보편적인 특성이다.

동생이 나가는 걸 본 뒤, 나는 전화에 대고 물었다.

"나한테 그런 낯부끄러운 편지를 읽게 해놓고선 할 말이 그게 다냐?"

미리 대답을 예상하고 있었다면 말을 전해달라는 부탁 띠위는 하지 말란 말이다.

『모든 일에는 순서라는 게 있어.』

준비 운동도 않고 결혼 신청을 한 녀석한테 그런 소리를 듣고 싶

지는 않은걸. 선수를 치는 첫 번째에서부터 결정타를 던지는 규칙을 무시하는 자세였으니까.

『전혀 알지도 못하는 상대가 진심 어린 사랑을 호소한다 해도 곤란하기만 할 뿐이라는 건 나도 잘 알고 있다.』

알고 있다면 처음부터 말을 꺼내지 마라. 지뢰가 있다는 걸 알면서도 발을 내디디는 건 폭발물 처리반을 제외하면 마이너한 취미의 소유자들뿐이다.

『하지만 나가토 씨는 이걸로 나에게 적잖이 흥미를 갖게 되었을 거다.』

계획적인 범행이었다니 조금은 존경을 해줄 수도 있다. 나가토에게 '신경이 쓰인다'는 말을 하게 만든 인간은 분명히 나카가와가 처음이다. 그만큼 그 메시지에는 파괴력이 있었다는 소리겠지. 부끄러운 걸로 치면 현 시점에서 지구상 최고임을 보장해주고 싶을 정도이니 말이다.

『그래서 말인데, 콘. 부탁이 하나 더 있다.』

아직도 더 있냐? 일이 좀 많아서 내 자원봉사 정신도 슬슬 바닥을 보이려 하고 있는데.

『내가 고등학교에서 미식축구부라는 건 알고 있나?』

처음 듣는 소린데.

『그래. 사실은 그래. 그래서 부탁이란 건 다름이 아니라, 이번에 우리 고등학교에서 다른 남학교 미식축구부와 시합을 하게 됐어. 꼭 나가토 씨를 데리고 와줬으면 한다. 물론 나는 선발로 나간다.』

"언젠데?"

『내일이야.』

그러니까 하루히 같은 녀석은 한 명으로 충분하다고 했지. 왜 좀
더 여유있는 일정을 생각하지 못하는 거야.

『나가토 씨가 10년을 못 기다리겠다고 한다면 할 수 없지. 이렇게
된 이상 나의 멋진 모습을 보여줘서 사로잡는 수밖에.』

　정말 단세포적인 아이디어다. 그리고 이쪽 입장도 조금은 생각해
다오. 그렇지 않아도 연말연시에는 일이 많단 말이야.

『안 되는 일이라도 있냐?』

　나는 아무 문제 없다. 아무 예정도 없이 텅 빈 하루다. 나가토도
비어 있을 거다. 그러니까 안 되는 거 아니냐. 이대로 가다간 너의
멋진 모습인지 뭔지를 보러 가야 하는데.

『뭐 어때. 와다오. 친선시합이긴 하지만 실질적으로 진지한 시합
이야. 내일 시합은 이웃 마을의 남학교 미식축구부와 해마다 갖는
시합인데, 우리 부원들에게는 평화로이 한 해를 넘길 수 있느냐가
이기고 지는 것에 걸려 있다. 만약 지면 지옥의 겨울방학이 기다리
고 있어. 섣달그믐도 정월도 없는 연습 삼매경의 날들이다.』

　나카가와의 목소리는 진지했고 어떤 의미에서는 비장하기까지
했지만, 나한테는 다 남 얘기다. 나는 내 나름대로 연말연시에 해야
할 귀찮은 일들이 쌓여 있다고. 설산의 산장에 가는 날까지는 앞으
로 며칠 남지 않았다.

『쿈, 네 예정 따위는 아무래도 좋아. 중요한 건 나가토 씨다. 일
단 부탁이라도 좀 해봐. 그녀가 싫다면 나두 포기하겠다. 하지만 천
분의 일이라도 가능성이 있다면 나는 거기에 걸어보고 싶어. 스스
로 움직이지 않으면 어떤 꿈도 이룰 수 없는 거니까.』

　생거짓말을 해줄까 싶었지만, 그렇게까지 철저하지 못한 게 내

약한 구석이다.

"알았어."

나는 침대에 드러누우며 내키지 않는 한숨을 쉬었다.

"나가토한테는 지금 전화해서 물어볼게."

예감은 있었다. 나가토는 싫다고 하지 않을 거다.

"너희 학교가 어디에 있었지? 만약에 나가토가 OK하면 거기까지 데리고 가주마."

다른 녀석들도 따라올지 모르지만 그건 상관없겠지.

『고맙다, 쿈. 이 은혜는 잊지 않으마.』

신이 난 나카가와는 자기가 다니는 학교로 오는 길과 시합 시작 시간을 가르쳐주었다.

『너는 인연을 맺어주는 신이야. 결혼식에서는 사회를 부탁하마. 아니, 첫아이의 이름을 지어주―.』

"끊는다."

난 차갑게 말하고 전화를 끊었다. 이 이상 나카가와의 말을 듣고 있다간 뇌에 가늘고 기다란 벌레가 우글댈 것 같다.

나는 집 전화를 바닥에 내려놓고 휴대전화를 들고 등록해둔 나가토네 집 전화를 찾았다.

그리고 이튿날이 찾아왔다. 시원스레.

"늦었어! 말을 꺼낸 건 너면서 제일 늦게 오다니 의욕이 있긴 한 거야, 너?"

하루히가 미소를 지으며 내게 검지로 삿대질을 하고 있다. 익숙한 역 앞, SOS단의 대기 장소이다. 다른 세 명 나가토와 코이즈미, 아사히나 선배도 나를 기다리고 있었다.

원래대로라면 내가 데리고 가는 건 말없는 유기 안드로이드만으로 충분하지만 그렇다고 해서 정말 단둘이 시합을 보러 갈 수도 없는 노릇이다. 나중에 단장이 알게 된다면 어떤 벌칙이 기다리고 있을지 상상하기도 두렵다. 그렇다면 모두 다 끌어들이자—가 되어 나는 나가토의 대답을 들은 뒤 세 명에게 전화를 돌렸다. 모두들 승락을 한 건 연말임에도 그렇게나 한가해서인지, 아니면 나가토에게 첫눈에 반한 남자에게 큰 흥미가 있어서인지.

아무래도 한겨울이라 모두 두껍게 옷을 입고 집합을 했다. 특필할 만한 것은 아사히나 선배의 복장으로 새하얀 인조 털 코트를 입은 모습이 복슬복슬이랄까 풍성하달까, 마치 설산을 순수하게 뛰어다니는 흰토끼처럼 사랑스러웠다. 첫눈에 반한다면 아무리 생각을 해도 이쪽이다.

나가토는 교복 위에 수수한 더플코트를 입고 있었고 거기다 모자까지 쓰고 있었다. 아무리 우주인 비스무리라 해도 지상의 추위에는 영향을 받는 것 같아 보였지만,

"……."

자기에게 고백을 한 상대를 구경하러 가는 거라고는 도저히 보이지 않는 무표정은 여전했다.

"자, 가자. 어떤 얼굴을 한 녀석인지 정말 기대된다. 비식축구 시합을 보는 것도 처음이고 말야."

피크닉 기분인 건 하루히뿐만이 아닌 듯 아사히나 선배도 방글방글, 코이즈미는 능글능글거리고 있었다. 그리고 나는 거의 표정이

없었고, 당사자인 나가토는 표정이 전무한 상태다.

"버스 노선도는 조사해놨습니다. 그 남학교까지는 여기에서 30분 정도 걸리더군요. 이쪽에서 타면 됩니다."

코이즈미가 여행사 안내원 같은 말투로 우리를 이끌었고 나는 더욱 말수가 적어졌다.

즐기고 있군. 이 녀석도 하루히도, 어쩌면 아사히나 선배도.

걸어가면서 코이즈미는 아주 자연스럽게 내게 다가와 의미심장하게 귓속말을 했다.

"그런데 당신도 꽤나 묘한 친구를 갖고 계시는군요."

계속될 말을 기다려봤지만, 코이즈미는 미소를 흘날리며 맨 앞으로도 돌아갔다.

나카가와가 묘하다고? 그럴지도 모른다. 나가토를 한 번 본 것만으로 벼락에 맞은 것 같은 느낌을 받는 인간은 일반성과 제법 멀리 떨어진 곳에 살고 있는 녀석이 분명할 거다.

버스 터미널까지 걸어가는 동안, 나는 계속 화가 났다.

뭔가 마음에 안 들어.

버스를 타고 흔들리길 30분, 내린 정류장에서 몇 분 거리에 그 학교가 있었다. 그리고 이미 시합은 시작된 뒤였다.

내 늦잠 때문에 버스를 두 대 놓치고 말아 도착한 것은 나카기와가 말한 시합 개시 시간 15분 뒤였다.

건물 안에는 들어가지 못하게 되어 있는지 학교 부지를 따라 걸어가자 바로 철망으로 둘러싸인 운동장이 나왔고, 미식축구 시합은 그곳에서 열리고 있었다.

"와아, 운동장이 참 넓네요."

아사히나 선배가 감탄하는 것도 수긍이 갔다. 산을 깎아 억지로 만들었다고밖에 보이지 않는 키타고와는 달리, 평지에다 돈도 있어 보이는 이 사립 남학교 운동장은 상당한 면적을 갖고 있었다. 그것도 우리가 서 있는 위치에서 1층 정도 낮은 곳에 운동장이 있었고 관전하기에 알맞은 입지 조건이었다. 우리 다섯 명 이외에도 길을 가던 아저씨와 무리를 지은 여학생들이 교성을 지르며 사립 남고 두 팀의 시합을 바라보고 있었다.

하얀색과 파란색의 유니폼과 헬멧이 부딪치는 소리를 들으며 우리는 빈자리에 나란히 섰다.

나가토는 아직 말도 없었고 반응도 없었다.

이때까지는—.

난 미식축구 규칙을 대강밖에 모른다. 언제였던가 아마추어 야구 대회에서 거의 식은 죽 먹기로 승리했던 것에 맛을 들인 하루히가 다음으로 가져온 전단지가 아마추어 미식축구와 아마추어 축구 대회 참가서였다. 결국 두 개 모두 참가하지는 않았지만(여러 우여곡절이 있은 뒤에 말이다) 그때 만에 하나의 경우를 대비해 미식축구 규칙도 잠깐 조사를 해보았다. 간단한 듯 보이지만 심오해서, 도저히 우리가 간단히 해낼 수 있는 운동은 아니라는 것만은 알 수 있었다.

실제로 이렇게 보니 그 추측은 정답이었음을 실감하게 된다.

공격하는 쪽은 럭비공과 어디가 다른지 알 수는 없지만 아무튼 타원형 공을 1센티미터라도 전진시키고 던지고 패스하고 안고 뛰기를 하고 있었고, 그에 맞서서 수비하는 쪽이 그 공을 1센티미터도 전진시키지 않으려고 공을 가진 녀석을 용맹스럽게 덮치면, 그렇게 두지는 않겠다는 듯 공격 쪽의 오펜스 라인이 블록을 치고, 여기저 기서 프로텍터가 부딪치는 팍팍 소리가 발생한다.

뭐 미국적인 느낌이 나는 스포츠이다.

"헤에."

하루히는 울타리에 달라붙어 뒤범벅이 된 선수들에게 시선을 보내고 있었다.

"그런데 나카가와란 애는 누구야?"

"유니폼에 82라고 쓰인 녀석이야. 하얀 쪽."

어제 전화에서 들은 대로 설명을 했다. 타이트엔드라는 게 나카가와의 포지션이었다. 오펜스 라인의 구석 자리에서 블록과 패스 캐치를 겸하는 역할이다. 나카가와는 덩치에 비해선 제법 민첩하게 움직이고 있어, 안성맞춤이라고 할 수 있었다.

"어라? 선수가 전부 바뀌었는데 어떻게 된 거야?"

"공격 전문과 수비 전문 선수가 있어. 나카가와는 공격 전문이고."

"헬멧을 쓰고 있으니까 박치기는 가능할 것 같은데 어디까지 괜찮은 거야? 선 자세로 하는 것만 가능한 거야? 아니면 종합 격투기 룰이야?"

"그런 규칙은 없어. 박치기도 안 되고."

"흐음."

흥미진진한 눈동자를 운동장으로 향하고 있는 하루히였다. 키타고에 미식축구부는 없었지만 만약 있었다면 이 녀석은 거기에도 체험 입부를 해 부원들을 난처하게 만들었을 게 분명하다. 제법 신속하고 주위를 무시한 돌파력이 뛰어난 녀석이니 도움이 됐을지도 모르지만.

"참 머리에 피가 오를 듯한 힘찬 스포츠네. 겨울에 하기에는 딱인 것 같아."

하루히의 감상을 들으며 슬쩍 나가토를 살피자 아무 생각도 안 하고 있는 듯한 얼굴로 멍하니 공의 행방을 쫓고 있었다. 딱히 나카가와를 주목하고 있는 것도 아니었고 그저 멍하니 있는 것같이 보였다.

우리 다섯 명은 우뚝 선 채 잠시 두 남고의 격렬한 승부를 관전하고 있었다.

"저, 차 좀 드실래요?"

아사히나 선배가 가방에서 보온병과 종이컵을 꺼냈다.

"추울 것 같아서 따뜻한 걸 준비해 왔어요."

미소를 짓는 아사히나 선배는 거의 천사였다. 감사히 마시겠습니다. 추운 날씨 아래 가만히 시합을 관전하면 몸만 식을 뿐이다.

그렇게 우리들은 아사히나 선배가 직접 따라준 묘한 맛이 나는 차를 마시며 한겨울임에도 뜨겁게 부딪치는 미식축구부원들을 바라보았다.

그렇게 막연히 경기 진행을 보고 있는 사이 제2쿼터가 끝나고 하프타임이 되었다. 나카가와 쪽의 하얀 유니폼 팀은 우리 쪽에서 봤을 때 운동장 맞은편에 집합해 수석코치로 보이는 덩치 좋은 아저씨한테서 연신 고함을 듣고 있었다. 멀리 있어서 얼굴은 잘 보이지 않았지만, 이쪽에 등을 돌리고 있는 82번이란 등번호가 무리 가운데에서 보였다 말았다 했다.

시합은 딱히 말하자면 따분하게 진행되고 있었다. 화려한 롱패스가 통하거나 러닝 백이 30야드 독주를 하는 일도 없이 양팀 모두 퍼스트 다운을 빼앗는 게 고작인 상황으로 그만큼 서로의 전력이 팽팽하다는 소리이기도 양쪽의 방어팀이 열심히 하고 있다는 소리이기도 하다.

그런데 평범하고 따분한 전개를 질색하며 싫어하는 사람을 나는 한 명쯤 알고 있는데 그 이름은 스즈미야 하루히라고 한다.

"어째 별로 재미가 없네."

그 자리에서 발을 구르며, 하루히는 입술을 삐죽거렸다. 토해내는 숨이 끝내주게 하얀 건 하루히뿐만이 아니라 우리 모두가 마찬가지였다.

"저 녀석들은 돌아다니니까 괜찮을지 몰라도."

하루히는 두 손으로 자기의 몸을 꼭 껴안았다.

"가만히 있는 우리는 춥기만 한걸. 근처에 커피숍 없나?"

피크닉 기분도 찬 겨울바람에 어딘가로 날아가버린 듯했다. 아사히나 선배의 차도 야외에서는 무한한 게 아니라 이미 바닥이 난 상태였다. 그 이전에 반이 애정으로 구성되어 있을 아사히나 선배의 차도 너무 추운 날씨에는 순식간에 식어버려 몸을 따뜻하게 해주는 역할에는 그다지 도움이 되자 않았다. 게다가 오늘은 올해 들어 가장 추운 한파가 몰려온 날이었다. 몸 속이 얼어버릴 것 같은 냉기에 이를 딱딱거리고 있는 건 하루히뿐만이 아니라 나와 아사히나 선배도 마찬가지였다. 태연한 건 더위도 추위도 연중 신경도 쓰지 않는 나가토 정도다.

"역시 뭐니 해도 손가락 빨며 구경만 해선 본질적인 재미를 알 수 없는 법이야. 나도 끼워달라고 할까? 공을 차는 역할 저 정도라면 나도 할 수 있을 것 같은데."

하루히는 체온을 앗아가는 바람 때문에 눈을 가늘게 뜨며 말했다.

"그 정도라도 안 하면 계속 춥기만 할 거야. 쿈, 뭐 좋은 거 없어? 손난로나 고추 같은 거 말야."

그런 아이템을 갖고 있었으면 내가 썼을 거다. 그렇게 몸을 따뜻하게 만들고 싶으면 학교 주위를 마라톤으로 한 바퀴 돌던가, 밀어내기 게임이라도 하지그래. 경제적이고 건강에도 더 좋은데.

"흥. 좋아, 손난로라면 여기에 마침 딱 좋은 게 있네. 게다가 등신대고."

갑자기 하루히는 뒤에서 아사히나 선배를 껴안고 똑 부러질 것 같은 목에 손을 둘렀다.

"왓, 왓. 뭔가요?"

물론 아사히나 선배는 당황했다.

"미쿠루, 너 따뜻하다. 폭신폭신도 하고."

첫눈 같은 하얀 인조털에 턱을 묻고 아사히나 선배의 뒤에 자리 잡은 하루히는 작은 몸집에 부분적으로 풍만한 육체를 자랑하는 선배를 끌어안았다.

"잠깐만 이렇게 있자. 후후훗, 콘. 부러워?"

당연하지. 이왕이면 정면에서 끌어안고 싶긴 하다만.

"흐음?"

하루히는 입을 오리처럼 삐쭉 내민 뒤,

"어…."

뭐라고 말을 하려다 입을 다물고는 살짝 숨을 들이마신 뒤에,

"그거, 미쿠루랑?"

하루히의 작은 악마 같은 표정과, 그 팔에 안겨 어쩔 줄 몰라 하고 있는 아사히나 선배의 눈동자를 똑같은 시간을 들여 비교한 뒤, 나는 뭐라고 대답해야 좋을지 생각했다. 그렇게 생각에 잠겨 있는데 비스듬히 뒤쪽에서 도움의 손길이 등장,

"뭐하면 저와 밀어내기 게임이라도 하실래요?"

우리들의 대화에 끼고 싶어 안달이 났는지 코이즈미가 기분 나쁜 미소를 지으며 기분 나쁜 소리를 했다.

"마라톤도 괜찮지만, 남자들끼리 마음껏 부딪쳐본다 해도 저는 별로 상관없습니다만."

내가 상관 있다. 얼마든지 말하겠는데, 내게는 그쪽 취미가 없어. 코이즈미는 얌전히 미식축구 실황 해설 역할을 하고 있으면 그만이다. 이번 일은 나와 나가토와 나카가와의 문제이지 너는 부록 이하의 존재니까 말이야. 참고로 현재 상황을 보면 하루히와 아사히나 선배는 부록 그 자체이지만.

나는 시선을 돌렸다.

"그건 아무래도 좋은데…."

제일 중요한 주인공인 나가토는 여전히 침묵한 채 시선을 운동장

에 떨군 채 꼼짝도 하지 않고 있었다. 나카가와의 모습을 눈으로 따라가고 있는 것 같은 분위기는 느껴졌지만, 정말 녀석을 보고 있는지 어떤지도 확실하지 않았다.

또한 나카가와도 마찬가지였다. 오펜스 유니트로 열심히 움직일 때나 라인 밖에 나가 있을 때도 전혀 이쪽으로 시선을 주지 않았다. 기껏 나가토를 데리고 왔는데 신경이 쓰이지도 않나. 하프타임인 지금도 원을 그리고 있는 선수들끼리 뭔가 진지하게 회의를 하고 있다. 그만큼 이 시합에 건 정열과 승리를 향한 갈망이 무엇보다 크다는 걸까.

아니면 일부러 그러는 거냐? 나카가와의 얘기가 사실이라면, 저 녀석은 나가토의 모습을 멀리서 한 번 본 것만으로도 멍해져 제정신을 잃어버릴 정도라고 했다. 아무래도 좀 과장된 말인 것 같지만, 만약 그 말이 사실이라면 중요한 시합 도중에 멈춰서버린다면 아주 안 좋은 일이다.

"에이, 모르겠다."

나는 그렇게 중얼거린 뒤 짧은 옷깃을 바람에 펄럭이고 있는 나가토의 뒤통수를 바라보았다.

이 시합이 끝나고 나카가와가 학교에서 나오면 그때 만나게 하면 되지. 이대로 무사히 후반이 끝나고 그때 나카가와의 학교가 이긴다면 녀석도 자유의 몸이 될 거다.

어제 나가토는 "만나봐도 좋다"고 했다. 그렇다면 만나게 해도 누구도 문제될 게 없다. 사실 별로 내키지는 않았지만 그렇다고 남의 희망과 요구를 뭉개버릴 만큼 나는 악당은 아니다. 이렇게 얘기를 들어줄 귀도 두 개나 갖고 있으니까.

하지만.

안타깝게도 상황은 무사히 진행되지 않았다. 시합 재개를 알리는 호각이 울리고 제3쿼터가 시작된 지 5분도 안 돼―.

나카가와는 구급차에 올라타게 되었다.

녀석의 부상 퇴장의 전말을 기록해두자. 대충 이런 식이었다.

후반 시작은 상대 팀의 킥오프에서 시작되었다. 리터너가 자기 진영 20야드까지 나아가 붙잡혔고, 거기서부터 나카가와 팀의 공격이 개시되었다.

적과 아군이 나란히 몸을 낮춘 제일 앞줄, 그 구석에 나카가와도 있었다. 센터의 바로 뒤쪽에 있던 하얀 유니폼의 쿼터백이 무슨 암호 통신 같은 함성을 좌우에 외쳤고, 그게 정말 암호 통신이었는지, 나카가와는 첫 번째 줄에서 스스슥 옆으로 이동했다. 그 순간, 볼을 잡은 쿼터백이 두세 걸음 뒷걸음질을 쳤고, 상대 팀의 가드와 태클, 라인 배커들끼리 야수와 같은 돌진력으로 덮쳐왔다.

나카가와는 일단 돌격한 뒤 재빨리 안으로 파고들어 돌아서더니, 공을 잡을 자세를 취했지만, 이게 페이크였는지, 공을 잡은 사령탑이 손목의 스냅을 이용해 던진 상대는 나카가와보다 더 바깥쪽에 있던 와이드 리시버였다.

"앗."

소리를 지른 건 하루히였던가, 아니면 아사히나 선배였던가.

라이플탄처럼 회전하며 날아간 공은, 하지만 예상했던 궤도를 그리지 못했다. 상대팀의 라인배커가 맹렬히 점프, 하지만 이것도 인터셉트에는 이르지 못했다. 가까스로 손가락 끝에 걸려 턴 오버는 피했지만, 궤도가 바뀌고 속도가 떨어져, 공은 둥실 떠올라 아무도 예상하지 못했던 지점에 떨어졌다.

그때였다.

지장보살보다 더 움직임이 없었던 나가토가 손을 움직이는 것을 나는 보았다.

"……."

나가토는 쓰고 있던 모자 끝을 잡고 살짝 눌러 시선을 가렸다. 하지만 다 가리지 못한 부분, 입가가 작게 움직인 것을 내 시선은 놓치지 않았다.

"―."

분명히 나가토는 뭔가를 짧게 중얼거렸다.

그건 시선 한구석에서 일어난 일이었다. 내 눈의 초점은 현재 운동장에 맞춰져 있었다.

"오."

나는 몸을 앞으로 내밀며 눈을 커다랗게 떴다.

공의 궤도가 희미하게 변한 것 같아서였는데 바로 그 낙하 예측 지점으로 나카가와가 멋진 순발력을 발휘해 달려가고 있었기 때문이다. 내 시선의 중심에서 나카가와는 화려하게 도약했다. 공중을 떠돌던 공을 단단히 잡고선 약간 균형을 잃긴 했지만 그대로 착지 ― 하지 못했다.

나카가와의 점프와 동시에 나카가와를 맨투맨 마크하던 상대 디펜스의 코너 백도 멋진 도약을 보여주었다. 노리는 것은 단 하나,

녀석들이 목숨 다음으로 중요하게 생각하고 있는 공이다.

그 상대 선수가 높이뛰기 선수 마냥 도움닫기를 해 공중으로 날아오른 것은 나카가와가 공을 잡는 것과 동시에 이루어진 일이었다. 공중에서는 어떠한 방향 전환도 불가능하다는 건 날개가 없는 인간이라면 당연한 일이었고 그 결과 그 선수는 점프의 정점에서 에너지 제로 상태, 그 뒤로는 떨어지는 것만 남았던 나카가와와 정면으로 충돌했다. 그 충격이 얼마나 대단한 것이었는지는, 둘 다 그 기세에 밀려 튕겨난 것을 봤을 때 쉽게 상상할 수 있었다.

상대 팀 코너백은 90도 회전해 등부터 운동장으로 떨어졌고, 무방비한 자세였던 나카가와는 멋지게 옆으로 반바퀴를 돈 뒤 머리부터 떨어졌다.

"히익?!"

이것은 아사히나 선배의 의문형 비명.

나도 소리를 지르려 했다. 분명히 나카가와는 인간이 지상에 부딪칠 때 절대로 해서는 안 되는 추락을 했다. 툼스톤 파일 드라이버(주6)랄까 이누가미가의 스케키요(주7)랄까, 뒤통수부터 정통으로 말이다. 프로레슬링에는 매트가 있고, 이누가미가라면 연못이 있다. 하지만 나카가와의 몸 밑에는 딱딱하고 무뚝뚝한 갈색 지면이 있을 뿐이었다.

듣고 싶지 않았던 기분 나쁜 소리가 영상보다 약간 늦게 우리들에게까지 전해졌나.

빠악!

잘하면 헬멧, 잘못하면 두개골에 금이 간 게 아닐까 생각될 정도

주6) 툼스톤 파일 드라이버: 프로레슬링에서 쓰는 기술 중 하나. 상대방을 거꾸로 안아 들어 머리부터 매트에 찍는 기술.
주7) 이누가미가의 스케키요: 명탐정 긴다이치 코스케 시리즈 중 '이누가미가의 일족'이라는 영화에 등장하는 인물. 정식 이름은 이누가미 스케키요. 연못에서 변사체로 발견된다.

로 둔탁한 소리였다.

주심의 휘슬이 올리며 시계가 멈추었다. 나카가와의 몸도 정지한 채였다. 엎드린 나카가와는 부모의 유품이라도 되나 싶을 만큼 힘껏 공을 껴안은 포즈로 정지해 있었다. 정말 꿈쩍도 하지 않는다. 조금 쪽팔린 것 같다는 생각이 들었다.

"저 사람 괜찮을까?"

하루히가 울타리에 엉겨붙어 눈썹을 찡그렸다.

"히이익."

아사히나 선배는 공포 영화의 스플래터 신을 보는 것처럼 하루히의 어깨에 반쯤 몸을 숨기고,

"아…, 들것이…."

두려움에 찬 목소리로 말했다.

여러 동료들에 둘러싸인 나카가와의 엎드린 모습이 서둘러 들어온 들것에 실려 사이드라인 밖으로 나갔다. 그래도 여전히 공을 안고 있었으니 참 대단한 근성이다. 이걸로 나카가와네 팀이 분발해 상대 팀에게 승리하지 않으면 거짓말이라는 생각이 들 정도의 명퇴장신이었다.

들것 위에서 헬멧이 벗겨진 나카가와는 최악의 사태만은 면한 듯 보였다. 주위에서 부르는 소리에 반응해 눈을 뜨고 있었고, 질문에 고개도 끄덕이고 있었다. 몸을 일으키려다 다시 쓰러지기는 했지만, 적어도 숨은 제대로 쉬고 있어 보였다.

"가벼운 뇌진탕일 겁니다."

코이즈미가 상태를 설명했다.

"그렇게 걱정할 건 없을 거예요. 이런 스포츠에서는 가끔 있는 일

이죠."

의사도 아닌데 이 먼 거리에서 용케 아네. 정말 그 말대로라면 좋겠지만 머리는 아주 위험한 부분이라고. 그런 나의 우려를 팀 감독인지 고문 선생인지도 똑같이 품었는지, 이내 구급차가 사이렌을 울리며 왔다.

"네 친구 참 운도 없다."

하루히는 개탄하듯 말했다.

"유키에게 멋진 모습을 보여주려고 했는데 부상을 입다니 말야. 너무 의욕에 넘쳤던 거 아냐?"

나름대로 동정을 하고 있나보다. 이 녀석은 진심으로 나카가와와 나가토가 잘되면 좋겠다고 생각하는 건가? 얼마 전까지는 컴퓨터 연구부에 일시적으로 대여하는 것도 난색을 표했던 주제에.

내가 그렇게 말하자, 하루히는,

"나는 말이지, 콘, 연애감정이란 일종의 병이라고 생각하지만 사람의 연애를 재미로 방해하는 짓은 안 해. 행복의 기준이란 사람마다 다른 법이니까."

나카가와의 사랑을 받아 나가토가 행복해질지 어떨지는 모르겠다만.

"내가 봤을 때 불행의 바닥에 있어 보이는 사람도 스스로 자기는 행복하다고 생각하고 있다면 행복한 거지."

나는 어깨를 움츠리는 걸로 하루히의 말 많은 연애론을 흘려버렸다. 미안하지만, 아사히나 선배에게 변변찮은 애인이 생겨 아무리 아사히나 선배가 행복해한다 해도 내 속이 평온할 자신은 없다. 진지하게 사랑을 방해할 행동을 할지도 모른다. 하지만 그런 나를 누가 탓할 수 있겠는가.

"친구가 괜찮으면 좋겠네요."

아사히나 선배는 무성한 털을 자랑하는 코트 앞쪽에 손을 모으고 진지하게 기원하는 표정을 하고 있었다. 절대로 가식적인 게 아니다. 이렇게 누구에게나 친절한 사람이다. 아사히나 선배가 기도를 해주면 전신 타박상의 복합 골절을 입는다 해도 30분이면 다 나을 거다. 그러니까 나카가와도 괜찮을 거다.

마침내 도착한 구급대원들의 손에 의해 나카가와는 구급차 안으로 옮겨졌다. 파손주의 스티커가 붙어 있는 상자처럼 신중한 동작으로.

재빨리 나카가와를 넣고 뒷문을 닫자마자 사이렌이 부활하며 발차, 눈에 아픈 빛을 휘두르며 적색 회전등이 멀어져갔다.

"……"

평소보다 침묵 레벨이 50퍼센트는 늘어난 오늘의 나가토, 흑요색 눈동자로 사라지는 구급차를 바라보는 모습은 마치 육안으로 적색편이(주8)를 확인하려는 것처럼 보였다.

자, 어쩌지?

나가토를 위한 나카가와의 프레젠테이션은 당사자의 퇴장으로 어쩔 수 없이 중지되었고 재개된 시합을 마지막까지 보는 것도 내키지 않았다. 무엇보다 날씨가 너무 추운데다 당초 목적이 중단되어버렸으니 우리가 여기에 서 있을 이유는 이차적인 것에 불과했고 원래의 일차 목표는 지금쯤이면 병원에 도착했을 것이다.

주8) 적색편이: 먼 곳에 있는 성운(星雲)의 스펙트럼선이 파장이 약간 긴 쪽으로 몰려 있는 현상. 적방편이라고도 한다.

"우리도 병원에 가면 되지."

이런 말을 한 것은 하루히였다.

"당초 목표가 병원에 갔으니 거기에 가면 얘기는 계속될 거야. 걱정한 유키가 문병을 간다는 시나리오지. 네 친구도 감격할걸. 그리고 병원이라면 난방도 들어올 거 아냐. 이거 어때?"

마치 훌륭한 생각이라는 듯이 말하는 것은 좋은데, 나는 당분간 병원 문턱을 넘고 싶은 생각은 없다. 하루히와 만난 뒤로 내 트라우마는 점점 늘어만 갈 뿐이었다.

"너, 친구가 걱정되지도 않아? 말해두겠는데, 네가 구급차에 실려갔을 때에 난 걱정했다. 나름대로 적당히 말이야."

내 팔을 잡아당기며 하루히는 무뚝뚝하게 말했다.

"사람들한테 민폐만 끼친다니까."

하지만 날 데리고 걸어가기 시작한 하루히는 몇 걸음 옮기지 않고 멈춰 섰다.

"그런데 저 구급차는 어느 병원으로 간 거지?"

나한테 물어봤자 모른다.

"제가 알아보죠."

휴대전화를 든 코이즈미가 미소를 지으며 말했다.

"잠시만 기다려주세요. 금방 끝날 겁니다."

코이즈미는 우리에게 등을 돌리고선 몇 걸음 정도 떨어져서 단추를 눌렀고, 삭은 목소리로 말하다가 상대편의 목소리에 귀를 기울이더니 1분 조금 지나 전화를 끊었다. 미소를 우리 쪽으로 돌리며,

"어디로 갔는지 알았습니다."

어디다 걸었는지는 모르지만 119가 아니라는 데에는 내기를 해

도 좋다.

"우리가 잘 아는 병원이에요. 가는 길을 설명할 것까지도 없을 겁니다."

노도와 같은 예감이 밀려와 하얀 시트와 빨간 사과가 내 눈앞에 되살아났다. 코이즈미는 내게 화려한 미소를 던졌다.

"네, 그렇습니다. 요전에 당신이 입원했던 종합병원이에요."

네 숙부의 아는 사람이 이사로 있다는 설정인 거기냐. 나는 코이즈미를 노려보았다. 그건 우연이겠지.

"우연입니다."

내 도끼눈을 보고 키득거린 뒤,

"아니, 정말로요. 참 기이하네요. 정말 저도 놀라고 있습니다."

영 신용이 안 가니 그 미소도 신뢰성 제로다.

"그럼 그 병원으로 가자. 택시 타지 않을래? 다섯 명이니까 나눠서 내면 싸게 먹힐 거야."

바로 사람들을 끌고 가려던 하루히였지만,

"스즈미야 씨, 저는 슬슬 설산 여행 미팅을 해야 해서요. 문병은 두 분께 맡기시고 아사히나 씨와 저와 함께 그 일에 대해 얘기를 하러 가는 건 어떨까요? 명확한 일정이랑 가져갈 짐 같은 세부 내용이 아직 미정이라서 말입니다. 자세한 스케줄도 슬슬 최종안을 짜야 하고요."

코이즈미의 말을 듣고 하루히는 발을 동동 굴렀다.

"어, 그래?"

"그렇습니다."

코이즈미는 좋게 타이르듯 말했다.

"섣달그믐도 이제 코앞입니다. 새해를 눈 내리는 산장에 보내자는 일대 이벤트잖아요. 사실 오늘은 SOS단 합숙 관련 모임을 가졌으면 좋았겠지만 이렇게 예정에 없던 일이 생겼으니 말입니다."

미안하다. 그래.

"아닙니다. 그 대신이라고 하긴 뭐하지만, 나가토 씨는 당신에게 맡기겠습니다. 어서 병원으로 달려가 두 분이서 나카가와 씨와 대면을 하시죠. 거기서 일어날 일도 당신의 판단으로 처리하시죠. 저와 스즈미야 씨와 아사히나 씨는 늘 모이는 커피숍에 있을 테니 나중에 와주세요…. 이렇게 하는 건 어떨까요, 스즈미야 씨?"

으음, 하루히는 입술을 꿈틀거리더니,

"으음, 그래. 내가 병원에 가봤자 할 일도 없긴 하지. 콘의 친구가 흥미를 가진 건 유키뿐이니까."

조금 토라진 표정을 짓는다.

"좋아, 콘. 유키랑 같이 친구를 문병하고 와. 그런 러브레터를 보내는 녀석이니 유키를 보면 5초 만에 기운이 날 거야."

그러고서 하루히는 내게 삿대질을 하며,

"하지만! 반드시 나중에 전부 다 보고해야 한다! 알았지?!"

분노에 찬 미소와 같은 표정을 지으며 말했다.

이렇게 해서 집합지점까지 버스를 타고 돌아온 우리는 여기에서 두 파로 나뉘었다. 나와 나가토는 버스를 갈아타고 사립 종합병원으로, 하루히를 포함한 세 명은 근처 커피숍에 단골손님이 되러.

나가토가 전혀 뒤를 돌아보지 않았기 때문에 내가 결심을 하고 뒤를 돌아보자 나머지 셋도 똑같이 뒤를 돌아보며 제스처 퀴즈와 같은 행동을 취하며 걸어갔다. 무슨 보디랭귀지일까 잠깐의 의구심을 가진 뒤 나는 차가운 분위기를 더플코트에 감싼 길동무에게 고개를 돌렸다.

자, 이제 어쩐다―.

간단하게 말하자. 신경이 쓰이는 게 바닷가의 굴껍질처럼 내 심장에 달라붙어 있었다. 나가토에게 첫눈에 반한 나카가와가 너무나도 때맞춰 부상을 입은 일도 걸렸지만, 코이즈미가 약속 장소에서 말한 "당신도 꽤나 묘한 친구를…."의 '꽤나'란 부분이 더 걸렸다. 나는 변태 기질을 가진 친구라고는 짐작이 가는 사람이 별로 없다. 굳이 말하자면 코이즈미 정도가 해당될 뿐이다. 대체 녀석은 나카가와의 뭘 가리켜 '묘하다'는 표현을 한 걸까.

거기에 더해 나가토가 중얼거린 수수께끼의 주문. 나카가와의 사고가 일어난 것은 그 직후였고 아무리 둔한 두뇌의 소유자라 해도 지금까지의 패턴만 기억하고 있다면 뭔가가 있다고 생각하는 건 당연한 흐름일 것이다. 그렇다, 내가 릴리프 에이스(주9)로 등판해 연속 삼진을 기록할 수 있을 만큼 나가토는 재주가 많은 녀석이다.

"……."

나가토는 후드 안쪽에 얼굴을 가리고 아무 말도 없었지만, 그 대답은 곧 밝혀졌다.

접수에서 사무원에게 묻자, 나카가와는 이미 치료와 검사를 마치고 병실로 이동했다고 했다. 큰 문제는 없었지만 검사를 위해서 입

주9) 릴리프 에이스: 팀의 구원투수 가운데 가장 믿을 만한 투수.

원하는 거라고 했다. 나는 배후령처럼 따라오는 나가토를 데리고 사무원이 가르쳐준 병실로 향했다.

병실까지는 손을 못 써 나카가와가 있는 곳은 6인실이었다.

"나카가와, 괜찮냐?"

"오오, 콘."

하늘색 환자복을 입고 침대에 누워 있는 옛날 동급생이 있었다. 겉으로는 별 탈이 없어 보이는 나카가와는 짧게 깎은 머리로 낮잠을 자다 일어난 판다처럼 몸을 일으키고는,

"마침 잘 왔다. 막 검사가 끝난 참이야. 상황을 보기 위해 하루 입원하기로 했다. 떨어졌을 때는 목을 다쳤는지 구역질이 났지만 가벼운 뇌진탕이래. 코치한테도 전화해서 내일이면 퇴원할 수 있으니까 굳이 올 필요 없다고—."

말을 하다 내 배후령을 알아봤나보다. 극한점까지 눈을 크게 떴다.

"그쪽 분은… 서, 설마…."

설마고 자시고가 뭐가 있냐.

"나가토야. 나가토 유키. 기뻐할 것 같아서 데리고 왔다."

"오오오…!"

나카가와는 큼지막한 몸을 침대 위에서 펄쩍 일으키더니 바로 정좌를 하고 앉았다. 좋아 보여서 다행이네. 이 상태를 보니 머릿속도 무사한 것 같구나.

"나카가와입니다!"

노도와 같은 자기 소개였다.

"나카하라 츄야의 중(中)에 황하의 하(河)를 써서 나카가와입니

다! 앞으로 잘 부탁드립니다!"

처음 장군을 뵙는 방계 다이묘처럼 납작 엎드렸다.

"나가토 유키."

웃음기 없는 목소리가 담담히 이름을 밝혔다. 더플코트를 벗으려고도 않고, 모자조차 벗지 않은 채였다. 보다못한 나는 머리를 가린 모자를 뒤로 젖혀주었다. 이렇게 대면까지 하러 왔는데 얼굴 정도는 보여줘도 되잖아.

나가토는 황홀경에 찬 나카가와의 얼굴을 말없이 응시했고, 십여 초가 경과한 뒤에,

"응? …아─."

나카가와는 뭔가 의아하다는 표정을 지었다.

"나가토 씨… 맞죠?"

"그래." 라고 대답하는 나가토.

"봄에 쿈이랑 같이 길을 걸어가던…?"

"그래."

"역 앞 수퍼에서 자주 쇼핑을…?"

"그래."

"그렇… 습니… 까…."

나카가와는 얼굴을 흐렸다. 기뻐 울던가 감격에 겨워 졸도할 줄 알았는데 뭐냐, 이 찜찜한 반응은.

나카가와를 보는 나가토의 눈은 수족관에서 움직이지 않는 가자미를 보는 것 같았지만, 나가토를 보는 나카가와의 눈도 길가에서 맨홀 뚜껑을 보는 것같이 느껴졌다.

그렇게 미묘한 눈싸움도 이내 파탄이 났고 먼저 눈을 피한 것은

역시 나카가와였다.

"…콘."

작은 목소리를 내려고 한 거였겠지만 이 병실에 입원한 환자들에게도 다 들렸을 것이다. 하지만 다른 사람의 눈을 꺼리는 것처럼 손가락을 까닥거리며 나를 부르는 시늉을 하는 데 마냥 무시할 수도 없는 노릇이다.

"왜?"

"저기…, 그, 너랑 둘이 얘기를 하고 싶다. 그래서 저기…, 그거야."

나가토를 힐끔거리는 눈을 보고 알았다. 나가토의 귀에 들어가지 않았으면 하는 말을 하고 싶어하는 것 같다.

내가 나가토를 돌아보기 전에,

"그래."

이심전심은 아니겠지만, 나가토는 슥 몸을 돌려 벨트 컨베이어에라도 올라탄 듯한 발걸음으로 병실에서 나갔다.

나카가와는 슬라이드 도어가 닫히는 것을 본 뒤 한숨을 쉬었다.

"저게… 정말 나가토 유키 씨냐? 진짜로?"

가짜 나가토와는 아직 만난 적이 없는데. 변질된 본인이라면 만난 적이 있지만, 그것도 다 끝난 얘기다.

"기뻐해라" 하고 나는 말했다. "너의 10년 후 신부 후보가 와줬는데 더 감격해야 하는 거 아냐?"

"으으… 으음."

나카가와는 연신 신음하며 고개를 떨구었다.

"나가토 씨… 겠지. 틀림없이. 쌍둥이라도 저렇게 닮지는 않았을

거야."

무슨 소리를 하는 거야. 안경이 없으면 안 된다는 건 아니겠지. 넌 최근에도 나가토와 만났다며? 그럼 나가토는 내 요청대로 안경을 안 쓰고 있었을 거다. 안경 도착증이라 지금 그 모습으로는 안 되겠다는 변명은 듣고 싶지 않다.

"그게 아니야."

나카가와는 고민에 찬 얼굴을 들었다.

"잘 표현을 못하겠다…. 잠깐 생각 좀 할게, 쿈. 미안한데…."

그 뒤로 나카가와는 침대에 앉은 채 신음하기 시작했다. 역시 머리를 얻어맞아 맛이 간 건가? 반응이 너무 이해 불가였고, 얘기도 이어지지가 않는다. 무슨 말을 해도 반응은 "으음"일 뿐 듣지를 않았고, 일사불란하게 생각에 잠겨 있는 것 같다. 결국에는 두통을 참으려는 듯이 머리를 움켜쥐는 바람에 이건 안 되겠다 싶어 나도 병실을 나가기로 했다.

"나카가와. 나중에 자세히 얘기를 해줘. 이대로는—."

내가 하루히에게 보고할 내용이 하나도 없다. 사실을 전해봤자 하루히가 눈을 치켜뜨는 결과만이 기다리고 있을 것이다.

병실을 나오자 나가토는 복도 벽에 등을 기대고 기다리고 있었다. 나를 향해 검은 유리구슬 같은 눈을 들었다가 다시 바닥으로 시선을 숙였다.

"갈까?"

살짝 고개를 끄덕인 뒤 나가토는 얌전히 내 배후령으로 돌아왔다.

—대체 뭐가 어떻게 된 거야.

침묵을 유지하는 나가토의 앞을 걸어가며, 나는 버스 터미널로 걸음을 재촉했다.

그후 커피숍에서 있었던 일은 얘기할 필요도 없을 정도로 평소와 같은 모습이었다. 겨울방학 여행 일정표를 펼친 하루히가 큰 소리로 뭔가를 말하고, 고개 끄덕이기 기계가 된 코이즈미가 무난한 맞장구를 치고, 아사히나 선배는 맛있다는 듯 다질링 차가 든 잔을 입으로 가져가고, 나는 화를 내고, 나가토는 묵묵히 아무런 의견 제시도 요구받지 않는 청중의 자리를 지키고 있을 뿐이었다.

각자 돈을 내고 오늘의 SOS단 과외활동은 이걸로 종료. 집에 돌아온 나를 기다리고 있던 것은,

"아, 콘, 마침 잘 왔다. 전화—."

한 손에 전화기를 들고 다른 한 손에 샤미센을 덜렁거리고 있는 여동생의 미소였다. 나는 전화와 샤미센을 받아들고 방으로 들어갔다.

예상했던 대로 전화를 건 사람은 나카가와였다.

『정말 말하기 곤란한데….』

병원 공중전화에서 거는 거라고 말한 뒤, 나카가와는 그 말 그대로 말하기 껄끄러운 뉘앙스를 목소리에 담으며,

『결혼 약속을 취소하고 싶다고 그녀에게 전해줄 수 없을까?』

다중 책무에 괴로워하는 중소기업 사장이 지불연장을 요청하는

것 같은 목소리였다.

"이유를 말해보실까?"

나는 기분 안 좋은 채권자가 무책임한 경영자를 대면하는 듯한 목소리로 말했다.

"일방적으로 두 사람의 세계를 꾸며놓고선 겨우 하루만에 버릴 생각이냐? 너의 반년은 뭐였어? 나가토를 가까이에서 보자마자 변심하는 거냐? 설명에 따라 너에 대한 대응도 달라질 거다."

『미안하다. 나도 잘 모르겠는데….』

진심으로 미안해하는 듯이 나카가와가 말했다.

『병원에 와준 건 정말 기뻤어. 감사하고 싶다. 하지만 그때 나는 나가토 씨에게서 예전에 보았던 빛과 오오라를 느낄 수 없었다. 어디에나 흔히 있는 평범한 소녀로 보였어. 아니, 아무리 봐도 평범한 소녀였다. 대체 어떻게 된 건지 나도 신기해.』

나는 무상함이 느껴지는 나가토의 얼굴을 그려보았다.

『콘, 그 뒤로 생각해봤는데 겨우 찾아낸 결론은 하나밖에 없다. 나는 나가토 씨에게 첫눈에 반했다고 생각했었다. 하지만 지금은 그런 감정이 전혀 없어. 그렇다는 건 나는 엄청난 실수를 했었다고밖에 생각되지 않아.』

어디서 실수를 한 건데?

『첫눈에 반한 것 자체가 실수였다. 냉정하게 생각해보면 보는 것만으로도 사랑에 빠지는 일은 있을 수 없어. 난 줄곧 착각을 하고 있었던 것 같다.』

호오. 그럼 나카가와, 네가 나가토에게서 봤다는 후광과 엔젤스 래더와 낙뢰와 같은 충격은 대체 뭐였냐? 보기만 해도 몸이 굳어버리는 묘한 현상은?

『모르겠다.』

나카가와는 백년 후의 오늘의 날씨를 예상하라는 말을 들은 기상 캐스터같이 말했다.

『짐작도 안 가. 이제 와 생각하면 모든 게 기분 탓이었다고밖에 ….』

"그러냐."

무뚝뚝하게 말하면서도 나는 나카가와를 탓할 생각은 전혀 들지 않았다. 사실 그렇게 놀라지도 않았다. 대충 예측했던 대로 일이 진행되고 있었기 때문이다. 처음에 나카가와의 망언을 들었을 때부터 나는 이렇게 되지 않을까 생각했다.

"잘 알았다. 나카가와. 나가토한테는 그렇게 전해두지. 그 녀석 이라면 불쾌해하지는 않을 거야. 원래 내키지도 않아 했던 것 같으니까. 금방 잊어줄 거다."

한숨을 쉬는 듯한 숨소리가 수화기를 통해 들려왔다.

『그래. 그럼 고맙겠네. 정말 미안하다고 사과의 말을 전해다오. 내가 잠시 미쳤었나봐.』

아마 그랬을 거다. 의문의 여지도 없을 만큼 나카가와는 미쳤었다. 그리고 지금은 정상치로 돌아와 있다. 누군가가 상태회복 주문을 걸어주었는지도 모르겠군.

그리고 나와 나카가와는 적당한 잡담을 나눈 뒤 슬슬 전화카드 잔고가 떨어질 즈음 서로에게 작별을 고했다. 뭐, 나중에 어디에선가 다시 만날 일이 있겠지.

전화를 끊은 나는 바로 다른 번호를 눌렀다.

"지금 바로 만날 수 있을까?"

전화를 받은 상대에게 약속 장소와 시간을 지정하며 나는 이미 머플러와 코트를 주워들고 있었다. 코트 위에 누워 있던 샤미센이 데굴데굴 융단 위를 구르며 내게 비난하는 시선을 던졌다.

재수 없었던 어제 그리고 이리저리 왔다갔다를 반복하며 바쁘기 그지없었던 오늘도 이걸로 마침내 끝이 날 것 같다.

바구니가 달린 자전거를 몰고 달려간 곳은 별종들의 메카로 내게는 친숙한, 나가토네 맨션 근처에 있는 역 앞 공원이었다. 5월 초에 나가토의 호출을 받은 곳도 여기였고 아사히나 선배가 데리고 간 3년 전의 칠석 때 눈을 뜬 곳도 여기다. 불과 얼마 전에도 나는 두 번째 시간 역행으로 아사히나 선배(대)와 나란히 여기에 앉아 있었다. 과거의 추억이란 녀석이 떠오르는구나.

입구 근처에 자전거를 세우고 공원 안으로 들어갔다.

그 추억의 벤치에 앉아서 기다리고 있는 것은 더플코트를 사막의 유민이라도 되는 양 입고 있는 그림자였다. 그곳만 가로등 불빛을 받아 어둠 속에서 환히 떠오른 것처럼 보였다.

"나가토."

나는 똑바로 앞을 보고 있는 작은 몸집의 동료를 불렀다.

"갑자기 불러내서 미안한데, 나카가와의 변심에 대해선 조금 전에 전화로 말한 그대로다."

나가토는 자연스럽게 일어나 고개를 살짝 떨구고 속삭였다.

"그래."

나는 나가토의 검은 눈동자를 바라보았다.

"이제 그만 사실을 말해주지."

자전거를 빠른 속도로 몰고 와 몸은 따뜻했다. 겨울 하늘 아래에서도 당분간은 기력이 유지될 것 같다.

"나카가와가 네게 첫눈에 반한 것까지는 나도 이해가 간다. 그런 녀석도 있을 수 있으니까. 하지만 오늘 갑자기 그 녀석의 마음이 변해버린 건 아무리 봐도 부자연스러워. 게다가 오늘 시합…, 부상을 입어 병원으로 이송된 나카가와가 마치 그 때문이라는 듯이 너를 향한 연애 감정을 잃은 것도 우연이라고는 볼 수 없다."

"……."

"무슨 짓을 한 거지? 네가 시합 중에 뭔가를 했다는 건 알고 있어. 나카가와의 그 사고를 연출한 건 너다. 아니야?"

"그래."

순순히 대답하고 나가토는 고개를 들어 내게 시선을 향했다. 그리고,

"그는 나를 보고 있었던 게 아니다."

논문을 읽는 듯한 말투였다.

"그가 보고 있었던 것은 내가 아니라 정보 통합 사념체다."

나는 묵묵히 듣고 있었다. 나가토는 똑같은 음성으로 말을 이었다.

"그는 나라는 단말을 통해 정보 통합 사념체와 접속하는 초감각 능력을 갖고 있었다."

불어오는 바람에 귀가 아파졌다.

"그는 자신이 본 것을 이해하지 못했겠지. 유기생명체에 불과한

인간과 정보 통합 사념체는 의식 차원이 너무나 다르니까."

…후광이 보였다. 마치 천국에서 지상으로 내리쬐는 햇살 같았다—고 나카가와는 표현했었다.

나가토는 아무런 감정도 없이 결말을 말했다.

"아마 그는 거기에서 초월적인 예지와 축적된 지식을 보았을 것이다. 읽어낸 정보가 단말을 매개로 한 조각에 불과했다 하더라도 그 정보압은 그를 압도했을 것이다."

착각이라. 나는 층이 진 나가토의 앞머리를 바라보며 탄식했다. 나카가와가 나가토의 내면이라고 느낀 건 사실은 정보 통합 사념체의 일부분이었나보다. 나도 자세하게는 모르겠지만, 나가토의 두목은 인류와는 비교도 안 될 만큼의 긴 역사와 지식량, 엄청난 힘을 갖고 있다. 그런 것과 실수로라도 접촉하게 되는 날이면 망연자실해진다 해도 이상할 게 없을 것이다. 브라우저 크래셔를 밟아 컴퓨터가 멈춰버리는 것과 같다.

"나카가와는 그걸 사랑인지 연애감정인지로 착각을 한 거로군."

"그래."

"너는… 그 녀석의 그 감정을 수정한 거야. 미식축구 시합 때 말야."

고개를 끄덕이는 산발의 단발.

"그가 갖고 있던 능력을 해석해 삭제했다."

나가토는 대답했다.

"정보 통합 사념체에게 접속하기에는 개인의 뇌 용량은 너무나 작다. 언젠가 폐해가 나타날 거라 예상했다."

그건 이해한다. 나가토를 잠깐 본 것만으로도 제정신을 잃었다는 나카가와의 반응도 그렇지만, 반년이 지난 뒤에 10개년 계획을 거침없이 늘어놓는 맛이 간 모드였으니까. 내버려 뒀다간 어디까지 폭주를 했을지 상상하는 것도 무섭다.

하지만 이해가 안 가는 부분이 아직 있는데.

"어째서 나카가와에게 그런 힘이 있었던 거지? 너를 통해 정보 통합 사념체를 보고 마는 그런 특수 기능이 원래부터 나카가와에게 있었던 거냐?"

"그가 그 능력을 얻은 것은 약 3년 전."

역시 그때로 돌아가는 거냐. 나가토와 아사히나 선배와 코이즈미가 여기에 온 이유, 그 원인을 만든 3년 전에 일어난 무언가. 아니, 하루히가 일으킨 것 같은 뭔가가….

여기에서 나는 깨달았다.

초감각 능력이라고 나가토는 말했다. 그렇다면… 그렇군. 어쩌면 나카가와는 지금의 코이즈미 같은 초능력자 후보였는지도 모른다. 3년 전의 봄, 하루히는 분명히 뭔가를 저질렀다. 시공의 단열을 발생시키고, 정보를 폭발시키고, 초능력자를 발생시키는 정체를 알 수 없는 뭔가를. 그렇다면 나카가와가 지금의 코이즈미와 같은 입장에 있다 해도 이상할 게 없었던 거다. 코이즈미가 말한 의미심장한 태도도 이걸로 이해가 된다. 이미 알고 있었던 건지 어제오늘 안에 조사를 했는지는 몰라도, 그 녀석은 나카가와가 갖고 있는 어중간한 능력을 알아차리고 있었던 게 분명하다. 그래서 나한테 '묘한 친구'라는 소리를 했던 거다.

"그럴지도 모른다"고 말하는 나가토.

아니면… 나는 육체적인 것만이 아닌 오한을 느꼈다. 굳이 3년 전의 한 시기만으로 한정할 것도 없다. 어쩌면 하루히는 지금도 계속해서 초자연적인 영향력을 타인에게 주고 있는 걸까? 가을에 벚꽃을 피우고 신사의 비둘기를 전서구로 만드는 그런 무언가를. 주위 사람들에게.

"……."

멍하니 서 있는 나가토는 대답을 하지 않고, 얘기는 다 끝났다는 듯 걸어가기 시작했다. 똑같이 우두커니 서 있는 내 옆을 스쳐지나가 성불을 결심한 부유령처럼 어둠 속으로 녹아들려 하고 있었다.

"잠깐만. 하나만 물어봐도 될까?"

그 뒷모습에서 말로는 형용할 수 없는 무언가를 느낀 나는 말을 던졌다.

나가토에게 첫눈에 반해 낯간지러운 전언을 내게 부탁했던 나카가와. 내가 아는 한 나가토에게 그렇게까지 직접적인 사랑의 말을 토해낸 건 나카가와가 처음일 거다. 어제 동아리방에서 내가 읽어준 프러포즈 문구를 듣고 이 녀석은 어떻게 생각했을까. 네가 좋다는 열렬한 고백을 받고, 장래를 함께 보내자는 소리를 듣고, 그리고 결국에는 착각의 산물이었다는 걸 알고선 무엇을 느꼈을까.

그런 의문이 내 가슴에 가득 차 마침내 말이 되어 입술을 통해 흘러나왔다.

"아쉬웠냐?"

첫 만남 이후 반년이 넘는 동안 공유한 기억은 많았다. 그것은 하루히도, 아사히나 선배도, 코이즈미도 마찬가지였지만, 나가토가 얽힌 사건이 특히 많아서 거의 대부분이라도 해도 좋을 정도였고, 참고로 내면의 추가 가장 크게 흔들리고 있다고 생각되는 것도 이 녀석이었다. 하루히라면 무슨 일이 있어도 자력으로 어떻게든 해결할 거다. 아사히나 선배는 그대로도 충분하고 코이즈미는 아무래도 상관없다. 하지만―.

말하지 않고는 참을 수 없었던 질문을 나는 털어놓았다.

"고백이 실수였다는 걸 알고 조금은 아쉽다고 느끼지 않았어?"

"……."

나가토는 멈춰 서서 겨우 뒤를 돌아보았다고 형용할 수 있는 태도로 고개를 돌렸다. 허를 찌르는 듯 불어온 바람이 가볍게 나가토의 머리를 흩뜨려서 옆얼굴을 가렸다.

차갑게 식은 밤바람이 내 귀를 가르듯 불고 있었다. 잠시 기다리자 조용하고 작은 목소리가 바람을 타고 전해졌다.

"…조금."

고양이는 어디로 갔지?

1학년의 최종시점을 향해 쉬지 않고 전진하던 겨울방학 중반. 원래대로라면 우리는 코이즈미와 그 일당이 협력해 만들어낸 추리게임을 즐기기로 되어 있었지만 츠루야 선배의 별장에 도착한 그날 예의 백일몽 같은 수수께끼의 저택에 들어가게 되었고 게다가 나가토가 스키장에서 쓰러지는 하루히 대소란 사태까지 일어나고 말았다.

다행히 통상공간으로 복귀한 나가토는 바로 상태를 회복했지만 어쨌든 정신 없이 지낸 게 섣달그믐 전날이었고 달력으로는 12월 30일이다.

날이 밝은 다음날, 그러니까 섣달그믐.

예정대로 미리 준비해온 계획이 실행에 옮겨졌다. 여름방학에 섬에 갔을 때 코이즈미가 굳이 저지른 서프라이즈 이벤트, 착지에 실패한 추리게임의 윈터 버전이다. 지난번과 다른 것은 처음부터 게임이라는 사실이 알려져 있다는 점이었지만, 이 합숙 여행의 메인 이벤트는 사실 이거였다. 설산에서의 조난이나 환상의 저택, 가짜 티가 풀풀 나는 아사히나 선배, 오일러 씨의 어쩌구 정리, 열이 나쓰러지는 나가토 같은 건 누구의 예정에도 없었고 아무도 바라지 않았던 사고다. 실제로 하루히한테는 없었던 일로 되어 있기 때문에 그걸 꾸민 것이 누구인지는 모르겠지만 아무튼 그 녀석한테는 꼴좋다고 한마디 해주고 싶다. 나가토만으로는 안 된다 하더라도 그곳에 나와 코이즈미—아사히나 선배(소)는 미묘하지만—가 가세하면 어떻게든 해결이 된다. 그리고 지금 우리가 있는 별장에는 보통내기가 아닌 것 같은 츠루야 선배와 코이즈미의 조직 동료까지 있다. 이 멤버로 해결이 안 되는 편이 더 부자연스럽다.

그리하여.

마침내 SOS단답다기보다 하루히다운 행사가 사전 준비에 따라 시작되려 하고 있다.

1년의 마지막이 과연 이래도 되는가 하는 의문은 깨끗이 지울 수 없었지만, 그런 의문을 느끼는 것도 나 혼자뿐인 것 같아 소수파는 힘없이 입을 다물 뿐이다.

잠시 확인을 하자면, 이번 등장인물은 나, 하루히, 나가토, 아사히나 선배, 코이즈미, 츠루야 선배, 동생, 얼룩 고양이 샤미센, 모리 씨, 아라카와 씨, 그리고 오늘 오기로 되어 있는 타마루 케이이치 씨와 유타카 씨 형제다.

하루히의 말을 빌리자면 코이즈미 주최 미스터리 투어 제2탄이 시작되려 하고 있었다.

섣달그믐 아침. 모리 씨와 아라카와 씨가 만들어준 아침을 먹은 뒤, 우리는 츠루야 별장 1층에 집합했다. 그곳은 뻥 뚫린 공유 공간이었다. 마치 노나 쿄겐을 하기 위해 마련된 노송나무 무대 같은 널찍한 마룻바닥에 여덟 명은 충분히 들어갈 법한 바닥을 파고 설치한 고다츠(주10)가 설치되어 있었다. 그러니까 여기는 숙박객이 자유로이 모여 떠들썩하게 놀기 위한 공간이다. 당연히 바닥에는 난방설비가 깔려 있었고 벽 한쪽에 소음이라고는 거의 나지 않는 팬히터도 온풍을 뿜고 있었기 때문에 공유 공간과 통로를 막는 것이 없어도 따뜻했다.

창으로 보이는 스키장 상공은 에어브러시로 파란 잉크를 뿌린 아크릴판처럼 쾌청함을 자랑하고 있었지만, '오늘의 스노 스포츠는 일절 금지되어 있었다.

"유키가 아직 좀 걱정되니까 오늘은 집 안에서 놀기로 하자."

는 스키 금지령이 하루히의 입에서 선포되었기 때문이다. 나가토 본인은 이미 평소와 같이 무표정한 얼굴로 억지로 간병을 하려 드는 하루히에게 "아무렇지도 않다"고 말하기까지 했지만, 한번 정해진 단장의 결의는 뒤집히지 않는다.

"아무튼! 최소한 오늘은 밖에 나가면 안 돼. 내가 완치됐다고 판단할 때까지 심한 운동과 흥분되는 일은 해서는 안 된다. 알았지?"

나가토는 하루히의 억지에 커다란 눈을 가만히 응시한 뒤 하나도 빠짐없이 모여 있는 우리들에게도 시선을 돌렸다. 나는 괜찮지만 너희는 어떠냐고 묻는 것처럼 보인 건 나뿐만이 아닌 듯,

"나가토 씨를 혼자 남겨두고 나가는 것도 걸리긴 하죠. 전 찬성입니다. 한 사람을 구하기 위해 모두가 운명을 함께한다…, 아주 아름다운 얘기 아닙니까."

코이즈미가 시원스레 대답했고 정식 단원이 아닌 츠루야 선배와 동생도 흔쾌히 받아들였다. 동생의 양손에 매달려 있는 샤미센의

주10) 고타츠: 일본에서 사용하는 난방기구의 일종. 안에 열을 내는 도구를 두고 위에 탁자를 놓은 뒤 이불을 덮어 온기를 유지한다.

의견은 알 수 없었지만 아무 말도 않는 걸 보니 불만은 없나보다.

"예정을 다시 알려드리죠"라고 말하며 코이즈미가 창으로 시선을 보냈다. "사실은 밤에 시작해 오전 0시 전에 종료할 예정이었지만 좀더 일찍 시작해도 괜찮겠죠."

지금 당장 시작하면 안 되겠냐. 몸이 근질거려 주체를 못 하고 있는 하루히의 눈빛에 내 시신경 세포가 쓰러지기 전에 말이다.

"사실은 눈이 안 오면 조금 안 좋거든요. 예보에 따르면 오후부터는 눈이 내린다고 하니 그때까지 기다려주십시오."

고양이가 필요하다고 해서 저 망할 샤미센을 들고 왔는데, 눈이 내리지 않으면 곤란하다는 건 대체 무슨 소리냐? 눈이라면 사방에 쌓여 있잖아.

"계속 내리는 상황이 필요합니다. 아니, 그 이상은 말 못 해요. 트릭에 관련된 거라서요."

그렇게 말한 뒤 코이즈미는 동생의 팔에 얌전히 안겨 있는 얼룩 고양이를 보고 미소를 지으며 히터 옆에 놓인 가방을 들고선,

"이런 일이 있을 것 같아 각종 게임을 준비해왔습니다. 오늘 하루는 실내에서 놀 수 있을 거예요."

조금은 기대했지만 차례로 등장한 것은 아날로그한 보드 게임이었다. 혹시 코이즈미는 전자기기를 싫어하는 걸까?

우리는 놀면 그만이라 쳐도 모리 씨와 아라카와 씨가 마음에 걸렸다. 이제부터 완전한 집사 겸 요리장으로 별장 안의 모든 것을 맡고 있는 아라카와 씨와 성실히 봉사해주는 메이드 모리 소노 씨였지만 그 정체는 코이즈미가 속한 수수께끼의 하루히 감시 조직 '기관'인가 하는 곳의 무리다.

어젯밤 너무나도 고용인스러운 두 사람의 모습에 조금은 설거지를 돕는 게 좋지 않을까 싶어 마음에 걸렸지만,

"아뇨, 괜찮습니다."

정중히 거절하는 2인조였다.

"이게 저희들의 일이니까요."

어라? 이 사람들, 진짜 집사랑 메이드였던가? 그런 척을 하는 코이즈미의 조직 동료가 맞는 거지?

내 의혹을 느꼈는지 아라카와 씨는 영업용 가면을 벗은 미소를 지으며,

"직업 훈련 덕분입니다."

하고 내게 말했고, 그런 연유로 공유 공간에 두 사람의 모습은 보이지 않았다. 지금도 주방에서 열심히 일을 하고 계실 것이다.

더 큰 정체불명의 나머지 두 사람, 바이오인가 뭔가로 일확천금을 해 외딴 섬을 통째로 사버릴 정도인 타마루 케이이치 씨와 그 동생인 유타카 씨가 등장한 것은 하루히가 보드 게임에서 인생의 정점에 도달해 억만장자가 되어 우리를 빚투성이로 만든 뒤 점심을 먹고 배를 꺼뜨리기 위해 벌칙을 건 기억력 테스트 대회를 하던 오후 2시경이었다.

그들은 우리가 있는 공유 공간에 마중을 나갔던 아라카와 씨의 안내를 받으며 불쑥 얼굴을 내밀었다.

"눈 때문에 열차가 운행에 차질을 빚었어요. 원래는 아침에 올 계획이었는데."

아무리 봐도 평범한 아저씨인 타마루 케이이치 씨는 여름에 봤을 때와 변함없이 사람 좋은 미소를 짓고 있었다.

"여어, 다들 오랜만이에요."

딱 보기에도 호남인 타마루 유타카 씨가 코이즈미를 웃도는 쾌활한 미소를 지으며 손을 흔든 뒤 츠루야 선배에게 인사했다.

"처음 뵙겠습니다. 타마루라고 합니다. 초대해주셔서 감사합니다. 츠루야의 별장에 초대를 받다니 영광이군요."

"괜찮아, 괜찮아!"

츠루야 씨는 가볍게 말했다.

"코이즈미가 아는 사람이고 여흥을 즐기게 해준다면야 아무 문제 없지. 나는 그런 걸 정말 좋아하거든!"

어떤 상대와도 첫대면 이후 15초 안에 친해지고 마는 츠루야 선배였다. 아마 아사히나 선배의 반에서도 이런 식이겠지. 그 반에 있는 남자 선배들이 부러워지잖아.

모리 씨와 아라카와 씨가 재빨리 타마루 형제에게 고개를 숙였다.

"오시느라 수고가 많으셨습니다."

"설마 겨울에도 신세를 지게 될 줄은 몰랐네"라며 케이이치 씨가 쓴웃음을 지었다. "잘 부탁해, 아라카와."

"점심은 어떻게 하시겠습니까?"

모리 씨기 살짝 미소를 지으며 묻자 유타카 씨가 대답했다.

"기차 안에서 먹었으니까 괜찮아. 일단 방에 짐을 갖다놓았으면 하는데."

"알겠습니다. 짐은 제가 가져가도록 하지요."

아라카와 씨가 정중히 고개를 끄덕이고선 코이즈미에게 눈으로 신호를 보냈다.

"그럼 여러분."

자리에서 일어선 코이즈미는 결혼식 사회자처럼 말했다.

"연회도 한창입니다만, 지금부터 게임을 시작하고자 합니다. 타마루 씨 일행은 지금 방금 도착한 상태이신데 죄송하지만."

코이즈미치고는 미소가 딱딱했다. 잘해낼 자신이 없던가, 아니면 진짜 바보 같은 엔딩이 기다리고 있던가 둘 중 하나겠군.

"미리 말씀드리겠는데 살해를 당하는 건 케이이치 씨뿐입니다. 연쇄살인으로 발전할 예정은 없습니다. 그리고 범인도 한 명입니다. 복수일 가능성은 없다고 생각해주십시오. 동기는 고려하지 않아도 됩니다. 의미가 없으니까요. 그리고 또 하나, 지금부터—" 벽걸이 시계를 가리키며, "—그러니까 오후 2시부터 3시 사이에 아라카와 씨와 모리 씨를 제외한 나머지 분들은 공유 공간에서 움직이지 말아주십시오. 유타카 씨도 이 자리에 있어주세요. 화장실에 가실 분은 지금 다녀오시기 바랍니다. 여러분, 아시겠죠?"

모두가 고개를 끄덕였다.

"정각 2시까지 앞으로 7분 남았지만 괜찮겠죠? 그럼 시작하겠습니다."

코이즈미가 고개를 끄덕여 보인 상대는 타마루 케이이치 씨였다.

"그럼."

여름에 이은 시체 역할. 모두의 주목을 받은 케이이치 씨는 쑥스러운 듯 머리를 긁적이며 일어서서 마치 우리보고 들으라는 듯이 말했다.

"내 방은 안채 바깥에 있는 작은 별채였지?"

"네. 안내해드리겠습니다."

"잠시 휴식을 취해야겠어. 실은 아침에 너무 일찍 일어나서 약간 잠이 부족하거든. 감기기가 있는지 코도 답답하고."

"그러고 보니 케이이치 씨는 고양이 알레르기가 있으셨죠. 그 때문이 아닐까요?"

아무리 연기라고는 해도 너무 연기스럽다.

"그럴지도 모르겠군. 아, 신경 안 써도 되네. 그렇게 중증은 아니거든. 좁은 방에 같이 있으면 괴롭겠지만 이렇게 넓은 공간이라면 괜찮아."

그리고 거듭 확인하듯,

"그래, 4시 반쯤에 깨우러 와주겠나? 알았지. 4시 반이야."

"알겠습니다."

모리 씨는 고개를 끄덕인 뒤 등을 곧게 펴고 말했다.

"이리로 오시지요."

모리 씨의 등을 따르듯 설명조 냄새가 진한 대사를 마친 케이이치 씨는 복도 안쪽으로 사라졌다. 묘하게 흥이 깨지는 공기가 공유 공간에 감돌고 있었다.

"저도 이만. 유타카 씨의 짐은 제가 맡겠습니다."

아라카와 집사가 허리를 직각으로 접듯 인사를 한 뒤 가방과 재킷을 손에 들고 재빨리 사라졌다.

세 사람을 지켜본 뒤, 코이즈미는 진지한 기침을 한 번 했다.

"그럼 서장은 끝났습니다. 3시까지 이 공간에서 자유롭게 즐겨주십시오."

"잠깐만."

이의를 제기한 것은 하루히였다.

"별채라니 무슨 소리야? 그런 게 있었어?"

"있어."

츠루야 선배가 대답했다.

"이 안채와는 별개로 작은 건물이 있어. 어, 못 봤어?"

"못 봤어. 코이즈미, 단서를 숨겨놓는 건 안 돼. 잘 가르쳐줬어야지. 다 같이 보러가자."

"어차피 나중에 볼 겁니다만….."

벌써부터 예정이 무너지기 시작하자, 코이즈미의 미소도 흐려졌다. 하지만 시계를 보고 바로 수정이 가능하다고 판단했는지 말했다.

"알겠습니다. 이 정도라면 문제없을 겁니다."

"이쪽이야!"

츠루야 선배가 선두에 서서 나아갔다. 당연히 다들 우르르 그 뒤를 따랐다. 샤미센을 안은 동생까지 따라왔다. 이 한 명과 한 마리가 추리에 도움이 될 것 같지는 않았지만.

공유 공간에서 나가자 그곳에는 안뜰에 접한 통로가 기다리고 있었다. 바깥쪽 벽은 투명 유리로 되어 있어 정원의 모습이 잘 보였다.

어느 사이엔가 눈이 내리고 있었다.

눈이 내리는 정도로 봤을 때 무릎까지 쌓일 것 같다. 일본 정원을 연상케 하는 배치가 느껴졌지만 눈에 묻힌 덕분에 온통 새하얬다. 그 하얀 풍경 속에 작은 암자 같은 건물이 오도카니 있었다.

1분쯤 걸어갔을까, 츠루야 선배가 정원으로 통하는 문을 열며 가리켰다.

"저게 별채야. 옛날은 우리 집 영감님이 명상을 하는 데 썼던 곳이지. 사람을 싫어하는 영감님이라 안채의 소란에서 도망치기 위해서라며 여기에 올 때마다 틀어박혔어! 그럼 안 오면 될 걸 초대하지도 않았는데 항상 따라오고, 하여간 곤란한 영감이었다니까."

그리운 듯 말하는 츠루야 선배였다.

나는 아무것도 놓치지 않으려 노력하며 관찰했다. 안채의 이 문에서 정원의 별채까지 복도가 쭉 뻗어 있었다. 단 벽이 없이 훤히 뚫려 있었고 위에 지붕만이 덜렁 있었다. 그래서 안채에서 별채로 가는 돌길만은 눈의 침략에서 보호받고 있었다. 그것도 눈이 조용히 내리는 오늘 같은 날씨라면 더욱 그럴 것이다. 눈보라라면 이렇게까지는 되지 않겠지.

활짝 열린 문으로 스며들어오는 영하의 대기가 실내복 차림의 우리들을 얼어붙게 했다. 특히 샤미센은 기분이 상해 따뜻한 잠자리로 돌아가려 버둥거리고 있었다. 동생은 그런 샤미센을 재미있어하며 말릴 새도 없이 슬리퍼를 신은 채 복도로 나가 품에 안은 샤미센을 쌓이고 있는 눈에 가져갔다.

"자, 샤미. 눈이야. 먹을래?"

갓 건져 올린 가다랭이처럼 난동을 부린 샤미센은 동생의 품에서 점프를 하더니 "우냐아앙" 하는 울음으로 불쾌한 속내를 주장한 뒤 안채 안쪽으로 뛰어가 사라졌다. 따뜻한 바닥 위에 몸을 뻗으러 돌아간 거겠지.

"어머."

케이이치 씨의 안내를 마친 모리 씨가 마침 체중이 느껴지지 않는 걸음걸이로 돌길 위를 돌아오고 있었다. 나이를 알 수 없는 미모의 그녀가 웃으며 말했다.

"무슨 일이신가요? 케이이치 님이라면 저 방에 계십니다만."

"그건 확실해?"라고 묻는 하루히. 완전히 의심에 찬 얼굴이다.

"확실합니다."

코이즈미가 대답했다.

"그런 시나리오니까요."

우리가 공유 공간으로 돌아왔을 때 시계 바늘은 오후 2시 정각을 가리키고 있었고, 코이즈미는 어딘지 모르게 안도한 듯 한숨을 쉬었다.

"다시 한번 말해두겠습니다. 여러분은 3시가 될 때까지 여기에서 이동하지 말아주십시오. 꼭 움직이셔야 하는 경우에는 제게 와주세요."

코이즈미는 구석에 놓인 가방으로 다가가 다시 안에서 짐을 꺼냈다. 또 꺼낼 게 있으면 지금 다 꺼내라.

"음."

문득 신경이 쓰였다. 샤미센이 안 보인다. 코이즈미가 짐을 놔둔 모퉁이는 히터 근처로 그 송풍구 앞에 놔둔 방석이 최근의 고양이 지정석이었고, 이미 거기에 누워 있을 거라 생각했는데. 하지만 그런 의문은,

"그동안 이걸 즐겨주십시오. 스즈미야 씨, 괜찮으십니까?"

라는 코이즈미의 말에 의해 지워졌다.

"그래."

하루히는 으스대며 대답했다.

"조금 이를지는 몰라도 이왕 이렇게 된 거 해도 좋겠지. 이리 줘 봐, 코이즈미."

건네받은 종이봉투에서 하루히는 묘한 물건을 꺼냈다. 보아하니 그림이 그려져 있는 종이 몇 장과 똑같은 수의 봉투였다. 그 내용물과 고타츠 위에 펼쳐진 물건을 보고 나는 뭐라 표현할 수 없는 향수를 느끼기 시작했다.

"후쿠와라이(주11)야"라고 말하는 하루히.

"어렸을 때 해봤지? 사실은 내일 할 예정이었지만 시간이 아까우니까 지금 하자. 그리고 이건 평범한 후쿠와라이가 아니다."

보면 알아. 얼굴 윤곽도 그렇고 머리 모양도 그렇고 아무리 봐도 우리들의 얼굴을 본뜬 그림이었다. 눈과 코 등의 부분이 없어도 알 수 있을 정도로 잘 그려놓았다. 하루히가 의기양양해하는 이유를 알았다.

"내가 만들었다. 직접 말이지, 직접. 츠루야 것도 있어. 올 줄 알았으면 네 동생 것도 만들었을 텐데. 아, 유타카 씨도 미안. 얼굴이 잘 기억이 안 나더라고."

"아니, 괜찮아"라고 유카타 씨는 아주 자연스럽게 대답했다.

"없는 게 더 나을 것 같네."

"그럴지도 모르겠나."

하루히는 씨익 웃으며 단원들을 돌아보았다.

"알겠지? 자기 얼굴로 후쿠와라이를 하는 거야. 다시 하기는 없어. 그리고 완성된 얼굴은 풀로 붙여 동아리방 벽에 전시할 거니까

주11) 후쿠와라이: 설날에 하는 놀이의 일종으로 눈을 가린 뒤 얼굴 윤곽만 그린 종이 위에 눈썹, 눈, 코, 귀 입을 오린 종이를 얹어 완성된 모습을 즐기는 놀이.

진지하게 해. 안 그러면 영원히 괴상한 얼굴이 동아리방에 전해지게 될 테니까 말이야."

뭐 그런 생각을 다 하고 난리냐. 감탄할 만큼 빼어난 하루히의 그림 실력 덕에 후쿠와라이의 얼굴은 각자의 특징을 잘 파악하고 있었다. 그냥 눈과 코를 붙이면 괴상하게 변형된 우리들의 얼굴이 나타날 거다. 그러니 진지하게 하지 않을 수 없겠군.

하지만 이 녀석 대체 언제 이런 걸 만든 거야?

"그럼 누구부터 할래?"

하루히의 질문에 츠루야 선배만이 힘차게 손을 들었다.

보통내기가 아닌 걸로 보이는 츠루야 선배도 투시 능력은 없었다. 수건으로 눈을 가린 그녀는 훌륭하게 웃기는 자화상을 만들어 내 모두의 폭소를 유발했고, 완성품을 보고 자기도 죽을 듯이 웃어 댔다. 웃음주머니도 이렇게까지는 웃지 못할 거다.

2번 타자는 코이즈미, 빈틈없는 핸섬 페이스도 이렇게 되면 끝이다. 가리개를 푼 코이즈미는 자신의 작품을 보고 한심하다는 표정을 지었지만, 이 다음에 내 차례가 기다리고 있는 것을 알고 있는 이상 무턱대고 웃고만 있을 수는 없었다.

엄청난 긴장감에 찬 후쿠와라이였다. 내가 마음을 다잡고 있는데,

"잠시 실례하겠습니다."

코이즈미가 내게 속삭였다.

"아라카와 씨 쪽과 내일 이후의 일정에 관한 회의가 있어서 잠시

자리를 비우겠습니다."

그대로 재빨리 공유 공간에서 나갔다. 무슨 회의인지는 몰라도 지금은 그게 문제가 아니다. 동아리방에 장식될 초상화가 어떻게 될지는 지금부터 나의 공간 파악 능력에 의해 결정되는 것이다.

내 후쿠와라이는 폭소로 끝났다. 뭐 좋아. 여기에서 무난한 걸 만들어 분위기를 썰렁하게 하는 게 더 멋이 없는 거니까. 츠루야 선배, 당신은 좀 심하게 웃습니다만.

내가 수건을 들고 화를 내며 하루히와 츠루야 선배의 폭소를 듣고 있는데, 코이즈미가 돌아오는 모습이 보였다. 반사적으로 시선이 시계로 향했다.

오후 2시 반을 약간 지난 시각이었다.

"실례했습니다."

어떻게 된 건지 코이즈미는 어딘가로 가버렸던 샤미센을 안고 돌아왔다. 뭐에 이용한 거냐?

"아뇨, 부엌에서 모리 씨에게 달라붙어 있기에요."

그대로 코이즈미는 얼룩 고양이를 히터 앞방석 위에 올려놓았고, 고양이는 온풍을 쐬며 몸을 동글게 말았다. 배가 부른 상태로 따뜻한 곳에 놔두는 게 고양이를 얌전하게 만드는 가장 좋은 대책이다.

"어떻게 되었나요?"

코이즈미는 내 옆자리에 앉아 고타츠 위의 모습을 살폈다. 츠루야 선배와 코이즈미, 내 그림이 동생의 손에 의해 풀칠이 되는 쓰라린 처지에 놓여 있었다. 이런 걸 장식해 놓느니 차라리 다른 걸 걸

어두는 게 좋을 텐데. 아사히나 선배의 코스튬 등신대 사진이라던 가 말이지.

시간은 계속 흘러 후쿠와라이는 아사히나 선배, 나가토로 이어졌다. 뭘 해도 귀여운 아사히나 선배는 움찔거리는 손길로 부분부분을 더듬었고, 그 결과 웃기기는 하지만 귀여운 그림을 완성했으며 나가토는 의외로 가장 특이한 후쿠와라이를 완성시켜 츠루야 선배를 뒤집어지게 만들었다. 물론 나가토는 뭐가 재미있는지 도통 알 수 없다는 표정으로 자신의 유쾌한 얼굴을 가만히 들여다보고 있었다.

그러는 사이에,

"여러분, 이제 곧 3시입니다."

코이즈미가 갑자기 말했다.

"여기에서 일단 휴식 시간을 가질까 합니다. 3시부터 4시까지, 다시 여기에 돌아올 필요가 있으니 화장실 등의 볼일이 있으면 지금 다녀오시기 바랍니다."

나와 나가토와 유타카 씨, 코이즈미를 제외한 모두가 자리를 떠났다. 나가토는 자신의 후쿠와라이를 꼼꼼히 뜯어보고 있었고, 유타카 씨는 그런 나가토의 옆모습을 재미있다는 듯 바라보고 있었다.

나는 코이즈미에게 다가갔다.

"사선은 언제 일어나는 거냐?"

"그것보다 창 밖을 봐주시겠습니까?"

코이즈미는 바깥을 가리켰다.

"눈이 내리는 게 보이시죠? 그걸 잘 기억해두십시오. 뭐 내리지 않더라도 내렸다고 설정해두면 되지만 마침 잘됐잖아요."

내가 코이즈미의 풀어진 미소를 바라보고 있는데 여성진 네 명이 돌아왔다.

이 가운데 제일 범인 냄새가 강한 건 아무리 생각해도 유타카 씨다. 달리 할 역할이 없으니까. 지금까지는 미심쩍은 행동은 보이지 않고 있지만.

하루히가 고타츠에 발을 밀어넣으며 말했다.

"코이즈미, 이번엔 그거 하자. 꺼내올래?"

"알겠습니다. 그거 말이지요?"

또다시 가방으로 이동하는 코이즈미였다. 이번에는 직접 만든 뭐가 나올까, 나도 뒤를 따라가보았다. 뒤적이던 코이즈미의 손을 뒤에서 훔쳐보자 코이즈미는 재빨리 나를 올려다보고는 마술사와 같은 수완으로 또다시 커다란 종이를 꺼냈다.

"여기요. 스즈미야 씨에게 전해주시겠습니까?"

히터 바람을 받아 펄럭이는 그것은 곱게 접은 커다란 종이였다. 펼치려던 나는 문득 위화감을 느꼈다. 이 버석한 종이때문이 아니었다. 내 눈앞에는 가방에 손을 댄 코이즈미가 있었고 그 바로 옆에 히터가 있다. 참고로 만족스런 표정으로 잠들어 있는 샤미센의 등이 방석 위에 있었다.

별로 이상한 구석은 없었지만 뭔가가 묘하다. 무엇보다 내가 다가갔을 때 코이즈미는 조금 당황한 표정을 짓지 않았던가?

"쿈, 빨리 가져와! 뭐 하는 거야?"

나는 떨떠름하게 수수께끼의 종이를 들고 고타츠로 돌아갔고, 뒤늦게 코이즈미도 다가왔다.

시계는 오후 3시 정각을 가리키고 있었다.

"나랑 코이즈미가 만든 거야."

하루히의 의기양양함은 정점에 달한 것으로 보였다. 그런 얼굴이었다.

"SOS단용 주사위놀이야. 한 칸 한 칸 다 손으로 쓴 거니까 감사히 여기며 플레이하도록."

참고로 첫 번째 주자로 나선 내 말이 멈춘 칸에는 이렇게 쓰여 있었다.

『콘에 한해 팔굽혀펴기 30회』

이밖에도 『다음에 멈춘 사람과 야구권(주12)을 할 것』, 『단장을 기분 좋게 만드는 말을 다섯 가지 이상 할 것』, 『모두의 질문에 정직하게 대답할 것(다른 사람들은 부끄러운 질문을 할 것)』 등등 모든 말칸이 벌칙 게임과 같은 하루히 특제 주사위 놀이였다.

다들 옥신각신하는 것도 당연할 것이다. 야구권 칸에는 아사히나 선배와 유타카 씨가 걸렸지만, 야구권의 의미를 몰라 멀뚱하니 있는 아사히나 선배에게 시킬 수도 없는 노릇이라, 어쩔 수 없이 내가 대타로 나섰다. 이외에도 날 지치게 만드는 구조로 만들어졌다고밖에 보이지 않는 칸의 행진으로, 시작한 지 1시간 뒤에 츠루야 선배가 제일 먼저 골인한 시점에서 완전 녹초가 되었다.

보다못해서 나선 건 아니겠지만 코이즈미가 기다렸다는 듯이 말했다.

"여러분, 지금 마침 오후 4시가 되었습니다."

주12) 야구권: 가위바위보 놀이의 일종.

생방송 시간 측정기 수준으로 시간을 신경 쓰는 코이즈미가 말을 이었다.

"지금부터는 자유시간입니다. 단 4시 반 전에는 여기에 집합해주십시오. 그리고 가능하면 외출은 삼가주시기 바랍니다. 물론 범인 이외의 사람에게 하는 말입니다."

"그럼 잠시 실례하겠네."

타마루 유타카 씨가 의미심장한 미소를 지으며 자리에서 일어섰다.

"방에서 짐을 정리하고 올게. 아니, 5분 정도면 돌아올 거야."

그렇게 말한 유타카 씨가 자리에서 사라진 뒤 "부엌에 갈래"라며 하루히와 츠루야 선배도 나가더니 몇 분 뒤에 과자와 주스를 들고 돌아왔다. 그 외에는 고타츠에서 움직이는 사람이 없었다. 누구라도 범인이 되기는 싫을 테지. 억울한 죄를 뒤집어쓰는 거라면 더욱 그렇고.

참고로 유타카 씨는 정말 5분 만에 돌아왔단 사실도 덧붙여 놓겠다.

오후 4시 반이 지나서였다.

모리 씨가 공유 공간으로 들어와 이렇게 알렸다.

"케이이치 님이 일어나질 않으십니다."

불안한 표정을 연기하면서.

"별채까지 가봤는데 대답도 없고 문은 잠겨 있어요."

"기다리고 있었어."

하루히는 질풍처럼 자리를 박차고 일어났다.

"먼저 현장이 어떻게 됐는지를 봐둬야지."

코이즈미가 투어 컨덕터처럼 선두에 서서 통로로 나갔다. 그 뒤를 따라가는 우리들.

안뜰로 나가는 문을 열자 사람 수만큼의 실외화가 이미 마련되어 있었다. 대충 신을 신고 별채로 향하는 복도를 걸어가자, 별채 문 앞에서 아라카와 씨가 기다리고 있었다.

"상황은?"이라고 묻는 하루히.

"모리가 전했을 내용 그대로입니다. 문은 안쪽에서 잠겨 있고 열쇠는 케이이치 님과 함께 실내에 있습니다. 참고로 여벌 열쇠는 없는 설정입니다."

"그렇습니다"라고 코이즈미가 주석을 달았다. "하지만 문을 부술 필요는 없습니다. 여벌 열쇠가 없는 것으로 생각만 하시면 되는 거죠. 아라카와 씨, 열쇠를."

아라카와 집사가 손바닥을 내밀자 그곳에는 바로 열쇠가 있었다.

"이건 원래는 없는 열쇠입니다. 그렇게 생각해두세요."

코이즈미가 문을 열자 제일 먼저 하루히가 안으로 들어섰다.

"여어."

손을 쳐든 건 케이이치 씨였다. 바닥에 깔린 이불 위에 옆으로 누워 있던 타마루 형님은 가슴을 가리키며,

"또 찔리고 말았어."

가슴에 나이프 자루가 꽂혀 있었다. 언젠가 봤던, 날이 없는 트릭용 소도구다.

"누구한테 찔린 거야?"라고 묻는 하루히.

"그건 말할 수 없어. 난 지금 시체니까. 죽은 자는 말이 없다."

케이이치 씨는 손을 털썩 바닥에 떨어뜨렸다.

"아시겠습니까?"

코이즈미가 다시 끼어들었다.

"실내를 잘 보십시오. 방 열쇠는 이곳, 책상 위에 놓여 있습니다. 물론 이건 처음부터 케이이치 씨가 갖고 있던 거지요. 그렇다는 건 범인은 문으로 나간 건 아닙니다."

그리고 툇마루에 접한 창문으로 다가가,

"여기는 닫혀 있기는 하지만 잠겨 있지는 않습니다. 즉 범인의 탈출구는 이곳입니다. 그리고 밖에는 눈이 쌓여 있습니다."

코이즈미는 실제로 창문을 열었고 우리는 정원을 향해 고개를 내밀었다.

"범인의 도주로를 설명하겠습니다. 문으로 나가지는 않은 이상 범인은 여기로 나간 게 틀림없습니다. 하지만 눈 위를 걸어가면 당연히 발자국이 남겠지만 보기에 그런 건 안 보이죠? 창 위를 봐주세요. 이 별채는 사방에 차양이 쳐져 있고 그 아래는 눈도 살짝 쌓여 있는 게 전부입니다. 그 눈 위, 별채의 벽에 붙어 걸어서 범인은 복도로 돌아온 겁니다."

나는 코이즈미가 가리킨 바닥을 보고, 이어서 하늘을 올려다보았다. 눈이 조용히 내리고 있었다.

"범인의 발자국은 계속해서 내리는 눈이 가려버렸습니다. 지금 내리는 기세로 봤을 때…, 그래요, 30분은 안 됐다고 해두죠."

코이즈미는 모두 이해했는지를 확인하듯 말했다.

"그런 설정입니다. 이해해주십시오. 시체는 아무 말도 못 하지만,

마스터인 저는 적어도 거짓말은 할 수 없습니다."

"흐음."

하루히는 눈과 코이즈미를 번갈아 보다가 얼굴을 찌푸리고 팔짱을 꼈다.

"그게 다야?"

아무 대답도 없이 코이즈미는 이불을 가리켰다. 불룩 튀어나온 부분이 있었는데, 보아하니 꼬물꼬물 움직이고 있었다. 설마….

이불을 끌어당긴 건 하루히였다. 그리고 그 안에서 나온 녀석을 향해 말했다.

"샤미센?"

갑작스런 빛을 받아 눈을 가늘게 뜬 것은 우리 집의 애완 고양이가 분명했다.

우리는 다시 고타츠에 돌아왔다.

모리 씨와 아라카와 씨는 뒤에서 부동자세로 서 있었고 시체 역을 마친 케이이치 씨만이 모든 임무에서 해방되어 지금쯤 거실에서 따뜻한 커피를 마시고 있을 뿐이다.

"정리를 해보도록 하죠. 케이이치 씨가 방으로 들어간 게 2시 정각이었습니다. 시체가 되어 발견된 건 조금 전 4시 30분이죠. 이 두 시간 반 동안에 밈행이 일어난 것은 분명합니다. 방문은 안쪽에서 잠겨 있었고 열쇠는 실내에 있었습니다. 다시 말씀드리지만 여벌 열쇠는 없다고 생각해주시기 바랍니다. 툇마루에 난 창문은 잠겨 있지 않으니 범인은 그곳을 통해 방에서 나갔다고 추측됩니다."

코이즈미의 상황 설명이었다.

"창문을 나가 발자국을 남기지 않고 복도로 돌아오기란 불가능합니다. 발자국이 없다는 건 원래 나 있던 발자국은 내린 눈에 묻혔다고 봐도 되겠죠."

코이즈미는 동생이 안고 있는 얼룩 고양이를 보았다.

"그리고 현장에는 시체 외에 샤미센 씨도 있었습니다. 자, 생각해봅시다. 이렇게 발견되기 전에 고양이의 모습을 마지막으로 본 시각은 언제였을까요?"

내가 본 건 화장실 휴식을 알린 직후였다. 코이즈미가 가방에서 하루히가 만든 벌칙 게임 주사위 놀이를 꺼냈을 때 그 옆에서 웅크리고 자고 있었다.

"헤에? 그래?"

하루히는 이마를 손가락으로 찌르며 말했다.

"그러고 보니 난 이 세 시간 동안 샤미센을 본 기억이 전혀 없어. 여기에 있었나?"

"있었던 것 같기는 한데…" 아사히나 선배는 조심스럽게 말했다. "으음, 후쿠와라이를 하는 중에 몇 번 보았어요. 방석 위에서 자고 있었습니다."

"나도 그게 마지막이었어!" 라고 말하는 츠루야 선배. "화장실에 가려고 일어섰을 때 고양이가 저기에 누워 있는 걸 봤어. 주사위 놀이를 할 때는 없었던 것 같아!"

아무래도 목격 증언을 검토해보건대 내가 본 게 마지막 모습인 것 같다. 그렇다는 건 샤미센은 3시부터 4시 반 사이의 알리바이가 없다는 소리였다.

우리가 주사위 놀이에 빠져 있는 사이에 일어나 느릿느릿 어딘가로 가버렸다는 건가. 그리고 케이이치 씨의 방에 들어가 이불 안에서 자고 있었다….

응? 그럴 리가 없잖아.

"이 녀석이 자진해서 별채까지 간다는 건 생각할 수 없어" 라고 나는 주장했다.

"밖에 내보낸 것만으로도 난동을 부리는 추운 날씨라고. 눈을 보고 겁도 먹었고, 무엇보다 안채에서 밖으로 나가는 문을 스스로의 힘으로 열 수 있을 거라고는 보기 힘들어."

"그렇겠죠."

코이즈미는 가볍게 수긍했다.

"누군가가 데리고 갔다고 보는 게 일반적입니다. 케이이치 씨나 범인이."

"케이이치 씨일 리가 없지."

하루히가 목을 쭉 뽑았다.

"고양이 알레르기가 있다고 했잖아. 너무 뻔하긴 하지만 그건 복선이지? 마치 억지로 갖다붙인 것 같아."

"물론 이 추리극상의 설정입니다. 그렇게 해두지 않으면 곤란해서 말이죠. 그러니까 고양이를 방으로 데리고 간 건 어디까지나 범인이 아니면 안 됩니다. 이건 단서이기도 하고 말입니다."

코이즈미의 말에 하루히가 손을 들었다.

"잠깐만. 그럼 이런 거야? 샤미센은 3시까지 여기에 있었지만 그 뒤의 행방은 알 수 없다. 범인이 별채를 떠난 건 최소한 4시 반 이전이지만 발자국이 눈에 가려지는 데에 걸린 30분을 고려해 4시 이

전이라고 하지. 그리고 범인이 샤미센을 데리고 갔다는 건 결국 케이이치 씨가 살해를 당한 건 3시부터 4시, 그 1시간 사이라는 거네."

분명히 그렇게 되는군.

"분명히는 뭐가 분명히야. 이상하잖아. 4시 이후에 여기를 나간 건 나와 츠루야랑 유타카 씨뿐이야. 하지만 나랑 츠루야는 같이 있었으니까 범인이 아니고 수상한 건 유타카 씨이지만 눈이 발자국을 가리는 데에 30분도 더 넘게 걸렸으니 유타카 씨도 무리지."

그렇게 되겠네.

"그렇게 되겠네가 아니라니까. 그렇다면 여기에 있던 우리들 모두의 알리바이가 입증된단 말야. 그 한 시간 동안 우리는 줄곧 여기에 모여 있었잖아."

3시부터 시작된 주사위 게임의 참가자는 나, 하루히, 아사히나 선배, 나가토, 코이즈미, 동생, 츠루야 선배, 타마루 유타카 씨 8명이다. 3시 전의 휴식 때부터 자유행동을 개시한 4시까지 누구 하나 이 자리를 떠난 사람은 없다. 모르는 사이에 사라진 건 고양이뿐이다.

"설마 아라카와 씨나 모리 씨가 범인인 거야?"

곧장 고용인 역할의 두 사람을 심문하기로 했다. 하루히는 완전히 형사가 된 듯한 같은 말투로 물었다.

"그럼 아라카와 씨, 당신의 3시 이후의 알리바이를 가르쳐주시죠."

아라카와 집사는 공손히 인사를 한 뒤 대답했다.

"저는 2시 이후부터 부엌에 있었습니다. 점심 뒷정리를 하고 오늘 밤 만찬과 야식 준비와 내일 아침식사 준비를 하기 위해서요."

"그걸 증명해줄 사람이 있나요?"

"저라도 괜찮으시다면" 메이드 의상을 입은 모리 씨가 미소를 지으며 말했다. "요리를 도와드리기 위해 제가 줄곧 옆에 붙어 있었습니다. 4시 반에 제가 케이이치 씨를 깨우러 갈 때까지 아라카와 씨의 모습을 놓친 적은 없습니다."

"저도 마찬가지입니다" 라고 말하는 아라카와 씨. "적어도 3시부터 4시 반까지 모리가 부엌에서 나가지는 않았다고 확신을 갖고 증언하는 바입니다."

"그러니까 서로가 증인이라는 거군."

하루히는 고개를 끄덕였다.

"하지만 두 사람이 공범이라면 더할 나위 없이 수상한 거잖아. 아니면 둘 중 하나가 다른 사람을 감싸서 위증을 하고 있을 가능성도 있지 않나?"

하루히의 빛나는 눈동자가 해설을 요구하듯 코이즈미에게 향했다.

"그런 일은 없습니다. 범인은 어디까지나 단독범이라는 전제이고 아라카와 씨와 모리 씨는 절대로 거짓 증언을 하지 않는다는 설정입니다. 참고로 말하도록 하죠. 이 두 사람은 범인이 아닙니다. 게임 마스터인 제가 보장하는 것이니 확실합니다" 라고 코이즈미가 대답했다.

"그럼 누구라는 거야?" 하루히는 신이 난 듯 보였다. "모두의 알리바이가 완벽하잖아, 아무도 케이이치 씨를 죽이지 못한 게 되는데."

코이즈미도 조금은 기뻐하는 듯 보였다. 이 녀석이 찔러주기를 바라는 포인트를 하루히가 정확하게 찔렀나보다. 미소를 흩날리며 말했다.

"그러니까 그걸 밝혀보자는 겁니다. 안 그러면 게임이 안 되니까요."

"먼저 고려해야 하는 건 왜 샤미센이 필요했느냐 하는 거로군."

멋대로 자진해서 진행을 맡은 하루히가 동생의 팔 안에서 꾸벅꾸벅 졸고 있는 얼룩 고양이의 코끝을 찔렀다.

"의미가 없잖아. 고양이의 손을 빌려서까지 범인은 대체 뭘 하고 싶었던 걸까?"

이 녀석이 말이라도 할 줄 알았다면 최고의 증인이 되겠지만 말이다. 목격자이니 말이지.

"그래, 내가 생각하건대 범인은 샤미센이 거기에 없으면 안 되는 거였던 거야."

그 정도는 나도 안다. 그러니까 그 안 되는 이유가 뭔지를 생각하고 있는 거라고.

"고양이, 고양이…, 으음—" 아사히나 선배가 귀엽게 중얼거리며 턱에 손을 대고 있었다. "고양이. 얼룩 고양이. 얼룩 으음, 고양이 씨, 고양이밥."

그다지 유익한 생각은 않고 있는 듯하다.

왠지 모든 일에 예리해 보이는 츠루야 선배는 과자 가게의 마스코트처럼 혀를 내밀고 시선을 비스듬히 올리고 있었다. 생각에 잠길 때의 자세인지 재미있는 얼굴을 한 채 팔짱을 끼고 침묵하고 있었다.

침묵하면 또 나가토다. 현재 이 시점에 한해서 말하자면 이 녀석은 입을 다물고 있어주는 게 차라리 낫다. 나도 확신을 갖고 증언하는 바이지만 나가토는 코이즈미가 생각해낸 트릭 따위는 처음부터 꿰뚫어보고 있을 것이다. 모두가 포기한 최종 단계에서 엄숙하게 진상을 알리는 역할을 맡기도록 하자.

"샤미센의 알리바이가 약점이네. 아예 처음부터 안 보였다면 좋았을걸… 밀실 트릭이야? 눈을 이용한 시간 제한 밀실…응?"

뭔가를 중얼거리던 하루히가 갑자기 고개를 들었다. 코이즈미의 미소를 보고, 유타카 씨의 여유에 찬 표정을 본 뒤, 샤미센의 졸린 얼굴을 바라보았다.

"시간 제한…. 알리바이…. 아, 그렇구나."

하루히는 갑자기 날 향해 외쳤다.

"콘, 알리바이라고 하면 뭐지?"

"형사 드라마"라고 즉각적으로 대답한 뒤 반성하며, "으음…, 2시간 서스펜스 극장"이라고 말한 뒤 더 크게 반성을 하고는 뭐라고 말할까 생각하다가 시간을 낭비하고 말았다.

"트릭이야!"

하루히가 스스로 대답했다.

"알리바이 트릭이잖아. 샤미센은 트릭에 이용된 거야."

어떤 트릭인데.

"조금 생각을 해봐라. 알겠어? 샤미센의 알리바이가 모호한 건 언제지?"

3시 이후부터 4시 반까지. 내가 본 걸 마지막으로 공유 공간에서 살인 현장으로 순간이동했다.

"그 시간대는 됐어. 그보다 더 앞에 있었던 일을 생각해봐."

3시 이전에? 이 별장 안을 어슬렁거리고 있지 않았나. 아니, 아니다.

"코이즈미, 네가 저 녀석을 안고 돌아온 게 몇 시였지?"

핸섬 페이스의 무료 스마일이 약간 날이 선 듯 보였다.

"2시 반을 조금 지나서였습니다만."

"어디서 데리고 왔지?"

"부엌요."

코이즈미는 모리 씨에게 미소를 지었다.

"그랬지요?"

"네."

모리 씨도 미소를 지으며 샤미센을 보았다.

"뒷정리를 하는데 이 고양이가 발치에 달라붙으시더군요. 유혹에 져서 남은 음식을 드렸는데 떨어지기가 더 싫어지셨는지…. 그때 지나가던 코이즈미 님이 고양이를 데리고 가주셨습니다."

내일 이후의 미팅이 있다며 코이즈미가 중간에 자리를 비운 걸 떠올렸다.

"그건 2시 반이었나요?"

그렇게 물은 내게 소박한 차림의 메이드는 나도 모르게 당황할 정도로 매혹적인 미소를 지어 보였다.

"네…. 그래요. 시계를 확인한 건 아니라 정확한 시각까지는 모르겠지만, 2시 반쯤이었던 것 같습니다."

"샤미센은 언제부터 있었나요?"

"2시쯤에 별채에서 제가 돌아왔을 때 부엌에서 털을 고르고 계셨어요."

그렇군, 그 부분은 맞는군. 동생의 손을 빠져나와 별장 안을 활보하던 우리 집의 얼룩 고양이는 부엌에서 모리 씨에게서 먹을 걸 얻어먹고 2시 반에는 코이즈미에 의해 이곳으로 옮겨져 히터 앞 방석에서 수면을 개시한 게 된다.

"2시부터 3시까지의 알리바이는 있는 거군."

한 시간의 존재증명이라. 거기에서 별채까지 가는 사이에 샤미센은 무엇을 봤을까.

"아마 거기에 트릭이 있을 거야."

하루히는 눈을 가늘게 뜨며 목을 쓰다듬었다. 마치 거기까지 뭔가 나오고 있는 것처럼.

"확실한 건 그 한 시간뿐이고 나머지가 모호해. 특히 3시 이후에 어디서 뭘 했는지 모른다는 게 중요하단 말야. 고양이의 알리바이, 샤미센은 언제 범인의 손에 잡혔는가…."

하루히가 심각한 표정을 지었고 나도 일단 표정만은 거기에 맞춰주었다. 동생은 신기하다는 듯이 우리들을 올려다보았고, 유타카 씨는 말없이 미소를 짓고 있었다. 그는 진상을 알고 있겠지. 범인 후보 1순위이니까.

"힌트를 드리는 게 좋을까요?"

"잠깐만."

나는 코이즈미의 입을 막고 생각해보았다.

케이이치 씨가 별채 방으로 간 게 2시경.

얼룩 고양이의 모습을 마지막으로 본 게 3시경이었고 4시 반에 케이이치 씨의 방에서 발견될 때까지는 아무도 보지 못했다.

범인이 창문으로 나와 안채로 돌아왔다고 친다면 눈이 내려 발자국이 가려지는 시간 안에 행동한 게 분명하니까, 범행 시각은 추정컨대 3시에서 4시 사이다.

하지만 3시에서 4시 사이에 유타카 씨를 포함한 우리들 모두는 이 휑한 공간에 있었고, 아무도 나가지 않았다. 4시 이후에는 유타카 씨와 하루히와 츠루야 선배가 나갔다.

좋아, 알았어. 나는 납득함과 동시에 고개를 끄덕였다.

"단서를 줘."

코이즈미는 어깨를 추켜올리며,

"제일 먼저 눈치를 챌 사람은 당신이나 당신 동생일 거라 생각했었습니다."

말만 하고 입을 다물었다.

"뭐라고?"

그게 어디가 단서인데? 나와 동생보다 하루히나 츠루야 선배가 날카롭지 않다고는 생각하기 힘든데.

"아, 그렇구나!"

하루히에 이어 소리를 지른 건 시원스런 표정으로 돌아온 츠루야 선배였다.

"그래, 하루냥! 고양이의 알리바이가 범인의 알리바이인 거야!"

츠루야 선배는 다 알았다는 표정이었다.

"그래, 그래, 그런 거야! 그러니까 고양이는 여기에 없으면 안 되는 거였어. 어디라도 상관없는 게 아니라, 별채가 아닌 모든 사람들

이 모여 있는 이 공간에 말야."

무슨 소리를 하는 건지 도통 이해가 안 간다. 나와 아사히나 선배가 멍하니 있는 사이에, 하루히에게는 그 말이 통했는지 녀석은 날아오를 듯이 소리를 질렀다.

"그래! 응, 그랬어. 츠루야, 나이스! 그러니까 그 한 시간 동안은 고양이는 항상 누군가가 보고 있는 상태에 있어야만 했던 거야. 그렇게 하지 않으면 자신의 알리바이가 없어지게 되는 거니까."

"그렇지!"

츠루야 선배는 손가락을 울렸다.

"샤미가 정말로 없어진 건 3시가 아니라 2시 반이었어. 샤미의 알리바이가 없는 상태는 1시간 반이 아니라 실제로는 2시간이었던 거지!"

"그렇다면 범행 시간도 30분이 앞당겨지는 거네. 2시 반부터 4시 사이…. 아니, 2시 반부터 3시 사이의 30분간…, 진짜 범행 시각은 2시 반인 거야. 그렇지?"

"그래."

기다려달라고 말하고 싶다. 아무래도 이 기운 넘치는 2인조가 둘이서만 진상에 다가간 것 같은데, 뒤처진 우리의 입장은 어떻게 되는 거냐? 뭐가 뭔지 도통 모르겠다.

"둔하기는. 콘, 샤미센이 3시부터 4시 반까지 행방불명되었다가 범행현장인 방 안에 있는 것이 발견되어 그걸로 난처해진 건 누구지?"

우리들이겠지.

"그럼 그걸로 이득을 본 건 누구야?"

아무도 이득을 본 사람은 없지 않나?

"그렇지가 않아! 샤미센을 데리고 가 별채에 가둬둔 건 범인이야. 의도적으로 했다는 건 그게 절대적으로 이득이 되기 때문이지. 그럼 어떤 부분에서 이득을 봤을까?"

도전하는 눈빛의 하루히였다. 마치 진범이 탐정을 보는 듯한 눈이로군.

"아—…." 나는 말했다. "샤미센이 그 방에 있었다는 건…, 범인이 데리고 간 거니까 샤미센이 우리들 앞에서 사라진 사이가 범행 시간대인 거고…."

"그런 거야."

어, 뭐가?

"뭐긴 뭐야. 다들 그렇게 생각하잖아. 그게 트릭의 일종인 거야. 범인은 샤미센의 알리바이가 없는 시간과 그 시간대를 우리에게 착각하게 만들 필요가 있었던 거야."

"3시 이후 4시 이전은 모두 알리바이가 있잖아."

츠루야 선배가 뒤를 이었다.

"하지만 2시 이후라면 어떨까? 우리는 여기에서 나가지 말라는 말을 듣고 정말 그렇게 했었지?"

"범인의 입장에서 본다면 2시부터 3시 사이의 알리바이를 확보할 필요가 있었던 거지"라고 다시 하루히. "샤미센이 여기에 있는 것처럼 보이게 만들어야 했던 거야. 왜냐하면 3시 이후부터 4시 반까지 샤미센의 부재가 역설적으로 범인의 알리바이를 증명해주는 거니까. 샤미센은 여기와 범행 현장에 동시에 존재할 수는 없으니까 여기에 있었다는 건 범인이 데리고 간 건 그 시간이 아니라는 게 되는 거지. 그리고 마지막으로 샤미센을 본 건 너고 그게 3시경. 범인이 고양이를 데리고 별채로 간 건 3시 이후…, 그렇게 생각하게 만드는 게 범인이 짠 트릭인 거잖아."

"그렇다면 범인에 해당하는 건 한 사람밖에 없어. 2시 반을 전후로 한 알리바이가 모호하고 3시를 전후로 고양이한테 가장 가까웠던 사람이야!"

츠루야 선배가 낄낄거렸다.

"쿈, 알겠어? 반대로 생각해봐. 케이이치 씨가 2시에 방으로 들어간 뒤에 우리가 찾아간 4시 반까지 범행 기회가 있던 사람을 찾아보면 되는 거라고. 그러면 한 명을 제외한 나머지는 다 불가능해. 그런데 범행 시각을 3시 이후로 잡으면 그 한 사람에게도 알리바이가 확실히 존재하지. 그럼 잘못된 건 범행 시각인 거야!"

뒤질세라 하루히도 낄낄거리며 웃었다.

"그래, 그래. 케이이치 씨는 3시 이전에 살해당했어. 샤미센이 별채 방으로 끌려간 것도 그 시간이고."

"잠깐만"이라고 말하는 나. "내가 3시에 본 샤미센을 어떻게 설명할 건데? 아사히나 선배가 자고 있는 걸 봤다고 말한 3시 전의 샤미센은? 설마 분열한 건 아니겠지?"

"너 아직도 이해를 못 하겠니?"

하루히는 의기양양한 미소를 지었다.

"지금부터 범인의 행농을 설명해줄게. 모리 씨와 아라카와 씨가 범인이 아니고 위증을 할 우려가 없다는 전제에서의 얘기이지만 게임 마스터가 보장한 거니까 무시하고."

아무래도 이해를 못 하고 있는 건 나와 아사히나 선배와 동생뿐인 것 같다.

그런 우리를 보고 하루히가 으스대듯 말했다.

"범인은 2시부터 3시 사이에 이 공유 공간을 떠나 부엌에 있던 샤미센을 잡았어. 그리고 샤미센을 데리고 별채에 있는 케이이치 씨의 방을 찾아갔지. 그때 문이 잠겨 있었는지 어떤지는 상관없어. 아무튼 범인은 방에 들어가 케이이치 씨를 찌른 거야. 문을 안쪽에서 잠그고 샤미센을 남겨둔 채 창을 통해 툇마루로 나와 거기를 통해 복도로 이동해서는 안채로 돌아왔지. 물론 맨손으로 말야."

"잠깐만" 난 다시 말했다. "그럼 내가 본 샤미센은 뭔데? 히터 앞에 있는 방석에서 자고 있던 샤미센은?"

"그러니까 그건 샤미센이 아니었던 거야."

하루히는 츠루야 선배를 흘낏 쳐다봤고 츠루야 선배가 의견에 동의하는 표정을 짓는 것을 확인한 뒤 다시 말했다.

"논리적 귀결이지. 범인은 딱 한 명, 그 범인이 단독으로 행동할 수 있었던 건 2시 반을 전후로 한 몇 분 사이이고 다른 사람들에겐 어느 시간대에도 안채와 별채 왕복은 불가능하니까 어떤 알리바이가 있다 해도 그 사람이 범인이야. 그 알리바이를 무너뜨리려면 어떻게 해야 좋을까? 이제 알겠지. 샤미센이 2시 반 전후부터 행방불명이었다는 걸로 만들면 되는 거야. 그렇다면 네가 본 샤미센은 가짜였다는 것 외에는 설명이 안 되지."

츠루야 선배가 목을 앞으로 쭉 내밀었다.

"그러니까 묻겠는데, 콘, 2시 반에서 3시 사이에 콘이 본 샤미는 정말로 샤미였어?"

그렇게 말하고 보니 나도 할 말이 없다. 본 건 뒷모습뿐이었으니까. 품에 안긴 얼룩 고양이에, 내게 등을 보이고 방석 위에 잠들어 있던 얼룩 고양이. 그게 내가 본 전부다.

하지만 가짜라고? 어떤 가짜인데? 샤미센의 클론 고양이가 어디선가 몰래 개발되고 있었단 말이냐.

"그건 모르지"라고 하루히는 천천히 대답했다.

"말했잖아, 논리적 귀결이라고. 2시 반부터 3시에 걸쳐 저 방석에서 자고 있던 얼룩 고양이는 샤미센이 아냐. 샤미센일 리가 없어. 클론이든 인형이든 똑같이 생긴 다른 고양이이든 너희 집의 얼룩 고양이가 아니라는 건 확실해."

"하루냥, 이제 다들 이해했겠지만 범인의 이름을 말하자. 안 그러면 앞으로 나아갈 것 같지 않은데."

신이 나서 말하는 츠루야 선배에게 하루히는 가볍게 고개를 끄덕여 보였다.

"그래, 특히 콘은 이대로 놔뒀다간 겨울방학 내내 이 생각만 하고 있을 거야. 하나 둘, 준비 됐지?"

"좋아. 그러니까 범인은."

하루히와 츠루야 선배는 마치 2연장발 속사포와 같은 콤비네이션을 보여주며 미소를 한 인물에게로 보냈고, 입을 모아 범인을 지명했다.

"코이즈미!"

유명한 현상금 사냥꾼 2인조가 들이댄 윈체스터 소총 앞의 지명수배자처럼 코이즈미는 두 손을 쳐들었다.

"그렇습니다."

역시 씁쓸한 미소를 지으며 포기한 듯 말했다.

"제가 범인이었습니다. 조금만 더 시간을 들여 생각을 해주셨으면 했는데 스즈미야 씨와 츠루야 씨 두 분께는 정말 못 당하겠네요."

하루히는 미소를 지으며 입술을 삐죽 내밀었다.

"왜 3시부터 우리들을 자유롭게 놔주지 않은 거야? 4시가 아니라 말이야. 그랬으면 범인을 맞히는 데 더 시간이 걸렸을 텐데."

"맞습니다. 바로 범인을 맞히기 어려워지기 때문에 한 처사였습니다"라는 코이즈미의 해설. "만약 당신들 가운데 누군가가 3시 이후에 5분 이상—이건 별채와 이곳과의 평균적인 왕복 시간입니다—거의 혼자 있게 되는 상황이 발생하면 그 누군가를 용의자 명단에서 제할 수 없게 되죠. 그러니까 범인이 될 수 없다고 명확하게 부정할 수 없게 되는 겁니다. 그 정도라면 차라리 모두를 용의자가 안 되게 하는 편이 더 좋겠다고 판단했습니다. 게임이 너무 어려워지니까요."

그럴싸한 소리를 늘어놓고 있지만 결국 거기까지는 생각이 미치지 못했던 거 아냐?

"가짜 샤미센은 어디서 준비한 거냐?"

"제 방요. 사전에 아라카와 씨가 데려다줬습니다. 공범은 아니에요. 설정상 제가 직접 가져온 걸로 되어 있으니까요."

코이즈미는 근무 시간 종료를 맞이한 중노동 알바 같은 표정을 지었다.

"살해 후에 별채에서 이리로 돌아오는 사이 방에 가서 가져온 겁니다. 나머지는 아시겠죠?"

2시 반이 지나 코이즈미에게 안겨 돌아온 건 그 녀석이었다 이거

군. 하지만—,

"그 고양이는?" 난 또다시 물었다. "가짜 고양이는 어디로 갔지? 내가 마지막으로 본 뒤로 지금까지 흔적도 안 보이는 가짜 샤미는 어디에 있는 거냐? 용케 그렇게 타이밍 좋게 사라졌네."

코이즈미는 포기했다는 듯 하루히에게 시선을 던졌고 우리의 단장은 바람처럼 걸어갔다. 마루 구석, 히터가 설치되어 있는 모퉁이를 향해.

"콘, 그때 일을 잘 생각해봐. 네가 방석에서 자고 있는 얼룩 고양이를 봤을 때 옆에 코이즈미가 있었지? 코이즈미는 가방에서 주사위 게임을 꺼내서 너한테 건네줬어. 너는 그걸 들고 고타츠로 돌아왔고 우리는 네 손에 정신을 팔고 있었지. 그 틈에 코이즈미는 자고 있던 고양이를 잽싸게 가방 안에 넣은 거야. 그러니까."

하루히는 벽에 세워져 히터의 온풍을 쐬고 있는 가방을 들어올리며,

"지금도 이 안에 있겠지."

거꾸로 들린 가방 안에서 그 말 그대로 데구루루 하고 털뭉치 같은 물체가 굴러 떨어졌다.

"샤미센?"

내가 그렇게 말할 만큼, 그 고양이는 샤미센과 똑같았다. 형태도 그렇고 모양도 그렇고, 완전히 샤미센의 카피캣. 단 하나 높은 확률로 나쁜 섬은 그 녀석은 암컷이었다는 것이다. 얼룩 고양이 수컷은 세계적으로 진기한데, 왜 진기한지는 생물 선생님한테 물어보기 바란다.

그 가짜 샤미센은 멍하니 바닥에 앉아 있다가 마침내 꼬리를 힘

껏 세우고 동생에게 달려가 그 품에 안겨 있는 샤미센의 코를 킁킁 냄새 맡았다. 우리 집의 얼룩 고양이는 동그란 눈을 하고 암컷 고양이를 응시했지만, 동생의 손을 뿌리치더니 상대의 꼬리에 코끝을 대고 그대로 두 마리 모두 상대방의 꼬리를 잡으려는 듯 빙글빙글 돌더니 10초 뒤에는 펀치를 주고받기까지 이르렀다.

"야, 샤미."

크르르르 목을 울리는 샤미센을 동생이 끌어안자, 암컷 얼룩 고양이는 잠시 두리번거리더니 무슨 연유에서인지 나가토의 무릎 위에 폴짝 뛰어올라 앉았다.

"......"

나가토는 무표정하게 시선을 떨어뜨리고 재촉하듯이 자기를 올려다보는 고양이와 시선을 맞추고 있었지만 마침내 조심스럽게 손을 뻗었다.

조심조심 등을 쓰다듬는 나가토의 손길에 만족했는지, 가짜 고양이는 눈을 감고 몸을 동그랗게 말았다. 분명히 닮기는 했지만 역시 조금 다르군. 나도 샤미센과 산 지 두 달째이고 우리 집 고양이와 다른 녀석의 얼굴을 쉽게 착각할 만큼—.

"그래서 나랑 동생이었냐. 제일 먼저 알아차릴 줄 알았다는 건 이걸 말한 거였어?"

"네. 당신이 다가왔을 때는 식은땀이 났습니다. 만약 들키면 진상을 털어놓고 공범으로 만들 생각이었어요. 하지만 당신의 얼굴을 살펴보니 전혀 눈치를 못 챈 것 같았기에."

미안하다. 이건 샤미센에게 건네는 사과다.

"뭐가 힘들었냐 하면 그 고양이를 찾아내느라 제일 고생했습니다.”

내비게이터 코이즈미의 보충 설명이었다.

“샤미센 씨와 똑같이 생긴 얼룩 고양이인데, 착기가 그리 쉽지가 않더군요. 얼룩 고양이라면 어느 것이나 다 똑같은 거라 생각했는데 제가 너무 쉽게 생각했나봅니다. 전국 방방곡곡을 돌아다닌 끝에 겨우 비슷한 모양의 들고양이를 찾아내기는 했는데 완벽하게 똑같지는 않았어요. 어쩔 수 없이 부분적으로 일시적인 염색을 했습니다. 그걸로 일이 다 끝난 게 아니었어요. 재주를 가르칠 필요가 있었으니까요.”

무슨 재주를 갖고 있는데?

“개로 말하자면 ‘기다려’입니다. 함부로 돌아다니면 다 헛수고가 되니 제가 신호를 할 때까지 가만히 자는 척하는 재주를 가르쳤죠. 방석 위에서 30분, 그리고 가방 안에서 1시간 반, 그 사이에 울거나 움직이면 안 되었지요.”

그때 일이 떠올랐는지 코이즈미는 고개를 흔들었다. 정말 그런 교육이 가능했다면 그 녀석은 엄청난 재주 많은 고양이가 될 장래성을 갖고 있는 거다. 최면술을 고양이에게 걸 정도로 특훈을 하는 편이 차라리 더 간단할지도 모르겠다.

“제가 그 고양이에게 붙인 이름은 샤미센 2호입니다. 통칭 샤미투. 달리 좋은 이름이 안 떠올라서요.”

이해하기 힘든 변명을 하고선 코이즈미는 헛기침을 했다.

“이상으로 추리극은 끝났습니다. 정답자는 스즈미야 씨와 츠루야 씨 공동 수상이군요. 나중에 상품을 증정하도록 하겠습니다.”

코이즈미는 천천히 고개를 숙였다.

"이것으로 이번 여흥을 마치도록 하겠습니다. 여러분의 협력에 감사드립니다. 별장을 제공해주신 츠루야 씨, 시체 역할이 되어주신 타마루 케이이치 씨, 오직 교란을 위해 캐스팅되신 유타카 씨, 그리고 여러 가지로 신세를 진 아라카와 씨와 모리 씨에게는 특별히 인사를 드리겠습니다. 마지막까지 함께해주셔서 감사합니다."

하루히와 츠루야 선배가 원숭이처럼 박수를 치기 시작했고 덩달아 동생, 영 이해가 안 간다는 얼굴의 아사히나 선배가 그 뒤를, 고양이를 무릎에 올린 나가토가 소리도 없이 박수를 치는 것을 보고 나도 별수 없이 손뼉을 쳤다.

수고했다, 코이즈미.

상품은 작은 도금 트로피였다. 만화틱한 고양이가 물구나무를 서고 있는 모습이 새겨져 있었는데 가만히 보니 샤미센과 비슷했고 트로피를 손에 든 하루히와 츠루야 선배가 어깨동무를 하고 V사인을 그리기에 별수 없이 사진을 찍어주었다. 샤미센 1호와 2호도 같이 말이다.

잠시 뒤에 모리 씨와 아라카와 씨가 조금 이른 새해맞이 국수를 가져다주었다. 재빨리 젓가락을 든 하루히와 츠루야 선배가 신나게 퍽퍽 먹는 옆에서 코이즈미는 젓가락을 깨작거리고 있었는데 그러고 보니 이 녀석이 뭔가를 허겁지겁 먹는 모습을 본 적이 없었다.

"이번 촌극은 어땠나요?"

놀랍게도 어제의 몽환관에서도 보이지 않았던 불안에 찬 스마일을 지으며 내게 물었다. 시나리오의 완성도에는 공치사를 던질 마

음도 들지 않았지만,

"다 그런 거 아냐?"

나는 잘 우러난 국수 국물과 함께 파를 삼켰다.

"하루히도 평소와 똑같이 기분이 좋아 보이는데. 만족하고 있는 거 아닐까?"

"그렇다면 다행이죠. 그렇다면야 생각한 보람이 있다고 할 수 있겠네요. 정말 스즈미야 씨를 접대하기 위해 한 것이니까요."

내게는 복잡해서 한 가지 더 시원하게 해소되지 않은 점이 있었지만. 이해를 못 하고 있는 건 아사히나 선배도 마찬가지인 듯 메모장에 선을 그으며,

"이게 2시고 이쪽이 3시, 고양이가 있었던 건 2시에서 3시…가 아니라 30분? 으음? 고양이, 고양이."

이런 말을 중얼거리며 난처한 표정으로 국수를 먹고 있었다. 이해하지 못한 녀석의 최첨단인 동생은 아무것도 못 들었다는 얼굴로 무척 즐거운 듯 그릇 안을 휘젓고 있었다.

기다려 상태의 암컷 고양이를 무릎에 올린 채, 나가토가 본래의 식욕을 되찾은 것을 보고 나는 안도의 한숨을 내쉬었다. 뭐니뭐니 해도 모두 다 평소와 같은 게 제일인데, 너무나도 평소답지 않은 코이즈미는 마치 동정을 바라듯이 말했다.

"겨울 합숙이 기획된 뒤로 내내 이 생각만 하고 있었어요. 덕분에 알게 된 게 하나 있습니다. 선 범인에도, 계획 범죄에도 맞지 않아요. 탐정 역할도 다른 사람에게 양보하겠습니다. 제게 맞는 건 해설자 역할이에요."

나로서는 그 해설자 역할도 슬슬 그만뒀으면 하는 바람이다.

그러니까 네가 해설하러 나서는 사태가 없으면 되는 거야—하고 바라고 있는 사이에 번뜩 생각이 떠올랐다.

"이번 살인극 말인데, 일부러 실연까지 안 해도 되는 거 아니었어? 그런 설정만 있으면 되는 거잖아? 그렇다면 문제편을 책자로 만들어 나눠주면 되는 거 아니냐?"

코이즈미는 국수가 목에 걸린 듯한 표정으로 생각에 잠겼고, 우연히 때린 주먹을 맞고 피가 나 그대로 닥터 스톱을 받은 타이틀 매치의 도전자 같은 목소리로,

"…그랬는지도 모르겠군요"라고 억지로 말했다.

"그런데 코이즈미."

하루히가 새해맞이 국수를 더 달라고 모리 씨에게 요구하며,

"다음 여름에도 부탁한다. 섬, 설산을 했으니까 다음 무대는 진짜 더 끝내주는 저택이 좋겠다. 이상한 이름이 붙은 곳으로 가자. 뭐하면 외국도 좋고. 그래, 성은 어떨까? 돌로 만든 고성이 딱 맞지 않겠어?"

코이즈미와 내 바람을 동시에 강제 폐기하는 발언을 하며 하루히는 젓가락을 지휘봉처럼 흔들었다.

"그렇다면 좋은 곳을 알고 있는데. 우리 아버지 아는 사람 중에 외국에 성을 갖고 있는 사람이 있었어!"

츠루야 선배가 안 해줬으면 했던 동조를 하자 하루히는 더욱 신이 났다.

"들었니? 다들 여름까지 여권 준비해놔라. 알았지!"

나와 코이즈미는 서로를 마주 보고 숨까지 맞춰 탄식했다. 하루히와 츠루야 선배 콤비의 태그 매치에 도전하기에는 너무나도 힘이

달리는 파트너라고 서로가 인정했다는 증거이다. 정체불명의 적을 상대하는 게 더 낫겠다는 생각이 들 정도다.

슬슬 어떻게 손을 쓰지 않으면 이대로 가다간 SOS단 해외 지부가 생길지도 모른다. 그런 감당하기 힘든 사태는 가능하면 안 일어났으면 좋겠는데—라고 내 어학력이 귓속에서 중얼거렸다.

이렇게나 TV를 전혀 보지 않고 보낸 연말은 인생에서 처음인지도 모르겠다.

두 번째 주사위 게임은 모리 씨와 다른 사람들까지 다 함께 했고, 하루히가 즐기고 내가 피곤해하는 사이 밤이 되어 호화로운 만찬과 환담 시간도 종료. 이러저러하는 사이에 밤도 깊어 정신을 차리고 보니 이제 올해도 끝나고 있었다.

"내일 한잠 자고 일어나면 신년 휘호랑 눈 위의 하네츠키(주13) 대회를 해야지."

떡국이라도 좀 먹게 해다오.

"정월이잖아. 그 정도는 기본이지, 기본. 기다리지 못하고 후쿠와라이랑 주사위 놀이는 해버리긴 했지만."

하루히는 벽시계를 바라보며,

"새해 참배도 가야 하겠지."

별로 안 가노 괜찮을 듯 같은데. 아무리 신들의 도량이 넓다고는 해도 하루히가 와주기를 바라지는 않지 않을까 싶다. 영화 촬영지였던 신사에서 우리들의 출입 금지를 선고하는 공문을 돌렸을 테고 말이야.

주13) 하네츠키: 모감주에 새 깃을 꽂아 만든 제기 비슷한 물체를 탁구채같이 생긴 채로 치고 받는 놀이.

"무슨 소릴 하는 거야? 기껏 종교가 짬뽕인 나라에 있는데 모든 행사를 즐기지 않으면 손해잖아. 그리고 크리스마스를 축하했으면 신년을 축하하지 말라니, 코스 요리를 주문해놓고선 식기만 바라보다 돌아가는 것만큼 아까운 일이라고. 그러니까 새해 참배는 빠뜨릴 수 없어."

그렇다면 별장 정원 앞에 눈 집을 만들어서 새전함과 사당을 설치하면 되지. 물론 눈 집 안에 있는 건 무녀 차림의 아사히나 선배다. 군이 기존의 신사에 안 가더라도 나라면 밤새도록 기도를 올릴 자신이 있다. 그러다 소문을 듣고 온 참배자가 끊이지 않는 상태가 될 테니 새전함도 두둑해질 거다.

"바보야."

하루히는 아사히나 선배의 어깨를 끌어당기며 말했다.

"무녀도 버리기 아깝지만 미쿠루한테는 후리소데(주14)를 입히고 싶어! 하지만 합숙을 마치고 돌아간 다음이라도 좋아. 모든 사찰들을 돌자고. 아, 물론 유키한테도 입혀줄게. 그리고 나도 입을 거고."

아사히나 선배의 귓불을 깨물어 빨갛게 만든 뒤 하루히는 시계를 보고 고개를 끄덕였다.

"다들 시간 됐다."

하루히의 지휘에 따라 우리는 원을 그리듯 나란히 정좌를 하고 앉았다. SOS단 다섯 명은 말할 것도 없고 츠루야 선배도 원을 구성하는 일원에 들어 있었으며 그녀의 옆에는 동생과 고양이 두 마리도 앉아 있었다. 게다가 타마루 형제와 집사, 메이드라는 엑스트라들까지 하루히의 권유에 의해 참가했다. 이 사람들은 괜찮은 거냐? 자칫 잘못하면 준단원으로 시달릴 텐데.

주14) 후리소데: 미혼 여성이 입는 예복으로 화려한 색상과 수가 놓여 있는 것이 특징.

하지만 내 배려를 무시한 채, 모두의 얼굴에는 각양각색의 의미가 담긴 미소가 어려 있었다. 그거야 그렇겠지. 이럴 때에 굳이 얼굴을 찡그리고 있는 녀석은 달력을 모르는 사람 정도이고 나는 알고 있다. 그러니까 불평을 제기할 근거는 없다.

하루히의 호령에 따라, 우리는 깊숙이 머리를 숙여 입을 모아 상투 어구를 말했다.

매년 변함없는, 하지만 변한다면 허전하게 느껴질 2, 3, 4로 구성된 정형구를.

아사히나 미쿠루의 우울

복권을 사서 아무 당첨도 안 될 확률과 비슷한 정도의 예상대로 역시 이런 저런 일이 있었던 겨울방학도 순조로이 끝나고, 이 더럽게 추운 계절임에도 싸구려라서 더더욱 더럽게 춥게 느껴지는 나의 배움터인 학교로 떨떠름하게 등교를 시작한 지 얼마쯤 지났을 때의 이야기이다.

세계적인 온난화 때문인지 눈이 쌓이는 광경이 좀처럼 보기 힘들어진 건 그나마 너그러이 봐준다 해도, 그만큼 실내 난방도 어중간한 바람에 남극기지보다 추운 게 아닐까 생각되는 교실을 졸업까지 상대해야 하나 생각하니 고등학교를 잘못 선택했다고 중학교 시절 자신의 어리석음을 정말 진심으로 부끄러워하고 싶어지지만, 이미 와버린 건 어쩔 수 없는 노릇이다.

오늘도 나는 방과 후의 시간을 헛되이 보내기 위해 동아리 건물 한구석에 위치한 SOS단 본거지로 향하고 있었다.

원래는 문예부 동아리방이었던 구건물의 한 자리이지만 당당히 SOS단의 아지트로 점거된 채 해까지 넘기고 말아, 주객이 전도되었다는 말을 이렇게 알기 쉽게 구현해낸 사례도 또 없을 거라는 생각이 든다. 이젠 전교생의 머리에서 문예부의 존재가 잊혀진 것 같다는 느낌이 너무나도 강하게 들고 있지만 일단 문예부원인 나가토가 저러니 내가 신경 쓸 거리도 안 되고, 내가 신경을 안 쓰는 일을 하루히가 신경 쓸 리가 없다.

무엇보다 학교에서의 일과가 끝난 뒤 내가 있을 곳은 이곳이고 여기밖에 없다는 건 인정하지 않을 수 없을 것 같다. 가끔 무단으로 그냥 집에 갈까 하는 생각을 않는 건 아니지만, 이튿날 교실에서 기다리고 있을 뒷좌석의 녀석이 수업 시간 내내 살인 광선을 내 등에 쏘아댈 것을 상상하면 그런 충동도 순식간에 흩어져버리고. 무엇보다 이 리스크 계산 결과는 실제 체험을 근거로 산출해낸 것이다. 이 경험이 인류를 올바른 길로 이끄는 데에 도움이 될지 어떨지는 모르겠지만.

그런 생각을 하며 동아리방 앞에 도착한 나는 습관이 된 동작으로 문을 노크했다. 무단으로 문을 열면 그 나름대로의 확률로 파라다이스 같은 광경을 목격할 수가 있겠지만 오히려 이건 그러한 사태를 피하기 위한 준비 운동이다.

평소 같았으면 "네에" 하는 혀 짧은 소리가 대답을 주시고 지상에 강림한 천사나 요정이나 정령 중 하나에 소속된 자원봉사자가 아닐까 생각되는 아름다우신 미소녀 선배께서 조심스런 미소를 지으며 문을 열어주는 게 대부분이라고 해도 좋을 정도의 방과 후의 일상적인 의식이기도 했다.

"—."

아무리 기다려도 대답이 없다.

그렇다는 건 실내에는 천사도 요정도 정령도 없으며, 아날로그 게임을 좋아하는 능글능글 핸섬 녀석도 없고, 있다고 해도 침묵을

벗 삼아 움직이지 않는 독서 마니아일 거라고 추리할 수 있었다. 하루히가 없는 것에는 목숨 다음으로 소중한 물건을 걸어도 될 정도다.

그래서 나는 힘차게 손잡이를 쥐고 자기 집 냉장고에 하는 것과 같은 가벼운 마음으로 문을 열었다.

당연히 하루히는 없었다. 코이즈미도 없었다. 나가토조차 없었다.

그런데―.

아사히나 선배가 있었다.

메이드 의상을 입은 쭉쭉빵빵에 자그마한 몸집의 2학년, 그 가련한 옆얼굴. 빗자루를 손에 쥔 채 철제 의자에 걸터앉아 마음이 여기에 없는지 멍한 표정으로 있는 사람은 나의 사랑스러운 아사히나 선배가 분명했다.

뭐지. 너무 안 어울리는 분위기에 잠겨 계신데.

그녀는 내가 들어온 것도 모르는지 시선을 허공에 둔 채 후우 하고 완만한 한숨을 내쉬었다. 그런 우울한 동작조차 몇 번을 새로 찍은 장면에 필적할 만큼 그림이 되는 사람이다. 좋구나.

한참을 황홀하게 쳐다보다 말을 걸었다.

"아사히나 선배?"

그 효과는 엄청나서,

"어, 앗. 하, 네!"

펄쩍 뛰어오른 아사히나 선배는 깜짝 놀란 눈으로 나를 보고선 어중간하게 몸을 일으킨 채 빗자루를 몸 앞에 꼭 끌어안았다.

"아아, 콘… 언제…?"

언제라니. 노크도 다 했는데요.

"어, 그래요? 어머, 전혀 몰랐네…. 미, 미안해요."

부끄러워 뺨을 붉히며 당황한 듯 파닥거린다.

"잠시 생각을…, 저기, 하고 있었어요. 어머, 어쩜 좋아."

청소도구함으로 달려가 빗자루를 안에 넣고선 다시 나를 올려다본다. 이 눈이 또 참 좋은 것이다. 아니, 모든 게 다 좋다. 아사히나 선배 만세. 정신을 차리지 않으면 나도 모르게 와락 끌어안고 싶을 정도다. 그렇게 해야만 하는 것 아닐까 하는 생각이 들 정도다. 이참에 확 해버릴까. 아니, 잠깐만. 앞뒤를 좀 고려해보라. 라는 머릿속 악마와 천사 사이의 처절한 육탄전에 결판이 나기 전에,

"스즈미야 씨는요? 같이 있지 않았어요?"

그 말 한 줄로 나는 이성을 되찾았다. 위험했다. 조금만 더 했으면 아마게돈까지 가버릴 뻔했다. 나는 태연을 가장하며 가방을 긴 테이블에 던졌다.

"그 녀석은 청소 당번이에요. 지금쯤 음악실에서 성대하게 먼지를 일으키고 있을 걸요."

"그래요…."

하루히의 현재 위치에 큰 관심은 없었는지 아사히나 선배는 입술을 다물었다.

아무리 나라도 이상하다고 생각지 않을 수 없었다. 오늘의 아사히나 선배는 분명히 묘하다. 평소에는 동아리방에 핀 한 떨기 해바라기와 같은 미소를 쉬지 않고 내게 보여주는(이 부분은 약간 망상) 미래인인데 수려한 눈과 눈썹부터 부드러운 머리카락에 달콤한 게 당연할 한숨까지 어딘지 모르게 우울한 분위기에 가득 차 있다.

우려에 찬 아사히나 선배는 내 정면에 멍하니 선 채로 아무것도 하지 않은 채 손가락만 꼼지락거리며 나를 올려다보았다. 고민이라도 있으신지 애매함이 느껴지는 표정이었다. 아쉽다고 해야 할지, 사랑의 고백에 쓸 말을 고르지 못하고 있는 건 아닌 것 같다. 이런 아사히나 선배의 태도에 대해 과거의 기억이 부탁하지도 않았는데 검색 결과를 내보내 주었다. 작년 칠석, 내가 의미도 알지 못한 채 3년 전으로 가게 되었던(첫 번째) 사건에서 아사히나 선배가 같이 시간 이동을 하자고 부탁했을 때와 무척이나 비슷한 뉘앙스다.

그로부터 반년, 아사히나 선배는 더더욱 사랑스러움의 수준이 연마되었고, 나는 여전히 바보짓을 하고 있는데, 그래도 하루히와 SOS단을 둘러싼 상황을 가리키며 "뭐, 이건 이대로 좋은 거야"라고 말할 수 있을 정도까지는 조금은 익숙해졌다고 스스로 분석하고 있다. 아사히나 선배가 무슨 말을 해도 일일이 놀라거나 하지도 않을 테고, 물론 거절도 하지 않을 생각이다.

내가 연신 메이드 아사히나 선배의 존안을 망막에 새기는 작업에 몰두하고 있는데, 마침내 입을 열 결심이 섰는지 아사히나 선배는 언제나 윤기 나는 입술을 열었다.

"쿈, 저기 부탁이…."

찰각.

동아리방 문이 최소한의 소리만을 내며 조용히 열렸다. 반사적으로 돌아본 내 눈에 담담한 동작으로 들어오는 짧은 머리의 무표정 소녀가 보였다.

나가토는 기계적으로 문을 닫고는,

"……."

나와 아사히나 선배를 잠시 쳐다보더니 자리를 잘못 잡았다는 사실을 깨달은 지박령 같은 걸음걸이로 아무 말 없이 항상 애용하는 자리로 이동했다.

　표정 제로의 상태 그대로 자리에 앉자마자 재빨리 가방에서 문고본을 꺼내 펼친다. 동아리방에서 나란히 마주 보고 서 있던 나와 아사히나 선배에게서 뭔가 특별한 인상을 받았는지는 모르겠지만, 적어도 나가토는 우리보다 문고본치고는 좀 두툼하고 머리가 아파질 것 같은 타이틀의 그 책이 더 신경쓰이는 모양이었다.

　반응속도는 둘째치고 나보다 아사히나 선배가 더 어색한 행동을 취했다.

　"아, 맞다. 차, 차 내올게요."

　마치 막 그러려던 참이었다고 주장하듯 말하더니 서둘러 주전자로 달려가,

　"물, 물."

　주전자를 안은 채 냉장고로 달려가 문을 열더니,

　"어머…. 물이 없네…. 으음, 받아올게요."

　그대로 또다시 동아리방에서 나가려는 것을 막았다.

　"제가 가겠습니다."

　주전자 손잡이로 손을 뻗으며,

　"밖은 춥고 그 복장은 다른 학생들에게는 치명적이에요. 관계자 외에 무료로 보여줘서는 안 됩니다. 수돗가는 바로 밑이니까 한걸음에…."

　그렇게 말하는 내게,

　"아, 저도 갈게요."

아사히나 선배는 혼자 남겨지는 걸 두려워하는 비 오는 날의 버림받은 고양이 같은 눈으로 나를 쳐다보았다. 귀엽다. 귀엽지만 참 난처하다. 아직까지 나가토와 단둘이 있는 데에 익숙해지지 않았단 말인가. 슬슬 친해져도 될 것 같은데, 미래인 vs. 우주인은 상대가 상대인 만큼 참 어려운 일인지도 모르겠다.

하지만 그다지 나쁜 것 같지는 않다. 아사히나 선배가 나가토보다 내게 더 가까이 있고 싶다고 한다면 거부할 이유란 땅속을 모호로비치 불연속면까지 파헤쳐도 나오지 않을 것이다. 나오면 놀라겠지만 하루히라면 부정형으로 구깃구깃 꾸긴 뭔가를 파헤쳐낼 것 같은 느낌도 든다. 다행히 이 자리에는 하루히가 없으니 갑자기 삽을 내게 떠넘길 일도 없겠지.

나는 주전자를 빼앗아 들고 콧노래와 깡충대는 가벼운 발걸음 중 어느 쪽을 선택할까 고민하며 구관 복도로 나갔다.

"아…, 잠깐만요오."

메이드 복장의 아사히나 선배가 부모 뒤를 따라가는 고양이 새끼처럼 따라왔다.

이렇게 나란히 걸어가고 있으니 내 공도 아닌데 의기양양한 느낌이 드는군. 아사히나 선배의 외모와 체형과 성격에 기여하는 부분이라고는 하나도 없지만, 그래도 그녀와 닿을락 말락 하는 거리감을 맛볼 수 있는 사내라고는 내가 아는 한 나밖에 없다.

너무 자랑스러운 나머지 조금 전에 느꼈던 아사히나 선배의 분위기를 완전히 잊고 있었다. 그래서,

"콘."

수돗가에서 주전자에 물을 받고 있는데,

"이번 주 일요일에 시간 있나요? 같이 가줬으면 하는 곳이 있어요."

진지한 얼굴로 하는 말을 들은 나는 현실적인 미터로는 측량할 수 없을 정도의 놀라움을 느꼈고, 이번 주 일요일이라는 녀석이 며칠 뒤인지조차 순간적으로 망각했다. 가까스로 입을 열었다.

"물론 한가합니다."

만약 어떤 예정이 있었다 하더라도 아사히나 선배의 초대를 받는다면 새빨갛게 물든 달력도 하얗게 바뀐다. 2월 29일에 어디서 기다리겠다고 한다면 윤년이 아니라 해도 그날 그곳에 갈 것이다.

"네, 물론이죠."

들뜬 목소리로 대답했지만 약간의 연기가 마음속에서 피어오르고 있었다.

—그러고 보니 전에도 비슷한 말을 들었지.

그리고 간 곳은 3년 전쯤이었는데, 아무리 그래도 그렇게 자주 시간 여행을 하는 건 좀 질린다. 솔직히 자주 할 만한 게 아니다, 그건. 가끔이니까 감사하는 마음도 생기는 거지, 항상 손쉽게—현재와 과거를 왔다갔다 하면 식상하다니까요.

"아뇨, 걱정 말아요."

아사히나 선배는 주전자 뚜껑을 무의식적으로 만지작거리며 눈을 내리깔았다. 수도꼭지에서 세차게 나오는 물에 시선을 주며,

"과거로도 미래로도 안 가요. 으음, 백화점으로 찻잎을 사러 가고 싶어요. 쿈, 같이 골라줄래요?"

그러고선 자그마한 목소리를 더욱 낮추며 조용히 입술에 검지를 갖다 댔다.

"다른 사람들에게는 비밀로…. 알았죠?"

어떤 자백제에도 저항할 수 있다는 자신이 그때의 내게 샘솟고 있었다는 것은 말할 필요도 없었다.

그때부터 일요일까지. 1분 1초가 이렇게 길게 느껴진 적은 없었다. 어떻게 시계 바늘이란 녀석은 응시를 하면 마치 고의로 그러는 것처럼 느려지는 걸까. 몰래 휴식을 취하고 있는 거 아냐? 시험 삼아 흔들어보아도 초침의 회전 속도는 변함이 없었고, 나는 유구한 시간에 대한 인간의 무력감을 맛보고 괴로워하며 보내게 되었다.

뭐니 뭐니 해도 미래인 속성을 가진 사람과 시간 이동이 없는 외출을 하는 것이다. 오로지 찻잎을 사러 가는 것이다. 거기서 잠깐 생각 타임이다. 말할 것도 없이 아사히나 선배가 혼자서 쇼핑도 못하는 규중처녀라고는 생각 안 하는 데다. 찻잎의 구매에 남의 손을 빌려야 할 정도로 소극적이지도 않다는 건 명백한 사실이다. 어떤 싸구려 차라 해도 나는 기꺼이 마실 것이고, 원래 맛에 핀잔을 줄 만큼 고급 입을 가진 사람은 SOS단에는 없다.

그렇다면 왜 내게 말을 꺼낸 걸까. 그것도 극비리에 말이지.

일요일에 알 만한 남녀가 단둘이 외출.

그건 바로 일반적으로는 데이트라 불리는 행위가 아닐까. 으음, 그것말고는 없나. 그래. 이건 데이트다. 생각컨대 차를 고르는 건 단순한 구실일 거다. 정말 고상하기도 하시지. 사실대로 말해줘도 될 걸 말야. 아니, 하지만 그게 좋다. 너무나 아사히나 선배답잖아.

그렇게 해서 당일. 일요일.

나는 자전거에 올라타 약속 장소인 역 앞까지 질주하고 있었다. 애용하는 바구니 자전거도 내 기분을 공유하고 있는지 모터도 안 달렸는데 페달은 가볍게 회전하고 있다. SOS단 가입 이후로 처음 맛보는 상쾌한 기분이라 해도 과언이 아니다. 왜냐하면 이건 평범한 외출이다. 특이한 이공간에 갇히거나 과거로 가는 편도티켓을 건네받거나 외계인과 거실에서 선문답을 하게 되지는 않을 것 같으니까 말이다.

하지만 약속 장소에 어른 버전 아사히나 선배가 의미심장한 미소를 지으며 서 있다면 얘기는 달라지겠지만.

나도 평균적인 고등학교 1학년 수준의 머리는 있다. 지금까지의 경험과 맞춰봐서 약간의 미래를 몇 가지 정도는 예측해낼 수 있다. 아사히나 선배(대)도 그중 하나다. 예상으로는 그녀와는 또다시 어디선가 만나게 될 테고, 그때가 오늘이라 해도 전혀 신기할 게 없다.

"안 되지."

나는 자전거를 전봇대 뒤로 밀고 가며 중얼거렸다.

아무래도 생각이 꼼수를 읽는 쪽으로 기울고 있다. 이대로 있다간 정말 무슨 일이 일어나도 놀라지 않을 것만 같았고 그런 느낌이 드는 것 자체가 이미 위험한 수준으로 물들었다는 소리겠지. 놀라운 일이 발생하는데 전혀 놀라지 않는 녀석은 머릿속 나사가 몇 개 빠져 있는 인간뿐이다. 나는 정상적인 인간으로 살고 싶고 최소한 제대로 된 정신 상태를 유지하고 싶다. 약간 때늦은 것 같기는 해도 웃을 때에는 역시 순수하게 웃어야 하는 거다.

그래서 나는 만면에 미소를 지었다.

SOS단의 단골 집합 포인트에서 오늘 혼자 서 있는 것은 평소와 같은 나의 아사히나 선배였다.

　휴일이라 사람들도 5할이 늘어난 가운데, 살짝 한 손을 흔들어 나를 알아봤다는 신호를 보내고 있는 그녀의 모습을 보니 무릎이 후들거릴 것만 같다.

　우아하며 여성스러운 복장에 머리 모양도 평소와는 달랐다. 나이에 맞지 않게 성숙한 소녀가 정성 들여 멋을 부려보았다는 미묘한 느낌이 훌륭했고, 눈물이 날 정도로 감동을 주었다.

　따뜻해 보이는 옷을 입은 아사히나 선배의 앞에 급히 멈춰 선 나는 거울을 보며 몇 번이고 연습한 코이즈미 스타일의 상쾌한 스마일을 지으며,

　"늦어서 죄송합니다."

　말을 이렇게 했지만 약속 시간 15분 전이긴 한데.

　"아뇨…."

　아사히나 선배는 양손으로 입을 가리고 입김을 호호 불고 있다가 눈가를 풀며,

　"저도 조금 전에 왔어요…."

　부드럽게 미소를 짓고는,

　"자, 가죠."

　살짝 고개를 흔들며 한 발 앞으로 나섰다.

　갈색 머리를 묶은 아사히나 선배의 목덜미에 형용할 수 없는 감동을 느끼며, 나는 집안의 소동으로 인해 방랑의 길을 떠나게 된 유

서 깊은 집안의 공주님을 모시는 충성스런 기사처럼 걸어가고 있었다.

아사히나 선배의 발걸음은 얼굴에 걸맞게 어딘지 약간 어린 느낌이 들어 한 학년 위라고는 도저히 생각되지가 않았다. 내 동생이 그렇듯 그녀의 걸음걸이도 어딘지 모르게 어린애 같다. 자칭 고등학교 2학년이라고는 믿어지지 않을 만큼 언밸런스한 걸음걸이가 너무나도 보호 욕구를 자극했고, 가끔 걱정스러운 듯 나를 돌아보는 커다란 눈동자도 알 수 없는 감회를 주었다.

무엇보다 현재의 내가 하고 있는 행위가 모든 의미에서 특수했다. 평소 같았으면 동아리방에서 하루히와 나가토, 코이즈미에 둘러싸여 그런 이상 공간에서 수수께끼와 같은 소동에 일희일비하고 있을 나와는 뚜렷이 구분되는 상태이다.

여기에는 나와 아사히나 두 사람밖에 없다. 게다가 기타 애들에겐 비밀이다. 폭군 같은 단장도, 만능 우주인도, 제한이 걸린 초능력자도 옆에 없다. 신선하다.

전력으로 선언하고 싶다. 아사히나 선배와 단둘이 외출을 한다는 지금의 내게 제대로 된 판단이란 불가능하다는 사실을.

확실히 말해 나는 들떠 있었다. 키타고에서도 최고의 프리티 페이스를 자랑하는 그녀와 나란히 길을 걷는 영예에 비교한다면, 자수포장(주15) 따위 시궁창에 던져 붕어 먹이로 준다 해도 아깝지 않다. 뭐 나한테 포장을 줄 정도로 이 나라도 미친 건 아니겠지만.

우리가 간 곳은 역 근처에 있는 종합 백화점이었다.

주15) 자수포장: 학문, 예술 등에 공적이 있는 사람에게 정부가 주는 자줏빛 리본이 달린 기장.

나도 식구들의 쇼핑에 따라갈 때에는 자주 오는 곳이다. 의류와 식료품이 주력인 곳으로, 커다란 서점도 있지만 그곳은 나가토의 영역으로 나오는 인연이 없다. 아사히나 선배가 나를 데리고 간 곳도 지하 식료품 매장이었다.

일렬로 늘어선 카운터 안쪽에 목적지가 있었다. 찻잎을 전문적으로 취급하는 차 전문점으로, 각양 각종의 색색가지 일본차가 든 상자가 빼곡하게 진열되어 있었다.

"안녕하세요오."

아사히나 선배가 귀엽게 인사를 하자 가게 주인인 아저씨의 얼굴이 열 받은 천연 아스팔트처럼 녹아내렸다.

"여어, 또 오셨네요."

이미 단골로 얼굴을 익힌 사이인가보다.

"으음, 어느 걸로 할까나."

아사히나 선배는 중얼거리며 진지한 얼굴로 가격과 차의 명칭을 손으로 써넣은 표를 바라보며 생각에 잠겨 있었다.

당연히 내게는 아사히나 선배 이상의 차에 대한 지식이 있을 리가 없으므로 충고를 해줄 길이 없어, 그저 옆에서 다양한 찻잎이 내뿜는 익숙하지 않은 향기에 코를 찡그리고 있을 뿐이었다.

찻잎에 관해서라면 더더욱 심각해지는 아사히나 선배는 건조 회수가 어쩌고저쩌고, 가마솥에 볶는 타이밍이 이러쿵저러쿵을 가지고 아저씨와 열심히 대화를 나누었고, 나는 추수가 끝난 뒤에 남은 허수아비처럼 그 자리에 오도카니 서 있었다.

SOS단에서 차 맛을 알고 있는 녀석은 나를 포함해 아무도 없다. 하루히는 찻잔에 든 색이 있는 액체라면 옥시돌이라도 태연히 들이

킬 거고, 나가토에게는 미각이 있는지 어떤지도 의심스러우며, 코이즈미는 불평이라고는 한마디도 하지 않는다.

나는 어떤가 하면, 아사히나 선배의 차라면 독 당근이 들어간 것이라 해도 기꺼이 들이켤 각오가 있다. 악법도 법이다. 마신 뒤의 일을 특정 누군가에게 맡기기만 하면 목숨만은 구할 수 있을 것이다.

조언자도 되지 못하는 나는 열심히 찻잎을 고르는 아사히나 선배의 하인으로 가게 앞에 우뚝 서 있었고, 마침내 결심을 한 그녀가 마치 상급 신선 같은 상품명이 붙은 찻잎을 살 때까지 그러고 있었다.

"모처럼 나왔는데."

아사히나 선배는 평소보다 더 조심스러운 표정으로 나를 올려다보았다.

"차 마시고 가지 않을래요? 여기 완자도 맛있어요. 갓 산 차도 타 주고요…."

이 백화점 지하 안쪽에는 상설 테이블이 마련되어 있어 간이 카페로도 이용된다고 한다. 거절할 이유란 태양 내의 헬륨가스가 모조리 불타버릴 때까지 생각해도 떠오르지 않을 것이다. 나는 서둘러 아사히나 선배를 따라 가게 테이블에 자리를 잡고 꼬치 완자와 향기 짙은 차를 주문했다.

이 시점에서 이미 마음에 걸리는 것이 있었다.

아사히나 선배는 아무래도 시간을 신경 쓰고 있는 것 같아 보였다. 연신 손목시계를 들여다보며 안절부절못하는 모습을 보이고 있다. 그 동작도 아주 자연스러웠기 때문에 일부러 내게 보이기 위해 그러는 건 아닌 듯했고, 오히려 내게 들키지 않으려 조심하는 것 같았지만 미안하게도 다 보인다. 몇 번이고 시계를 보고 한숨을 쉬 듯 숨을 토해내고 있으니 말이다. 이런데 아무 일도 아니라고 한다 는 건 도저히 무리다.

"완자가 참 맛있네요. 차도 맛있고요. 역시 아사히나 선배가 고 른 차입니다. 정말 맛있는데요."

이렇게 일부러 모르는 척을 하는 나였다. 이런 배려를 할 줄 아는 내게 자찬의 경지에 빠져 버리고 싶을 정도로 말이다.

"응…."

아사히나 선배는 완자를 먹으며 천천히 고개를 끄덕이고는 다시 손목시계를 본다.

뭔가 있어 보이는 기척이 서서히 들기 시작한다.

그래, 처음에야 들떠 있었지. 엄청나게 귀엽고 동복 위로도 명백 한 몸매를 자랑하는 미공인 미스 키타고와 함께 행동하는 것이니, 학교 건물 옥상에서 전 세계를 향해 야호라고 외치고 싶을 정도였 다. 찻잔에 든 차를 홀짝이며 뜨거운 액체가 위로 흘러들어 갈수록 나는 회의적이 되어갔다.

역시 뭔가가 있는 건가.

SOS단의 유일한 선배, 아사히나 미쿠루 씨가 다양한 상황 증거 를 감안해 미래인이라는 것은 틀림없다. 무슨 이유가 있어 현재에 와 있는 거다. 이유와 상관없이 SOS단의 마스코트가 되어 있는 건 하루히의 폭거에 의한 것으로, 원래의 직무는 그런 게 아니었을 거 다.

그래. 하루히를 감시하는 게 통상업무이고, 가끔 나를 과거로 데리고 가거나 해 사건의 본질에 관여하거나 뭔가를 하는 게 그녀에게 부여된 임무이고 아무리 생각해도 그쪽이 주 업무이다.

오늘도 그런 걸까. 이 찻잎을 사러 나온 것도 그 뒤에 이어지는 새로운 사건의 전조인 건가. 그리고 아사히나 선배는 그 사실을 알고 있는 걸까? 그런 것치고는 약간 자신이 없어 보이는 표정과 행동이라 걸리는데….

마침내 완자도 다 먹고 계산할 시간이 되자 아사히나 선배는 나의 금전 양도를 강하게 거부했다.

"됐어요. 오늘은 내 부탁으로 와준 거니까 내가 살게요."

아니, 그러는 건 조금…. 이건 순순히 물러날 수 없는 일이다.

"정말 괜찮아요. 늘 쿈이 사주잖아요."

그건 집합장소에 마지막으로 나온 녀석이 단원 모두에게 쏜다고 하루히가 멋대로 정한 벌금 제도로, 어찌 된 연유인지 제일 늦게 오는 건 내 역할이었기 때문에 항상 나만 돈을 내는 SOS단의 나쁜 풍습에 불과하다. 지금 상황은 그런 풍습과는 달리 모처럼 단둘이 있는 거고, 지갑 안에서 빽빽이 나갈 차례를 기다리고 있는 현금들도 쓰이는 보람이 있다고 생각하는데요.

"제발."

아사히나 선배는 기도하는 나를 바라보았다.

"부탁이니 내가 낼게요."

너무나도 진지한 그 표정에 나는 무의식중에 고개를 끄덕이고 있었다.

그런 다음 백화점을 나온 나와 아사히나 선배는 한겨울의 추운 하늘 아래에서 어디로 갈까 정하지 못한 채 휴일의 인파를 멍하니 바라보고 있었다.

용건이 끝나자마자 "그럼 안녕, 내일 봐요"는 너무 멋이 없잖아? 나는 그렇게까지 쿨하지도, 매정하지도 않고 날이 저물려면 아직 상당한 여유가 있었다. 동지는 한 달도 전에 지나가 태양의 자오선 통과는 앞으로 당분간은 늦어질 것이다.

어디로 가자고 할까 고민하고 있는데 선배가 먼저 제안을 했다.

"잠깐 같이 산책 안 할래요? 괜찮아요? 콘⋯."

또 애원하는 눈이다. 그렇게 허리 아래쪽이 곤약 젤리가 되어버릴 것 같은 얼굴과 목소리로 말씀을 하시면 저항할 길이 없잖아요.

아사히나 선배는 흐릿한 미소를 지으며,

"이쪽으로 가죠."

주저 없이 걸음을 옮겼다. 아쉬워라. 팔짱이라도 껴줄까 생각했는데 거기까지 기대하는 건 너무 큰 바람일까.

나는 차가운 바람에 어깨를 움츠리며 몸집이 작은 선배의 뒤를 따랐다.

그렇게 한동안 정처 없이 돌아다니기를 계속했다.

목적지는 정해져 있는지, 아사히나 선배는 가끔씩 내가 옆에 있는지를 눈으로 확인하며 묵묵히 걸음을 옮기고 있었다.

나도 아무것도 묻지 않고 아사히나 선배에게 보조를 맞추고 있었지만 걸을수록 오늘의 그녀는 아무리 생각해도 너무 이상하다는 걸

점점 깨닫기 시작했다.

뭐라고 말을 할까. 통상적인 아사히나 선배는 좀더 재미있는 태도에 보는 사람을 미소 짓게 만드는 동작이 귀여운데 오늘 지금 이 순간만큼은 마치 물리 시험이 있는 날에 통학로를 오르는 나와 타니구치와 같은 걸음걸이였다.

게다가 주위를 향해 매서운 시선까지 던지고 있었다.

누군가가 따라오는 게 아닐까 신경 쓰는 듯한…, 아니, 그건 아니다. 신경을 쓰는 건 뒤쪽이 아닌 것 같다. 아사히나 선배의 주위는 어디까지나 앞쪽 내지 살짝 비낀 앞쪽 정도의 범위 같다. 오리엔티어링(주16) 때 요주의사항을 놓치지 않으려 애쓰는 초등학생과 같이 좌우를 두리번거리는 모습, 거동이 수상한 사람이나 도시에 처음 올라온 시골뜨기 같은 전형적인 행동이었다. 동안의 글래머한 미소녀가 아니라 나잇살 먹은 아저씨가 이러다가 순찰중인 경찰관을 만난다면 완전히 심문감이겠지만, 아사히나 선배 클래스의 귀여움이라면 웬만한 범죄도 용서받는 레벨에 도달해 있기 때문에 문제는 없을 것이다. 문제는 그런 게 아니지만.

그렇게 아사히나 선배의 행동만 신경 쓰고 있어서일 것이다.

왠지 그리운 느낌에 젖어 있는 나 자신을 깨닫고 나는 멈춰 설 뻔했다.

그리워하고 자시고, 이 부근은 거의 태어나서 지금까지 줄곧 돌아다니던 동네이고 자주 보는 광경인데 왜 그런 느낌이―.

"아아…."

입 안쪽으로만 이해하는 숨을 토해냈다. 그렇구나.

역 앞에서 여기까지 걸어온 이 길. 기억이 나는 게 당연했고 애수

주16) 오리엔티어링: orienteering. 지도와 나침반을 사용하여 설정된 목표물들을 단시간에 찾아가는 스포츠.

에 젖는 이유도 순식간에 이해가 되었다.

작년 5월, 제1회 SOS단 신비 탐색 순찰령이 하루히에 의해 떨어졌던 것은 잊기 힘든 기억의 한 항목이다. 특히 제비뽑기의 인연으로 나와 아사히나 선배가 정처 없이 산책을 나섰던 그날의 추억은 두개골에 약간의 타격을 입는다 해도 그리 쉽게 기억에서 소실되지는 않을 것이다.

그렇다. 바로 지금 우리가 걷고 있는 곳은 그때와 똑같은 길이다. 그리움의 정체는 아사히나 선배와 그 길을 똑같이 걸어다니고 있다는 동일 상황에 의한 것이다. 그러고 보니 그로부터 아직 1년도 지나지 않았는데 엄청나게 옛날 일이었던 것 같은 느낌이 드는군. 뭐니 뭐니 해도 아사히나 선배가 미래인이라는 사실을 지금이야 조금도 의심하지 않지만, 그 시점의 나는 아직 몰랐으니까 말이다. 벚나무가 줄지어 늘어선 강가의 벤치에서 폭탄선언을 들을 때까지 나는 그녀를 단순히 동안에 가슴이 큰, 만지작거리고 싶은 캐릭터라고 생각하고 있었다.

모든 것이 지나간 풍경의 하나다. 완전히 과거다. 그렇기 때문에 그립다.

예상한 대로, 아사히나 선배는 점점 깊은 추억으로 향하고 있었다. 하지만 대초원의 초식동물처럼 두리번거리는 모습은 건재, 거기에 더해 상당히 손목시계를 신경 쓰고 계시다.

말을 걸어노 대답을 기대할 수 없을 것 같은 묘한 모습을 계속 보여주는 중이다.

연신 하얀 숨을 토해내며 우리는 묵묵히 길을 걸었고, 마침내 그 장소에 도착했다.

강가의 벚나무 가로수길.

작년에는 봄과 가을에 걸쳐 천연 2모작을 보여주었던 왕벚나무가 정렬한 산책길이다. 올해 봄에 꽃을 피웠던 여력이 남아 있다면 좋겠는데.

감회에 젖은 나였지만, 아사히나 선배는 그런 것에는 신경도 쓰지 않는 것 같았다. 예의 미래인 폭탄선언을 내뱉은 벤치를 지났을 때에도 전혀 알아차리지도 못하는 듯했다. 건성이라는 단어를 현재 가장 확실하게 나타내주고 있는 것이 바로 아사히나 선배였다. 대체 뭘 그렇게까지 신경을 쓰고 있는 거지.

내가 쓸쓸해하고 있는데, 문득 작게 혼잣말 같은 목소리가,

"아직인가…?"

라며 아사히나 선배는 또다시 손목시계를 보았다.

"이제 슬슬…. 하지만… 이제….."

자기가 소리를 내어 말하고 있다는 것도 깨닫지 못하고 있는지, 소리 내어 한숨을 쉬고선 다시 두리번거린다.

나는 모르는 척해주려고 걷는 데에 전념했다.

이런, 이런. 데이트니 뭐니 하며 들떴던 기분조차 먼 과거의 일이 되어버렸다. 조금 더 운치 있는 산책을 바랐는데 그렇게 마음대로 풀리지 않는 거지. 인생이란 그런 거야. 안 그래?

꽃잎은커녕 나뭇잎 한 장 없는 소박한 벚나무들도 등 뒤로 사라졌다.

아사히나 선배는 강의 상류로 향하고 있었다. 이대로 가면 더 친숙한 건물이 시야에 들어올 거다. 그곳에는 나가토의 맨션이 있다. 더 위로 가면 키타고까지 갈 수도 있는 길인데.

본격적으로 산책을 한 덕분에 몸은 따뜻해졌다. 열이 나고 있는 건 바로 옆에 아사히나 선배가 있어서만은 아닌 것 같다.

마침내 우리는 강가의 산책로에서 제방으로 내려와 현도로로 나왔다. 이번에는 전철 노선이 바로 옆을 달리고 있다. 그러고 보니 언젠가 여기를 하루히랑 같이 걸었지.

"쿈, 이쪽이에요."

"네?"

아사히나 선배가 옷자락을 잡아당겨주지 않았다면 그대로 지나칠 뻔했다.

"길을 건널 거예요."

철도 건널목 근처의 사거리였다. 아사히나 선배가 가리키고 있는 것은 현도로의 맞은편, 횡단보도 옆 신호는 돈 워크, 즉 빨강을 표시하고 있었다.

"아아, 죄송합니다."

나는 사과를 하고선 아사히나 선배 옆에 나란히 섰다. 건너야 할 차도는 한산해서 자동차 그림자도 보이지 않았지만, 성실하게 신호를 지키는 것도 정말 아사히나 선배다웠다.

10초도 안 기다렸을 것이다. 현도로의 신호가 파랑에서 노랑으로 바뀌고 다시 빨간색이 켜졌다. 그와 교대해 보행자 신호가 파랑이 되었다.

이사히나 신배와 서의 동시에 나는 도로를 건너기 위해 한 걸음 앞으로 내디뎠다.

그때—

바로 뒤에서 작은 그림자가 기세 좋게 튀어나왔다.

"앗."

그 작은 비명은 아사히나 선배가 지른 것이었다.

그림자는 내 옆을 지나쳐 횡단보도를 달렸다. 초등학생으로 보이는 소년이었다. 내 동생과 비슷한 또래로 보였으니 초등학교 4학년이나 5학년쯤일 것이다. 안경을 쓴 똑똑해 보이는 아이였다.

"앗!"

이번에 큰 비명을 지른 것도 아사히나 선배였다. 그 비명에 귀에 거슬리는 소음이 겹쳐 귀에 전해졌고 나는 눈을 크게 떴다.

건널목에서 엄청난 속도로 나타난 차가 시끄러운 타이어 소리와 함께 우회전을 하며 들어왔다. 현도로의 신호는 빨강이었다. 그럼에도 그 차—모스 그린색 승합차다—는 신경도 쓰지 않고 횡단보도로 돌진해왔다. 감속을 할 기미는 보이지 않았다.

그때—.

현도로의 중간쯤에 도착한 소년은 위험을 느꼈는지 멈춰 섰다.

차가 다가온다. 신호를 무시하기로 결행한 그 차의 운전사는 제한속도도 지킬 생각이 없는 것 같았다. 나는 튕겨나가는 소년의 미래를 예상했지만, 그렇게 예상한 순간에 이미 몸이 움직이고 있었다.

"이 바보야!"

애인지 차인지 누구에게 던지는 고함인지 알 수 없는 소리를 지르며 나는 달렸다. 감각적으로는 슬로 모션이었지만, 제3자인 관찰자가 본다면 한순간에 불과했을 것이다.

"이야아!"

아무튼 늦지는 않았다. 놀라 멍해 있는 안경 소년의 목덜미를 잡아서 있는 힘껏 뒤로 던진 것이다. 그 여세를 타고 나도 엉덩방아를 찧었다.

무시무시하게 속도를 올린 차량이 바로 눈앞을 순식간에 지나 사라졌다.

식은땀이 비 오듯 쏟아졌다.

아슬아슬했다. 폭주차량의 타이어는 발톱 끝과 몇 밀리미터도 떨어지지 않은 공간을 통과했다. 말 그대로 한 발자국만 더 디뎠다면 내 발목 아래는 슬슬 새로 사야 할 신발과 함께 평면이 되었을 것이다.

한겨울인데도 흘러나온 식은땀은 좀처럼 기화하지 않았다. 그다지 감사하지 않은 의미로 몸이 후끈 달아올랐다.

"저 자식이!"

어떤 녀석인지는 몰라도 아무튼 나는 순간 썰물이 됐던 피를 머리로 올리며 사라진 차에 살의를 던졌다.

"운전을 뭐 저 따위로 하고 있어. 신호도 무시하고 과속에 살인미수라고. 아사히나 선배, 번호 봤어요?"

꼬마와 구르느라 바빠서 거기까지는 눈이 가질 않았다. 아사히나 선배의 동체시력에 기대를 하며 올려다보자,

"이거였어요…."

뭐야?

아사히나 선배가 놀란 모습으로 눈을 크게 뜬 채 서 있었다. 아니, 의외도 아니다. 자칫했으면 교통사고로 이어졌을 장면을 눈앞에서 보면 놀라 떠는 것도 무리는 아닐 테니까.

내가 의외라고 느낀 것은 아사히나 선배의 얼굴에 떠오른 것이

단순한 경악만이 아니라는 사실이었다.

"그러니까… 그랬어요. 그래서 나를 여기로…."

그렇게 중얼거리며 아사히나 선배는 위기일발에 처했던 소년을 보고 있었다.

천사와 같이 아름답고 사랑스러운 얼굴에 놀라움과 섞여 나타나 있는 것은, 기묘하게도 뭔가를 이해했다는 빛이었다.

내가 이해를 못 하고 엉덩방아를 찧은 채 앉아 있자, 아사히나 선배는 약간 창백해진 얼굴을 한 채 딱딱하게 걸어왔다. 아쉽게도 날 향해서 오는 건 아닌 것 같다. 그녀의 시선은 내 옆에 털푸덕 주저 앉아 있는 소년에게만 고정되어 있었다.

차에 치일 뻔했다는 충격 때문인지 안경 소년도 머릿속이 백지라 는 듯 멍한 얼굴이었지만 아사히나 선배를 보고선 눈을 깜박였다.

"다치진 않았니?"

아스팔트에 무릎을 꿇고 아사히나 선배는 소년의 어깨에 양손을 올렸다. 고개를 끄덕이는 소년에게 그녀는 더더욱 의외에는 말을 던졌다.

"저기, 이름 좀 가르쳐줄래?"

왜 이름을 물을 필요가 있는지는 알 수 없었지만, 그 질문에 소년 은 순순히 응했다.

소년의 이름은 내가 전혀 들어보지 못한 것이었다. 하지만 아사 히나 선배의 귀에는 달랐나보다.

자신을 소개하는 소년의 말을 들은 순간 아사히나 선배는 숨을 쉬는 것도 잊은 듯, 마치 나가토의 흉내를 내기라도 하는 것처럼 꼼 짝도 하지 않고 가만히 소년의 얼굴을 쳐다보더니 마침내 크게 숨을 들이마셨다 토하고선 말했다.

"그래…. 네가…."

소년의 입은 아직 벌어져 있었다. 폭주 차량의 앞부분과 정면충돌 1초 전이라는 공포를 맛봤나 싶었더니, 이번에는 미인 누님이 눈앞에 주저앉아 이름을 묻고 있다. 그야 누구라도 텅 빈 껍질 모드가 될 거다. 심정은 잘 이해한다, 안경 소년.

하지만 아사히나 선배는 진지했다.

"저기, 나랑 약속해줘."

동아리방에서는 전혀 본 적도 없는 긴장한 얼굴로 말했다.

"앞으로… 무슨 일이 있어도 자동차는 조심을 해야 한다. 길을 건널 때도, 차에 탈 때도. 아니, 비행기랑 기차랑 배도…. 다치거나 떨어지거나 부딪히거나… 가라앉지 않도록 계속 조심해야 해. 약속해 줬으면 하는데."

소년도 놀랐겠지만 나도 놀랐다. 뭐 그렇게 말할 것까지는 없지 않나 싶어서였다. 이건 너무 오버잖아.

"제발…."

촉촉한 눈동자의 아사히나 선배가 쥐어짜듯 탄원하자 내가 소년을 대신해 예스, 맘! 이라고 절규하고 싶은 심정이 고조되었을 무렵,

"응."

소년이 고개를 끄덕였다. 사정은 몰라도 그 분위기를 읽었는지 가만히 아사히나 선배를 쳐다보며,

"조심할게."

딱딱하게 그렇게 말했다. 고개를 끄덕이는 모습은 마치 균형이

깨진 야지로베(주17)같이 보이기도 했다.

아사히나 선배는 아직도 만족하지 못했는지 한쪽 새끼손가락을 세워 앞으로 내밀었다.

"그럼 약속. 꼭이다."

주저하며 응하는 소년과 손가락 걸기를 하는 아사히나 선배의 모습을 보자 가슴 한쪽 구석이 살짝 아팠다. 젤러시란 녀석이다. 그녀와 그러는 건 나만이길 바랐다는 이기적이고도 희망적인 관측이다. 뭐, 상대가 어린애이고 나도 넘어진 척하며 방해를 할 정도로 어리지는 않지만, 마침내 아사히나 선배가 일어났을 때엔 마음을 놓았으니 아직 어른이 되지는 못한 것 같다. 그게 좋은 건지 나쁜 건지는 모르겠지만.

참견 대신 나는 신호를 올려다보며 말했다.

"아사히나 선배, 이제 신호가 바뀌겠는데요. 길 한가운데에 있으면 위험해요."

횡단보도의 파란 신호가 깜박거리기 시작했다.

"응."

겨우 일어선 아사히나 선배는 그래도 아직 안경 소년을 쳐다보고 있었지만 소년은 분위기를 파악할 정도의 재능은 있었는지 꾸벅 고개를 숙이고선,

"위험에서 구해주셔서 감사합니다. 앞으로 조심할게요."

깜찍하게 정중히 인사를 하고선,

"그럼 이만 실례하겠습니다."

다시 인사를 하고선 달려서 현도로 맞은편으로 사라졌다. 순식간에.

주17) 야지로베: 막대 끝에 T자로 가로대를 대고 그 가로대 양쪽 끝에 추를 달아 좌우가 균형을 이뤄 막대가 넘어지지 않도록 만든 장난감.

아사히나 미쿠루의 우울 | 245

아사히나 선배는 움직이지 않았다. 어린애 특유의 민첩함을 보여주며 멀리 사라지는 소년의 등에 커다란 보석 같은 시선을 고정한 채였다.

더 이상은 못 보고 있겠다.

"아사히나 선배, 이제 곧 빨간 불이 돼요. 이리 오세요."

나는 겨울 평상복 차림의 아름다운 뒷모습을 억지로 잡아당겨 보도로 끌고 왔다. 순순히 따르는 아사히나 선배의 몸은 나도 모르는 새에 침대에 파고드는 샤미센처럼 풀려 있었다. 꼭 안으면 아마 부드러울 거다. 그렇지는 않겠지만 말이다.

신호가 완전히 빨간 불로 바뀜과 동시에,

"흑…."

오열하는 듯한 목소리가 내 뒤에서 들려왔다. 발생지는 아사히나 선배였고, 탁하게 들리는 건 그 얼굴이 내 팔에 눌려 있기 때문이기도 했다.

뭔가 싶었다.

아사히나 선배는 내 팔에 얼굴을 기대고선 어깨를 부들부들 떨고 있었다. 웃고 있는 건 아닌 것 같다.

"흐윽, 흑. 흑흑…."

감긴 두 눈에서 투명한 액체가 흘러 떨어져 내 옷에 스며든다. 어린애처럼, 아사히나 선배는 내게 매달려 뚝뚝 눈물을 흘리고 있었나.

"왜, 왜 그러세요? 아사히나 선배. 저기, 잠깐."

지금껏 수도 없이 이해할 수 없는 국면에 처했던 나였지만, 이건 최고 수준의 당황이다. 왜 우는 거지? 그 소년은 살아났잖아. 아무도 죽은 사람도 없으니 기뻐할 일이지, 슬퍼할 일은 아니지 않나? 아니면 무지하게 위태위태한 장면을 보고 쇼크 상태에 빠진 건가?

"아뇨."

아사히나 선배는 콧소리로 대답했다.

"…한심해요. 난… 아무것도 몰라요…. 아무것도 못 해요."

아니, 그렇게 말씀을 하셔도 이해가 안 되는 건 매한가지입니다만.

하지만 그녀는 연신 울기만 할 뿐, 의미가 있는 말을 계속할 기력을 잃은 듯 보였다. 그저 품에 안은 샤미센이 떨어지지 않으려 발톱을 세우는 것처럼 내 옷자락을 두 손으로 꽉 움켜쥐고선 얼굴을 묻고 있다.

이건 대체 뭐냐.

수수께끼가 소용돌이치고 있는 내 머릿속이었지만 한 가지는 명료한 해답을 얻은 것 같다.

오늘의 이벤트는 이걸로 끝났다. 아사히나 선배에게서 데이트 비스무리한 신청을 받고, 불가사의한 산책으로 일관했던 오늘의 사건은 아마 이걸로 끝이 난 거다.

그 정도의 추리는 코이즈미가 아니라도 할 수 있다고.

쌀쌀한 겨울 하늘 아래에서 갑자기 울음을 터뜨린 폭신폭신한 선배에게 웃옷자락을 붙잡혀 선 채로 오도가도 못 하는 상태를 한없이 계속 유지하고 있을 수는 없는 노릇이었다.

왜냐하면 대개의 도로에는 사람의 눈이라는 것이 있으며 그것들이 그런 두 사람을 보고 뭔가 말을 하고 싶다는 듯 재미있다는 표정을 지으며 지나가고 있기 때문이다. 이 추위에 밖에서 뭘 하는 건가, 그런 마음의 목소리를 우리의 앞을 지나간 사람 수만큼 들은 뒤,

"아사히나 선배, 일단 어디로 이동을 하죠. 진정할 수 있는 곳으로요. 저, 걸을 수 있으시겠어요?"

내 팔뚝에 고개를 묻은 채 밤색 머리가 희미하게 위아래로 움직인다.

불안한 걸음의 아사히나 선배에 맞춰 나도 조심조심 걸음을 옮겼다. 거머리 울보가 된 선배를 모시고 있는 바람에 아무래도 완만한 속도가 나오고 있지만 이것도 더할 나위 없이 바라던 바다. 단 하나 바라는 바라면 같은 학교 남학생에게 들키지 않는 것 정도다. 아사히나 미쿠루 원리주의 팬에게서 칼침을 맞을 확률이 부쩍 높아질 테니까 말이다.

"어디로 갈까요?"

사람들 눈이 없고 쉴 수 있는 곳. 추위를 피할 수 있다면 더욱 좋다. 떠오르는 곳은 커피숍 정도이지만, 눈물에 젖은 미소녀와 마주 앉는 건 약간 자리가 불편할 것 같다.

사실 조금 전부터 진행 방향에 보이는 건물이 마음에 걸렸는데, 그곳은 나가토가 사는 고급 맨션이다. 부탁하면 안에 들여주겠지만 지금은 그러지 않는 게 좋을 것 같다.

그럼 갈 곳은 거기 정도밖에 없군. 나가토네 집 근처에 있는 별종들의 메카인 장소가 바로 저 앞에 보였다. 다양한 추억이 봉인되어 있는 그 공원이다. 강가의 벤치는 지나쳤지만, 이참에 더 많은 일이

있었던 저쪽으로 가자.

적어도 앉을 수는 있다. 어쩌면 등 뒤 수풀에서 누군가가 나타날지도 모를 일이지.

이 망할 추위에 공원에 진을 칠 사람은 현저히 소수파로. 예의 벤치는 티켓 배부가 끝난 지정석처럼 텅 빈 채 산바람을 받고 있었다.

나는 아사히나 선배를 앉힌 다음 약간 간격을 의식하며 옆에 앉았다. 조심스럽게 옆모습을 살피자 고개를 숙인 뺨에는 아직 눈물 자국이 선명히 남아 있었다.

나는 모든 주머니를 뒤적여 손수건을 찾았지만, 손끝은 허무하게 옷을 스치는 데에 머물렀다. 아차, 하필 오늘 같은 날 안 갖고 왔다니. 아사히나 선배의 눈물을 닦아줄 만한 천이 또 없나, 아니면 아예 셔츠자락을 찢어 줄까 생각하고 있는데.

툭.

부드러운 감촉이 내 어깨에 살짝 떨어졌고, 그 정체는 아사히나 선배의 이마였다. 오열 2탄을 이번에는 어깨가 듣게 됐다. 그 부분이 무척 근질거린다. 눈과 눈 사이에 손가락을 갖다 대면 만지지도 않았는데 피부가 착각을 하잖아. 그것과 비슷하다. 나는 실제로 닿아 있으니 더 난리다.

"캔커피라도 사올까요?"

명안이라 생각했는데, 밤색 머리는 부드럽게 가로저을 뿐.

"우롱차가 좋으세요?"

닿은 이마가 간지럼을 피우듯 좌우로 미동한다.

나는 최대한 머리를 굴려 자판기 메뉴를 떠올렸다.

"그럼."

"…미안해요."

힘없는 목소리가 겨우 귀에 닿았다. 아직 얼굴은 내 어깨에 닿은 채라 표정은 보이지 않는다. 하지만 나는 아사히나 선배가 어떤 감정을 드러내고 있는지 보지 않아도 알 수 있다. 그녀가 미안하다고 할 때는 정말로 미안하게 생각하고 있을 때뿐이다.

나는 입을 다물기로 하고 계속되는 아사히나 선배의 말을 기다렸다.

"내가 콘을 부른 건 단지 아까 그 아이를 구하기 위해서였어요. 지금까지 몰랐지만 이제야 알았어요. 이걸 위해서였어요. 겨우 이것만을 위해서였죠."

조금만 더 계속해보세요.

"나는… 상관의 명령으로 콘을 부른 거예요. 어디로 갈지도, 통과 지점마다 지나가는 시간도 전부 명령받은 겁니다. 그 아이가 사고를 당하지 않도록, 무사히 피할 수 있도록…. 그게 제 사명이었어요."

상관이라. 나는 아사히나 선배(대)의 미소를 떠올렸다.

"잠깐만요. 그럼 그 상관인가 하는 사람도 좀더 확실하게 말해줬으면 됐잖아요. 몇 시 몇 분에 그 교차로에서 뭐시기라는 이름의 소년이 뛰어 니기지 않게 감시하라고요."

"네…. 저도 가르쳐줬으면 했어요. 하지만 안 됐죠. 저는 아무것도 못 들었어요. 아마 제가 능력이 안 돼서 그랬겠죠…. 명령에 따를 뿐이에요. 오늘도 그렇고."

또다시 아사히나 선배 어른 버전의 쭉 빠진 스타일이 어른거렸다.

"그런 건 아니지 않나…."

감싸주려는 나에게 밤색 머리는 오늘 하루 중 가장 크게 옆으로 이동했다.

"아니요. 그래요. 이렇게 중대한 역할이었는데 전혀 얘기를 못 듣다니 보통은 있을 수 없는 일이죠. 어째서… 이런…."

꺼져가던 오열이 부활해 버리고 말았다. 화제를 바꿔서 분위기도 쇄신해보자.

"대체 그 아이는 누구였습니까?"

코를 훌쩍이던 아사히나 선배는 잠시 시간을 둔 뒤,

"…그 사람은 우리들의 미래에 있어 아주 중요한 사람이에요. 그 사람이 있었기 때문에 저는 이 시간대에 있을 수 있는 거죠. 없어서는 안 되는 사람이었어요…."

작은 목소리는 점점 줄어들었다.

"그 이상은… 죄송해요…."

그러니까 누군지는 모르지만 그 소년을 여기에서 죽게 놔둘 수는 없었다 이건가.

그래서 사고를 미연에 방지하기 위해 아사히나 선배가 명령을 받았고, 날 데리고 그 자리에 있게 한다는 계획이라—.

만약 그 안경 소년의 등을 잡는 게 1초라도 늦었다면 그는 폭주하던 승합차의 범퍼와 정면으로 충돌했을 거다. 그 결과로 소년이 어떻게 됐을지는 알 수 없지만 아마 최악의 결말을 맞이했을 것이다. 기적이라도 일어나지 않는 한 소년은 이 세상으로부터 굿바이 선언을 듣게 됐을 가능성이 높다.

"응?"

잠깐만, 뭐가 제대로 된 역사인 거지? 나는 소년을 구했다. 이건 지금의 현실이다. 그럼 미래에서는 어떻게 되는 거야? 아사히나 선배의 미래에서는 소년이 오늘 여기에서 사고를 당했다는 건 이미 존재한 역사인 걸까? 그렇게 되면 안 되니까 아사히나 선배와 나를 이용해서 구해준 거다….

아니, 이상하잖아.

내가 구했다는 건, 그 소년이 사고를 아슬아슬하게 피한 건 역사적 사실인 거다. 그건 미래에서도 똑같은 사실로 존재해야 한다. 그렇지 않으면 아사히나 선배의 미래는 이 현재와 이어지지 않으니까. 그렇다면 미래에는 소년은 사고를 당하지 않았으니까 굳이 과거로 돌아와 구해줄 필요도 없는 거고… 하지만 그래선 사고를 당하니까….

"아야야…."

머릿속이 지끈거린다.

도저히 안 되겠다. 어려운 생각을 하면 귀에서 탄내가 나는 연기가 나올 것 같다.

"잘 모르겠네요."

난 솔직히 말했다.

"그 애가 사고를 당했는지 안 당했는지, 뭐가 올바른 사실이었는지 저는 잘 이해가 안 가는데요."

주저하듯 고개를 흔들며, 아사히나 선배는 물방울 같은 목소리로 대답했다.

"미래에서 온 사람은 우리들뿐만이 아니에요. 우리의 미래를 바라지 않는 사람들도 있죠…. 그래서…."

모스 그린색 승합차. 살의에 가득 찬 폭주.

"혹시…."

여러 가지 기억들이 똑같은 소리를 외치기 시작했다.

하나는 아사쿠라 료코다. 그 녀석은 나가토와 다른 의견을 갖고 있던 정보 통합 사념체 내의 급진파였다.

다른 하나는 코이즈미가 말한 '기관' 이외의 다른 조직. 물밑에서 항쟁중이라던 농담 같은 얘기를 들었던 기억이 있다.

또 다른 하나는 가장 새로운 기억이다. 그 설산에서 마주친 저택의 창조주. 나가토조차 해석하지 못했던 수수께끼의 이공간. 우리 SOS단의 적…이라고 코이즈미는 불렀다.

그들 중 누군가가 한 짓인가. 적. 기분 나쁜 말이다.

원래대로라면 살아 있어야 하는 인간을 과거 단계에서 말살한다. 그 소년이 살아 있으면 곤란한 녀석들이 어딘가에 있다는 소리인가.

우리들의 미래를 바라지 않는 사람들―.

어디 사는 누구에다 정체가 뭐야?

"그건…."

아사히나 선배의 입술이 가늘게 떨렸다. 말하려 하다 이내 포기한 표정을 지었다.

"…지금의 저는 말할 수 없어요…. 아직은 안 되는 것 같아요."

다시 눈물 모드.

"그게 한심해요. 제가 너무나도요. 전 아무것도 못 해요. 이해를 시킬 수가 없어요."

그렇지 않다.

아사히나 선배는 아무것도 못 하는 게 아니다. 못 하게 되어 있는 것뿐이다. 그러는 건 아사히나 선배, 더 미래에 있는 당신 본인이랍니다.

이런 말은 하지 못했다.

최초의 칠석 소동 때 나는 역시 이 벤치에서 어른판 아사히나 선배와 약속을 했기 때문이다. 손가락까지 걸었다.

『저에 대해선 그 아이에겐 비밀로 해주세요.』

언제까지 유효한 구속력을 가진 말인지는 모르겠다. 모르는 이상 나는 이 아사히나 선배에게도 말할 수 없다. 나도 모르겠다. 하지만 말하지 않는 편이 좋을 것 같다는 느낌이 무지막지하게 팍팍 든다.

내 침묵을 어떻게 받아들였는지 아사히나 선배는 부끄러워하는 목소리로 말했다.

"아까도 그 아이를 구해준 건 콘이었잖아요? 미래의 인간이 직접적으로 개입하는 건 굉장히 엄밀하게 제한되어 있어서…."

그런가.

"과거를 바꾸는 건 그 시대에 살고 있는 사람이 아니면 안 돼요. 그 이외에는 규칙 위반이라…."

그래서 내가 나설 차례였군.

"전 상관의 말을 듣고 아무것도 모른 채 따를 뿐이에요. 제가 하는 일의 의미조차 모르죠. 그렇게 생각하니 너무나… 제가 바보 같아서…."

그렇지 않다.

"좀더 많이 알려달라고 열심히 신청서를 쓰고는 있는데 늘 거부 당해요. 그건 제가 못나서 그럴 거예요."

그러니까 그런 게 아니라고.

나는 결국 입을 열었다.

"아무것도 안 하시는 게 아니에요. 당신은 충분하고도 남을 만큼 저에도 SOS단에도, 세계에도 공헌을 하고 있어요. 신경 쓰지 않으셔도 됩니다."

아사히나 선배는 갑자기 고개를 들었지만, 눈물에 젖은 눈은 이내 땅바닥으로 시선을 떨궜다.

"…하지만 저는 옷을 이것저것 갈아입는 것밖에…." 낮게 가라앉은 목소리였다. "그리고… 그때도 저는 아무것도 모른 채…."

그만큼 내 목소리가 올라갔다. 그때, 12월 18일─.

"아닙니다."

나름대로 명확한 의사표현이었다고 생각한다. 아사히나 선배도 그렇게 생각했는지 놀란 얼굴로 올려다보았다.

아사히나 선배는 단순히 차나 나르는 메이드 마스코트가 절대로 아니다. 나는 요염하게 미소 짓는 글래머 미인, 성장한 아사히나 선배를 뇌리에 떠올렸다.

백설공주. 하루히와 함께 갇힌 폐쇄공간에서 돌아올 수 있었던 건 그녀의 한마디 힌트가 있었기 때문이다.

3년 전의 칠석. 아사히나 선배와 한 번 시간 역행을 했기 때문에 나는 아사히나 선배(대)에게 가서 대기 중인 나가토에게 도움을 청하러 갈 수 있었다.

그리고 다른 역사로 변화한 세계를 원래대로 되돌리러 갈 수도 있었다―.

아아, 그때 얘기를 아직 안 했구나. 조금 얘기가 길어질 것 같으니 자세한 얘기는 나중에 다시 설명하겠지만, 간단하게 말하면 우리가 그걸 한 건 겨울 합숙이 끝난 지 얼마 되지 않았던 때였다. 나와 나가토와 아사히나 선배 세 사람이 그때로 시간 역행을 해, 거기에서 나는 숨이 끊어지기 직전의 나와, 나가토는 개변 후의 자신과 만났고, 해야 할 일을 했다. 거기까지는 이 아사히나 선배의 기억에도 있을 것이다. 하지만 나와 나가토와는 달리 아사히나 선배는 거기에 미래의 자신이 있었다는 사실을 깨닫지 못했다. 아사히나 선배(대)가 그렇게 했던 것이다.

틀림없는 건 둘 다 똑같은 아사히나 선배였다는 것이다. 나를 몰랐던 개변 시공의 아사히나 선배와는 다르다. 나가토 식으로 말하자면 이시간동위체란 거다.

지금 이 아사히나 선배가 상사인지 누군지의 지령에 따라 아무것도 모르는 채 움직이는 것에 불과한 듯하다는 건 명백한 사실이고 그렇게 시키고 있는 건 역시 아사히나 선배(대)일 것이다. 어른이 된 아사히나 선배는 자신이 뭘 알고 뭘 모르고 있었는지를 정확하게 알고 있다. 자기 자신의 일이니까.

지금의 아사히나 선배가 알고 있는 일이라면 아사히나 선배(대)가 이미 가르쳐주었다. 그렇지 않다는 것은 내가 가르쳐줄 수도 없는 셈이나. 그때 그곳에 있던 게 누구였는지 여기에서 말할 수는 없다. 아사히나 선배(대)는 그렇게 하기를 바랐고, 나는 약속을 했다.

분명히 말이지, 당신보다 약간 글래머 미녀가 된 당신이 미래에서 와서 이런저런 일들을 해줬다고 말하는 거야 간단하다. 얼마나 간단하냐면, 두 번째의 시간 역행에서 예의 칠석날 밤으로 돌아간 내가 공원 벤치에서 무릎베개를 하고 있던 나를 두들겨 깨워 그 녀석에게 모든 것을 다 털어놓는 것만큼 간단하다고 할 수 있다. 물론 나는 그런 짓을 하지 않았고 해서는 안 되었다. 그 대신 나는 반드시 해야만 할 일을 했던 것이다.

지금의 아사히나 선배는 언젠가 미래로 돌아간다. 그렇게 해서 아사히나 선배(대)로서 다시 우리를 구하러 돌아와줄 것이다. 분명히 지금의 그녀는 SOS단 전속 메이드 일이 천직이라 해도 좋을 정도이긴 하지만 그렇다고 해서 헛되이 그 일로만 허송세월을 하고 있는 건 아니다.

분명히 이어져 있다. 지금이 있기 때문에 미래도 있다. 여기에서 다른 요소를 넣어버리면 저절로 미래도 달라지겠지—.

거기까지 생각한 나는 깨달았다.

"그렇구나."

말하고 싶다. 하지만 말할 수 없다. 말할 수는 없다—는 이 근질거리는 감각을 어떻게 표현해야 좋을지 알 것 같기도 하다. 이게 바로 그것이리라.

작년 봄에 있었던 제1회 신비 탐색 순찰을 생각해봐라. 아사히나 선배와 나란히 걸으며 벚꽃이 우거진 나무 그늘에서 그녀에게서 들은 미래인 고백과 시간 여행의 이치를 말이다. 설명이 제대로 되는 건지 안 되는 건지 알쏭달쏭한, 시간평면이 어쩌고저쩌고 했던 엉망진창인 엉터리 강의.

그때 뭘 물어보아도 그녀는 이렇게 대답했다.

『금지 사항입니다.』

지금 내가 느끼는 감각은 분명 당시의 아사히나 선배가 느끼고 있던 감각과 같은 것이리라. 그래, 여기에서 그녀에게 가르쳐줄 수는 없는 거다.

"아사히나 선배."

하지만 그래도 뭔가를 전하고 싶어 나는 입을 열었다.

"네?"

아사히나 선배는 촉촉하게 젖은 눈동자를 크게 뜨며 나를 바라보고 있다.

"저기 말입니다, 사실은… 아사히나 선배는…, 뭐랄까, 절대로 하루히의 장난감 대신이 아니라, 아, 뭐냐. 물밑이라고 해야 하나, 배후라고 해야 하나. 으음—. 으으."

단어를 골라가며 떠들고 있는 내 말은 결국 오래가지 못하고 모호하게 중간에 끊겼다. 안 된다, 무슨 말을 해도 괜한 소리를 하게 될 것만 같다. 안타깝고 초조하기 그지없군. 동아리방에서 종종거려주시는 것만으로도 배부릅니다. 그 정도의 무난한 위로밖에 떠오르지 않는다. 여기에 코이즈미가 있었다면 듣기 좋은 무난한 대사를 한 다스는 강연해주겠지만, 그 녀석이든 나가토든 쉽게 신세를 지는 짓은 이제 그만 삼가고 싶다. 이건 내 문제다.

하지만 일본 원숭이에게 하이엔드 PC를 줘봤자 제대로 못 쓰는 것과 마찬가지로, 내 두뇌도 현 상황 타개를 위해 도움이 될 만한 단어를 아웃풋 해주지는 못했다.

"저기요…, 아니….''

몸을 움직여주면 전류의 흐름도 좋아질까 싶어 머리를 감싸 쥐고 측두부를 노크해봤지만 매한가지였다.

"…으으음."

결과적으로 나는 연신 신음을 하며 관자놀이를 빙글빙글 돌려댔다.

아사히나 선배가 이렇게 말할 때까지.

"쿈, 이제 됐어요."

당황해 고개를 들자 아사히나 선배는 여전히 촉촉하게 젖은 눈을 하고 있었지만 분명히 미소를 짓고 있었다.

"이제 됐어요."

다시 반복해 말하고선,

"알았으니까요, 쿈의 그…."

부드러운 미소를 지으며 살짝 고개를 끄덕인다.

알았다니 뭘? 난 아직 아무 말도 안 했는—.

"아무 말 안 해도 돼요. 그걸로 이제 충분하니까요."

아사히나 선배는 다문 입술에 미소를 띠며, 내게 부드러운 눈빛을 보냈다. 그 눈에 떠오른 것은 무척이나 아련하고, 너무나도 부드러운 이해의 빛이었다.

난 또다시 깨달았다.

뭐냐고? 그거야 당연하잖아.

아사히나 선배가 알았다는 게 뭔지 나는 알았던 것이다.

아마 그녀는 나의 답답한 말과 태도를 보고, 내가 그녀에게 전해서는 안 되는 무언가를 알고 있다는 것을 깨달았다. 그건 그녀가 느끼고 있는 무력감을 멀리 내던져줄 것임에 분명하다. 하지만 나는 그 말을 할 수 없다. 왜 말할 수 없는가. 거기까지 다다른다면, 나오는 대답은 그리 많지 않다.

"아,"

내가 입을 열려는데 아사히나 선배의 한 손이 천천히 움직였다. 내 입술에 차갑고도 따뜻한 것이 닿았다. 쭉 세운 검지가 내 입을 막고 있었다.

충분하니까.

그러니까 이 이상 말할 필요 없다. 아사히나 선배는 내가 하지 못하고 있는 말을 받아들였다. 나는 그녀가 그걸 받아들였다는 사실을 알았다. 두 사람 다 암묵적인 침묵 속에서.

"응."

아사히나 선배는 천천히 손가락을 떼더니 그대로 자기 입술에 갖다 댔다. 전혀 익숙하지 못한 어색한 윙크.

"그렇네요."

나는 그렇게만 말했다.

정말 말은 필요 없다. 그렇지 않은가. 이제부터 던지려는 공의 종류를 포수가 외친 뒤에 공 던지기 동작에 들어가는 투수는 없다. 이 세계에는 사인이라는 편리한 게 있다. 최소한의 전달사항에 말이 필요하지 않다면, 역시 그런 것은 써서는 안 된다.

왜냐하면 쓰지 않아도 충분하고도 남을 만큼 전해지는 경우가 있기 때문이다.

그게 마음이란 것의 특수한 성질이 아닐까. 그렇지? 말을 필요로 하지 않는 이심전심. 그렇다면 이제 아무 밀도 필요 없다. 밀은 불필요하다. 필요 이상의 달변은 장황하기만 할 뿐 아니라 무의미하기도 하다.

아사히나 선배는 미소를 짓고 있었다.

그리고 나도 그저 미소로 대답할 뿐이었다.

그걸로 충분한 거다. 말로 부족한 부분은 마음으로 보완할 수 있는 법이다.

이튿날, 월요일.

방과 후였다. 평소대로 모두가 모인 SOS단 아지트에서 어제 사온 차를 다 마신 단장님이 말을 꺼내셨다.

"야, 쿈."

평소보다 맛을 음미하며 마시고 있던 나와 달리, 예의바른 감사가 어떤 건지 전혀 교육을 받지 못한 하루히는 70도에 가까운 차를 약 30초 만에 다 마셔버렸다. 100그램에 6백 엔이나 했다고. 조금은 알아다오.

"왜?"

나는 대답하며 베스트 오브 프리티한 모습으로 방글거리고 있는 선배를 곁눈질로 살피고 있었다.

"아, 더 드실래요?"

아사히나 선배는 하루히의 빈 잔에 새 차를 따르려 주전자를 손에 들고 있었다.

하루히는 단장석에 앉아 젖히고 있던 몸을 앞으로 되돌리고선 팔짱을 끼고 있던 두 손 위에 턱을 괴고 기묘한 말을 내뱉었다.

"나 혼잣말을 하는 버릇이 있거든."

헤에, 그건 몰랐는데. 1년 가까이 알고 지냈지만 처음 듣는 습성이다.

"그것도 주위에 사람이 있어도 신경을 안 쓰고 말이지."

너의 민폐 단어집을 누가 편찬하고 싶어하기 전에 치료하는 편이 좋을 것 같은데.

"그러니까 지금부터 혼잣말을 할 거야. 들릴지도 모르지만 신경 쓰지 마."

무슨 소리냐고 내가 말꼬리를 잡기 전에, 하루히는 묘하게 낭랑한 목소리로 말을 꺼냈다.

"우리 집 근처에 아주 똑똑하고 솔직한 아이가 있거든. 박사 같은 안경을 쓰고 딱 보기에도 머리가 좋아 보이게 생긴 애야. 이름은 말이지…."

최근에 어디선가 들어본 게 확실한 이름을 하루히가 말했고, 실온과 상관없이 내 등골이 서늘해졌다.

주전자를 기울이고 있던 자세 그대로 아사히나 선배도 얼어붙어 있었다.

하루히만이 여전한 모습으로 말을 계속한다.

"가끔 그 애 공부를 봐주는데 말야, 어제도 그랬어. 그런데 이런 소리를 하더라. 토끼 누나가 남자랑 같이 있었다는 거야."

하루히는 불길한 미소를 과시하며 말했다.

"가을 영화 촬영 때 현장에 있었나봐. 바니 미쿠루를 잘 기억하고 있더라. 그래서 묻는 김에 남자 쪽 인상착의도 물어봤지. 그 몽타주가 이거야."

어디선가 꺼낸 노트 조각에 서투르지만 괜찮은 필치로 그려진 것은, 으음, 어딘지 모르게 매일 거울 안에서 보는 얼굴과 무척 닮은 것 같다. 아니, 그건 아무리 봐도 나잖아.

"으흐흐흐흐음?"

하루히는 의미심장하게 웃었다.

그 자식, 진짜 입이 가볍고 그림 실력도 있는 녀석이었구나. 장래에 학자라도 되는 거 아니었어? 장래 목표는 화가였냐? 그럴 줄 알았으면 매수를 해서라도 혀와 손을 못 놀리게 막아뒀어야 했는데.

나는 시선을 천천히 움직이며 구세주가 끼어들지 않을까 3초 정도 기다렸다.

아사히나 선배는 부들부들 떨고만 있을 뿐, 성대의 기능을 정지시킨 상태였고, 여기에서 갑자기 새로운 등장인물이 문을 열고 나타날 가능성은 낮아 보였기에, 눈길이 향하는 곳은 자연스레 한정되어 있었다.

"······."

나가토의 섭씨 영하 4도 정도로 따뜻한 시선과 부딪쳤다. 왠지 위가 아파온다.

나머지 한 명인 코이즈미는 하프 스마일로 노 터치를 즐기고 있었는데, 잠깐만, 혹시 이 두 사람 전부 다 알면서 가만히 있는 거 아냐?

"그래서?"

하루히는 고추를 바른 오블라트(주18)로 목장말똥버섯(주19) 가루를 싸서 먹은 직후와 같은 표정을 짓고는, 달리 말해 뭐라 표현하기 힘든—미소라고도 짝짝이로 일그러진 얼굴이라고도 말하기 힘든 얼굴로 말했다.

"어제 너랑 미쿠루가 어디서 뭘 하고 있었는지 말해봐. 으음, 아마 화는 안 낼 테니까."

주18) 오블라트: 녹말 등으로 만든 얇은 막. 가루약을 싸서 먹거나 할 때 이용한다.
주19) 목장말똥버섯: 독버섯의 일종으로 일명 웃음 버섯이라고도 하며 환각과 정신착란 등을 유발한다.

파란 페인트를 뒤집어쓴 청개구리처럼 파랗게 질려가는 아사히나 선배를 곁눈질하며, 나는 세 다스는 되는 아나콘다에게 둘러싸인 두꺼비처럼 땀을 흘리기 시작했다.

꼭 무슨 환각을 보는 것 같다.

하루히에게서 일어나는 원색의 오오라가 전투 의지를 형상화하여 나가토의 등 뒤에 있는 투명한 벽에 부딪쳐 불꽃을 튀는 뭐 그런 걸 말이다.

"실례."

코이즈미가 자리에서 일어나 눈에 보일 리가 없는 불꽃을 피하듯 의자를 들고 창가로 이동했다.

그리고 계속하라는 듯이 두 손을 펼치고는 상쾌한 스마일.

코이즈미 너, 나중에 혼내주겠어. 판돈이 센 내기 세븐 브리지나 뭐로 말이다. 기억해두라고.

"아…. 저기 말이지…."

자, 이번에는 어떤 거짓말을 떠올려야 좋을까. 생각할 여유가 없으니 아무라도 좋으니까 협력을 구하고 싶다. 가능하다면 전보로 부탁하겠다. 속달로는 너무 늦을 것 같으니 말이다.

신음하는 내게 하루히가 다시 말했다.

"말해. 나와 유키와 코이즈미도 이해할 수 있도록 마지막까지 꼼꼼하게. 안 그러면…."

하루히는 숨을 들이마시더니 과장스런 미소를 지으며 선언했다.

"둘 다 엄청난 벌칙을 받게 될 거야! 그래, 이런 건 어떨까?"

피 연못 지옥에 빠지는 것보다 더 무서운 극악무도한 계획을 태연히 발표한 하루히의 앞에서 나와 아사히나 선배는 서로의 얼굴을 마주 보며 크게 몸을 떨었다.

이후 동아리방에서 무슨 일이 일어났는지에 대해서는, 특별히 말을 소비할 필요도 없을 것이다.

하루히의 부자연스럽고 기분 나쁜 미소와 나가토의 평소보다 더 무뚝뚝한 무표정, 코이즈미의 구경꾼으로 변한 미소를 한 몸에 받게 된 내가 사막에 내버려져 있던 스펀지에서 수분을 쥐어짜려는 것과 같은 변명을 찾아대고, 그런 내 옆에서 아사히나 선배가 주전자와 차 통을 끌어안고 안절부절못하고 있었다는 말은—

굳이 할 필요 없을 거라고 생각하니까 말이다.

— 7권에 계속 —

작가 후기

원래대로라면 이쯤에서 장편이 등장했어야 하는데 또다시 중단편이 아무 조절도 없이 묶여 있는 이 책이 먼저 나오게 되었습니다. 지금까지 장편, 장편, 단편집, 장편, 단편집으로 이어졌기 때문에 우연히도 이번으로 반회문적인 대상성이 완성된 것인데 분명히 우연 이외의 그 무엇도 아니지만 말입니다.

「라이브 얼라이브」
모처럼의 문화제인데 당일의 사건을 아무것도 묘사하지 않았다는 데에 묘하게 마음에 걸렸기 때문에 계속 생각하고 있던 이야기를 문장화할 필요성에 쫓겨 쓴 기억이 있습니다. 굳이 따지자면 하루히가 중심인 회.

「아사히나 미쿠루의 모험 Episode 00」
「나가토 유키의 역습 Episode 00」 및 3부작 완결편 「코이즈미 이츠키의 각성 Episode 00」으로 이어질지 어떨지는—저도 조금 잘 모르겠습니다. 감독의 마음에 달려 있다고 해야겠죠. 하루히의 하 자도 안 나오는 이야기.

「첫눈에 반한 LOVER」

「소실」 이후로 「설산증후군」 이전의 일화. 미식축구는 옛날부터 좋아하던 운동으로 자주 보러 가기도 했지만, 지상파에서는 좀처럼 실황중계로 볼 수 없기 때문에 결과를 먼저 알게 되는 경우가 많아 아쉽습니다. 아무리 봐도 나가토가 중심인 이야기.

「고양이는 어디로 갔지?」

이런 얘기를 생각하게 된 것도 다 「설산증후군」에서 코이즈미가 고양이가 어쩌고 해서 그래요. 조금은 고민하는 사람 입장도 되어 보라고 절실하게 생각했었습니다. 은근히 하루히와 츠루야 선배가 중심인 것 같습니다.

「아사히나 미쿠루의 우울」

순서상 다음 장편은 이 작품에서 다이렉트로 이어질 것 같습니다. 그때까지 잡지 게재분과 새로 쓴 장편 사이의 연속성에 나름대로 고생을 했기 때문에 이걸로 지금 쓰고 있는 장편이 더 한층 쓰기 편해지는 효과가 발생한다면 다행이겠지만, 중요한 건 읽기 편한가이고, 또 그 이외의 결과를 저는 전혀 바라지 않습니다.

이렇게 여섯 번째 책을 낼 수 있었습니다.

그저 오로지 고마운 일이라고 생각하고 있습니다.

이 책이 형태를 갖출 수 있었던 것도 그러기 위해 노력해주신 분들 덕분이자 지금까지 읽어주신 여러분 덕분입니다. 엎드려 인사드립니다.

그럼 또 뵈어요.

타니가와 나가루

개정판 **스즈미야 하루히의 동요**

2022년 6월 8일 초판 1쇄 인쇄
2022년 6월 15일 초판 1쇄 발행

저자 · Nagaru Tanigawa

일러스트 · Noizi Ito

역자 · 이덕주

발행인 · 황민호

콘텐츠4사업본부장 · 박정훈

콘텐츠4사업본부장 · 김순란 강경양 한지은 김사라

마케팅 · 조안나 이유진 이나경

국제업무 · 이주은 김준혜

제작 · 심상운 최택순 성시원

한국판 디자인 · 디자인 우리

발행처 · 대원씨아이(주)

서울 특별시 용산구 한강로3가 40-456
편집부 : 02-2071-2104 FAX : 02-794-2105
영업부 : 02-2071-2061 FAX : 02-794-7771
1992년 5월 11일 등록 3-563호

http://www.dwci.co.kr/

원제 SUZUMIYA HARUHI NO DOYO
© Nagaru Tanigawa, Noizi Ito 2005
First published in Japan in 2005 by KADOKAWA CORPORATION, Tokyo.
Korean translation rights arranged with KADOKAWA CORPORATION, Tokyo.

ISBN 979-11-6894-663-7
ISBN 979-11-6894-657-6 (세트)